# 野菊花

莫言题

宁夏人民出版社
黄河出版传媒集团

**图书在版编目（CIP）数据**

野菊花 / 了一容著 . -- 银川：宁夏人民出版社，2023. 11

ISBN 978-7-227-07886-9

Ⅰ. ①野… Ⅱ. ①了… Ⅲ. ①小说集－中国－当代 Ⅳ. ① I247

中国国家版本馆 CIP 数据核字（2024）第 012830 号

野菊花　　了一容　著

责任编辑　陈　晶
责任校对　杨敏媛
装帧设计　王敬忠
责任印制　侯　俊

黄河出版传媒集团
宁夏人民出版社　出版发行

出 版 人　薛文斌
地　　址　宁夏银川市北京东路 139 号出版大厦（750001）
网　　址　http://www.yrpubm.com
网上书店　http://www.hh-book.com
电子信箱　nxrmcbs@126.com
邮购电话　0951-5052104　5052106
经　　销　全国新华书店
印刷装订　宁夏凤鸣彩印广告有限公司
印刷委托书号　（宁）0028306

开本　710 mm × 1000 mm　1/16
印张　15
字数　160 千字
版次　2024 年 1 月第 1 版
印次　2024 年 1 月第 1 次印刷
书号　ISBN 978-7-227-07886-9
定价　39.00 元

# 目录

# 野菊花

禾木河与喀纳斯河交汇的盆地里，马儿们在茂盛的草丛里吃得酣畅淋漓。可是，有十几匹不肯合群的马儿跑远了，已经瞧不见它们的身影。于是，牧马少年伊斯哈格决定骑马去找回它们。

伊斯哈格一声呼哨，坐骑黑豹闻声而至，他腾空一跃，便跨上了马背，两个脚后跟在黑豹的肚子上轻轻一磕，黑豹立即小跑起来。伊斯哈格习惯性地挥动套马杆，彻儿彻儿地吼两声，双脚猛地连续夹击黑豹的肚子，黑豹立即脖子往前一抻，一道黑线般猛地飙了出去，只听得耳边呼呼的风声，辽阔的草原那一波接一波的草浪宛如翻滚的海水向他迎面扑来。伊斯哈格闭上眼睛，他感觉自己已经幻化成一绺黑色豹子的毛在一片又一片的草叶上掠过。

牧马少年骑着浑身乌黑如绸缎一样的骏马跑了很远，登上了一座山丘，又从山丘的那一端飞一般驰下草坡，终于远远地望见走失的那些马匹在茂盛的草海中时隐时现。

此时，香荫草的味道非常浓郁，浓得有些呛人，而野菊花的香味则在微风下淡淡地飘入人的鼻孔，沁人心脾。

伊斯哈格追上了走失的马匹，马儿们受到伊斯哈格套马杆的惊吓，左冲右突，但很快就被黑豹截住，汇聚到一起，朝着牧人驱赶的方向奔腾。轰隆隆，马蹄踩踏出动人心魄的声响叩击着喀纳斯牧野丰腴的胸膛，这诗意的乐章在草原上空久久回荡着。

日头特别毒，伊斯哈格经常会被晒得蛇蜕皮一样褪去脸上的一层皮。经历了毒日头，才能成为真正的草原汉子。草原上立着的，个个都是血性男儿，但他们浪漫起来比诗人都浪漫，太阳炙烤大地的时候，那些草原上雄鹰一样的男人仿佛飞累了，就会躲在儿马身体遮挡住太阳的阴凉下面喝起最烈的酒，喝醉了，就拔一撮骆驼蓬草苫在脸上，不一会儿便打起雷鸣般的呼噜。

少年伊斯哈格追回马群，他把双脚别在黑豹前腿的浅窝里，撕住鬃毛，嘴里发出长长的“吁——”声，马儿便前半身腾空而起，双蹄在天上划拉出一道道弧线，随之轻轻地落下来稳稳立在草地上。他用手搭在眉际遮住刺眼的阳光，看到眼前的一条溪流如一条玉带子把草地从中间豁开了一道口子，这条闪闪发光的玉带子蜿蜒缠绕着飘向了喀纳斯河，河水欢腾着，浪花四溅地撵着跟禾木河汇合去了。

草原上的野菊花开得到处都是，这里一簇，那里几朵，白的、黄的，看上去清新可人又耀眼夺目，淡淡的香味使伊斯哈格想到了苦涩而美好的爱情，这两种色彩对比极其强烈的野菊花，释放出要么热烈迷人，要么淡雅端庄的草原风味。

伊斯哈格十一岁那年从外地来到了新疆的这片大草原上，

这里的人不叫他的名字，却亲切地叫他河州鬼，说："河州鬼，一挂式鬼得很嘛，那里的儿子娃娃，个个厉害得不得了！"他知道自己的性格十分倔强，骨子里有一股子百折不挠的劲儿，小小年纪能独自西行，到几千公里以外的陌生世界，这种胆量也不是能够强装出来的。他天生喜欢骏马，他的血管里似乎流淌着一种声音，在呼唤着他的天性和基因，来到喀纳斯草原之后，他就成了一个小小的"弼马温"，他在马背上既锻炼了身体，又提高了骑马技术，尤其对野马充满了征服的激情和冲动。只要一爬上马背，他的身子就跟牢牢粘在马背上一样，原本看着邋里邋遢、无精打采、涕泗横流的样子，裤子还是拖在地上的，但是一到了马背上之后，他突然就跟变了个人似的，显得英勇无比，人和马也仿佛化成了一个整体。他骑着马，如虎添翼，在草原上轻松自如地飞翔，那桀骜不驯的鹰隼一般的本色就会展现得淋漓尽致。

伊斯哈格就是喜欢这样骑着黑豹在草原上天马行空地驰骋，他喜欢无拘无束地在草原上自由翱翔，释放出人最本真的天性。不过，有时候他也会变得组织性和纪律性极强，无论是和伙伴们玩"骑马打仗"的游戏，还是驯马、追马，他们互相会协作得十分默契，配合得天衣无缝，那种不谋而合的凝聚力会令旁观者不由自主地咋舌称赞。伊斯哈格第一次听到马的嘶叫，就觉得他和它们是那么亲近，就像是同一个战壕里的生死弟兄，因此他就深深地恋上了草原，一心留在这里当一个合格的牧人。

伊斯哈格在喀纳斯草原阅尽了这里的四季风华。冬天的时候，喀纳斯河两岸彻底被冰雪覆盖，河水碧绿碧绿的，结冰后跟翡翠似的，那种美，会让人的呼吸都变得急促。夏天，繁花三千，各种花草竞相角逐，大大小小的动物和昆虫穿梭在花丛和草海里，尽情嬉戏和寻找各自的精彩与欢乐。一年一年，伊斯哈格看见喀纳斯河岸边的树越长越高，越长越壮，茂密着它们的茂密。花草也一茬接一茬地生长，在伊斯哈格眼里，这里的娃娃们也是一茬接着一茬，他们似乎不是女人们生出来的，而是从密密麻麻的草丛里面的花骨朵中生长和蹦出来的，一个个孩子跟哪吒似的，从一朵接一朵的野花的花苞里面一点一点长大，随着花苞的突然打开，一个小娃娃就这样从张开花瓣的花苞中手舞足蹈地蹦出来了，哇呀哇呀地喊叫着，惊动了草原上所有的动物和植物。动物们都跑过来，它们从绿色的海洋般的草浪中伸出脑袋，惊讶而快活地跳着舞迎接着新生命的到来。

牧野里的草，新的长出来之后，于是新的娃娃们也从花朵中生长出来了，他们在草地上打着滚儿，又站起来欢蹦乱跳地，吼一声就长大了，在草地上和牧野里奔跑、捉蝴蝶、撵野兔、摔跤、骑马、赶狼、驱熊，他们天不怕地不怕，互相呼喊着对方的名字，那穿透力很强的野性的声音在大地上空回旋着，震撼着人心。所以，喀纳斯草原从来都是一片欣欣向荣和生机勃勃的样子。

牧马少年伊斯哈格骑着黑豹跟四五个牧马的伙伴越过了哗啦啦欢叫着的喀纳斯河，进入对岸的深草中，马儿们在盆地里安心贪婪地吃着青草，有些青草不小心伸进马儿们的鼻孔，使得它们的鼻子里像是有一群小虫子爬进去，痒痒得难受，便吐噜吐噜地打起响鼻。

一群牧马少年找到了一个安全的簸箕形状的土崖，在下面开始埋灶做饭，准备野炊了。他们从早晨出来，已经过了晌午了，还没有吃任何东西，肚子早已经饿得跟癞蛤蟆钻进去了一样，呱呱呱地叫着。

努努是他们当中的娃娃头儿，他提着放牧牲口和羊群时常带在身边的剁铲，倚着簸箕形的崖面子铲出了一个锅灶的平台，然后挖好安置铁锅的灶台，再把烧火的灶门捅开，拱形的灶门显出结实的承受力，当然这样的灶门生起的火，不仅旺，火头还会直奔锅底强劲舔舐。这一点，努努是非常有经验的，他用起剁铲可谓得心应手，随心所欲，无论是剁还是铲，都张扬着他那粗粝本真的个性。努努手里的这把剁铲，有一根一米多长的结实的木把儿，牧人带着它在身边，用途可谓广泛至极，可以用它铲开荆棘泥泞，也可以给打滑的道路取土铺路，它的头就是一把给粮食除草的铲子的模样，有些牧人用它随手抄起泥土扔出去能打得很远、很准，起到拦挡马匹和牛羊的作用，有些会在它的木把上系上一根尼龙绳子，挽在胳膊腕子上，避免丢失。

此时，努努为他刚刚挖好的锅灶感到非常骄傲自豪，在上面用巴掌拍拍打打地欣赏着，不停地修饰着灶膛，把里面收拾得光光堂堂的，并用手试探着里面的光洁平整。忙完了这个，努努劳苦功高地坐下来休息了，他对一旁赞美着他的杰作的伊斯哈格等几个伙伴命令：“你们还不赶紧找柴火去，愣在这里干啥呢？”他揩了一下鼻子上的汗珠子，说：“我的锅灶挖成了，现在，我要好好休息一会儿，等你们的柴火找回来了，我再给咱们做饭！”

于是，伊斯哈格带着拉西、尔里，还有尤布和阿依努尔，沿着喀纳斯河左岸的上游走去。阿依努尔是一个美丽大方、活泼开朗的少女，大家都叫她“野菊花”。有些人把野菊花当成了格桑花，也有的误认为它就是大波斯菊，抑或翠珠、洋甘菊、幸福花。实际上，野菊花就是野菊花，它们之间是有一些区别的。野菊花个头要小一些，只有在草原上长期生活过的人才能分辨出来，就像有些人把草原上的臊胡子当作野葱，尽管它们都有一丝辣味，但野葱的葱管要粗要圆一些，臊胡子要细小一些，而且臊胡子的株梃是实心的，不是空心的。它们长得就像一对孪生姐妹，都是一簇一簇地生长，牛羊特别喜欢吃它们，而马并不喜欢吃这种植物。阿依努尔太喜欢野菊花了，她的头发畔畔上经常插着几朵野菊花，她本人看着更像是一朵美丽多情而又热烈绽放的野菊花。

他们嘻嘻哈哈向前奔跑起来，惊动了吃草的马儿，马儿们抬起头，抻着披挂着秀鬃的优美的脖子，耸立起耳朵，好奇地打量着他们。

大家走到一片乔木和灌木接连和纵深的地方，大树上缠绕着许多老藤枯蔓，林边的土道上有牧马人骑着烈马扬尘而过的身影。这片乔木粗壮的草地上，总有冬天被暴风雪折断的老树根杈，经过一季又一季夏日太阳的照晒，完全干透膛了，表面都皴裂了，轻轻一折就断成截，这是烧饭最好的柴火，大家边走边捡拾着柴火。阿依努尔抱不动粗壮的木柴，大家都特别呵护和包容她，让她找点干死的牧草和灌木拿回去，做火引子就可以了。

走着走着，就到了一大片深可齐腰的牧草丛中，牧草浪绳一样绊得人的腿都迈不开。大家就在草里面深一脚浅一脚地走着，这些牧草茂盛齐茬得就跟人工种植的苜蓿一样，微风过境，牧草的腰身便齐齐地弯下去，随之又挺直了，接着又一次轻轻地弯下去，一起一伏间，相互碰撞摩擦，发出唰啦唰啦的声音，犹如大海的波涛缓缓地涌过来，又退回去，再涌过来，一次又一次拍击着沙滩似的，发出低低的涛声与吟唱般的歌声。

突然，不知道是拉西还是尔里喊了一声："快看，野兔、野兔！"大家都围拢过去，却什么也没有看见。正当大家要责备他大惊小怪的时候，一只小小的野兔从他们的脚底下跑了过去。看来这只小兔子出生时间不长，看见人来了还不知道躲藏起来，倘若是成年的野兔，早已经跑得无影无踪了。大家都放下手里的柴火，不约而同地商量着要抓住这只小兔子看看它究竟长什么样子。大家确立了范围，形成了一个小小的包围圈，并慢慢开始收缩包围圈。尤布一边包抄，一边兴奋得吱哩哇啦地喊叫着。

阿依努尔噘起小嘴，假装生气，对他说："小声点，别嚷嚷，你这个讨厌鬼，把小兔子都吓跑了！"

大家只好蹑手蹑脚地向前推进。小兔子就在大家形成的包围圈里，因为这里有野兔的明窝，野兔的暗穴是比较深的，而这种明窝不会让野兔被狐狸和狼堵在里面，容易转移和逃跑。狐狸和狼是野兔的克星，它们是草原上的气功大师，把野兔堵在窝里以后，先是用爪子刨开一截洞穴，剩下的部分，它们不会再用那么大的力气挖到底的，而是像吹气球一样鼓着腮帮子往洞穴里吹气，直到洞穴里灌满了气，野兔在里面被胀得晕头转向，受不了了，便不顾一切地爬出来。刁钻狡猾的狼和狐狸便把野兔一口叼住，就这样兔子成了它们的一顿美餐。

伊斯哈格一个虎扑抓住了小兔子，揪着它的一对小耳朵，把它从草丛里提溜出来。小兔子拼命蹬着腿，大家都惊喜得跳起来，争先恐后地用手摸着毛茸茸的小兔子，它身上的皮毛那么光滑细腻。阿依努尔从伊斯哈格的手里接过了小兔子，爱怜地捧在怀里，抚摸着它身上纤柔的毛。

尔里说："是不是已经长到吃肉的时节了？如果能吃肉，咱们就宰了吃了去！"

拉西说："现在还没有长大，咱们抓回家去，把它养大了再吃它。"尔里也比较赞同，说是现在太小了，还不够吃一顿的。

大家的话让阿依努尔心里特别难过，她眼里噙着泪花，不让他们再用手碰触小兔子。她说："我们带走小兔子，小兔子的阿帕（妈妈）回来找不见它，该有多么难过呀！"

听了阿依努尔的话，伊斯哈格建议大家摸摸抱抱小兔子，把它放了算了，让它去找阿帕去。

大家都表示同意，最后由阿依努尔把小兔子放回野兔的明窝旁边，野兔的窝被一大丛灌木遮掩着，窝里面由于兔子经常出没和卧着休息，已然蹭得油光光的，还有几撮兔毛挂在窝门口的刺枝上，在微风中轻轻地飘拂着。

放了小兔子，大家回身拿了柴火，走出不远，阿依努尔却有些不放心，说："我回去再看一看小兔子还在不在？"

大家你一言我一语，都说赶紧回去做饭，都饿得肠子粘贴到脊背上了。但是阿依努尔还是坚持要去一探究竟。结果，她走错了路，进入了一片陌生的林草带，远远地听见阿依努尔发出一声惨叫，大家闻声放下柴火飞奔过去，原来是一条大长虫咬了阿依努尔的腿。一些牧人经常说，如果自己被长虫咬了，你抓住长虫把它反咬一口，人就会平安无事的。他们留下尔里照看阿依努尔，其余的人都追着抓长虫，这条长虫浑身光可鉴人，精气神很足，拉西用土坷垃砸过去，它竟然跃起一人多高，在空中摇摆扭曲着乌黑有力的身子，就像一条鳗鱼从天而降，滑跌进草丛中。拉西和尔里对这条充满力量的大长虫开始有些畏惧，但长虫却激怒了伊斯哈格，为了阿依努尔一定得把这个坏家伙抓回去，另外他还担心刚刚被阿依努尔放掉的小兔子就在附近不远处，被长虫找到吃掉的可能性很大。所以，伊斯哈格脱掉了身上的白汗衫，循着大长虫的踪迹尾随追赶。长虫在草上，就像鱼在水中，它会玩它的草上飞。但是伊斯哈格从来不怕狼虫虎豹。据说，人的基因里面有许多惧怕野兽和蟒蛇的因子，有的人老虎豹子都不怕，但天生就怕长虫，看见这个浑身光滑、冰冷、阴森的家伙，全身就会不寒而栗。但是伊斯哈格好像基因里没有这个概念，他闪躲腾挪，猿人一般，几个纵步就追上了大长虫。他瞅准时机，一个乌龙探海，飞身过去用衣服压住大长虫的上半部分，一手摸到并抓住了长虫的七寸，一手摁住它的脖颈把它捉将出来。他牢牢地控制住了大长虫，长虫的头从衣服下面露出来，一对阴森森的令人恐怖发寒的眼睛仿佛是要把他们深深地记在心里。那长虫的芯子心有不甘地扑簌簌、扑簌簌出出进进地在嘴边缭绕着。

他们一边向阿依努尔身边走，一边寻找长虫的克星一字蒿，这种蒿草只要嚼烂敷在长虫咬的伤口上，很快就能治愈伤者。也许世上任何病菌都一定会有一种化解和对付它的植物，也许是某类蔬菜或野草什么的，只是人类认知有限，没有发现而已，这就是绿色的大自然对人类的悲悯之情和无偿馈赠吧。

阿依努尔被长虫咬过的地方，流出一丝黑色的血液，已开始发黑变肿了，情况紧急。大家让她把抓到的长虫狠狠咬上一口，阿依努尔不知道是因为害怕，还是感到恶心，摇着头不肯咬，牧人们讲被长虫咬过的人反过来再咬长虫一口，人口里和牙齿上的毒就会重新进入长虫的身体里，这样人就能活下来，而长虫就会死去。眼看阿依努尔的脸色越来越苍白，紧张使她的呼吸更加急促，美丽的脸颊渗出细微的汗粒，汗粒在细细的汗毛上游荡着。

大长虫在伊斯哈格的手里发出咝咝的声音，好像是在向他们示威。伊斯哈格有些愤怒了，抡起大长虫甩鞭子一样抽打着身边的草地，一连几下，草被抽倒了一片，大长虫的筋骨都散了，脑袋砸在柴火棍子上，碎裂开来，再也耀武扬威不起来了。伊斯哈格丢下奄奄一息的大长虫，又跑去找一字蒿，他知道一字蒿的生长习性，找了几圈就找到了，放到嘴里咀嚼着，飞跑回来，将嚼烂的一字蒿碎末和着唾液涂抹在阿依努尔的伤口上，然后用几片树叶包在伤口上面，拿草绳绑住。伊斯哈格背着阿依努尔，他感到她的身体热热的如一团软绵绵的火焰在灼烫着他的脊背。他们几个抱着柴火，拖着死长虫回到了要造饭的簸箕崖那里。

努努听了他们寻柴火的经历，表扬了伊斯哈格，草原上对临危不惧的英雄向来是十分崇尚的。努努看着背回阿依努尔的伊斯哈格，说：“你嘛，真是一个勇敢的巴郎子，现在你和阿依努尔休息，我们几个做饭。”

早上从驻地的帐篷出发的时候，大家都各有分工，谁带小钢盅锅及切菜板，谁带米和土豆，谁带葱和清油、食盐什么的，分配都是非常明确的。伊斯哈格坐在簸箕崖下面距离锅灶不远的草地上，悉心地照料和守护着阿依努尔。阿依努尔枕在伊斯哈格的大腿上静静地休息，土崖就像一把伞盖，遮住了这头顶上灼热炙烤的烈日，使他们生火造饭的这个地方形成了一个有阴凉的犄角旮旯。

拉西和尔里拿着阿依努尔从家里带来的瓦罐去河边打水。水打来了，他们用头顶着打满水的瓦罐回来了。这里的人习惯用头顶着盘子、罐子、笼子，顶着各种各样的东西行走在草原上。努努让尔里淘米，让尤布和拉西把粗长的柴火折断弄短，便于塞入灶膛。这个簸箕崖四面遮风，下面非常僻静，是生火造饭的绝佳位置。

伊斯哈格看见阿依努尔的头颅侧枕在他的腿上，安静地看着努努他们生火造饭，他盯着她头发上插着的两朵黄色的热烈的野菊花，那头发就像是一片茂密的牧草，而那牧草上似乎开放着火焰一样燃烧的野菊花。这些牧马的少年，每天所接触的，唯有这样一派苍茫高远的大草原，抬头是浑然的天，低头是浩然的草。伊斯哈格就是在这样的环境下，听着阿依努尔这朵野菊花枕着他的腿均匀安详地呼吸，他感到从未有过的舒坦和放松……远处，牧野里的草如海浪一样翻滚着，一波接一波，起起伏伏，盈亏循环，听上去如同置身涛声连绵的大海边。他感觉阿依努尔也像是和他一样在静静地倾听，有时候牧草的声音听着像是特别遥远，然而又似乎近在咫尺，渐渐会出现一些幻觉，仿佛草原上一切绿色的草木都在人的耳边喃喃絮语。蜜蜂在各种各样的花丛中飞来飞去，演奏着亘古的合唱；蝴蝶成群结队地去那草地上迸溅着的翡翠一样的溪流边饮水，密密麻麻抱在一起，犹如人类去往圣地一样。这是草原上另外的一种宁静，是一种真正独有的风景。蚂蚱曼妙的叫声在簸箕崖顶的香荫草丛中奏响，絮絮叨叨的，催眠曲似的，这些让阿依努尔枕着伊斯哈格的腿昏昏欲睡。不知道是阿依努尔的鼻息还是她头上的野菊花发出一丝隐隐约约的香味，这是伊斯哈格感受到的最原始最古老最朦胧的一种幸福，这种感觉单纯而甜蜜。美好充斥着伊斯哈格的内心世界，他担心这温馨会稍纵即逝。但至少此时此刻，他耽于馨香里，是实实在在的，草原上的一切把他的心里填充得满满当当的。

锅热了，清油倒进锅里，刺啦啦地炼出一声响，然后就放入食盐，再将切碎的红葱和野葱一起放入。接下来才将切好的土豆倒进去炒得半生不熟，这样炒得夹生的土豆好入味，熟得慢一些。最后才将洗好的大米和小米混合倒入锅中跟土豆搅拌一下，倒上水，水要将米淹过一些，然后盖好锅盖把米饭和土豆一起慢慢蒸熟。

蒸米饭的时候，大家议论起了那条咬了阿依努尔的死长虫。“把它带回去，装到瓶子里晒成蛇油膏，谁要是身上起了毒疮，抹上立马就治好了！”尔里说。

尤布附和说："对，没错，这个季节，它会成为最好的蛇油膏！"

努努反驳他们说："它的肚子里说不定吃了什么小动物，要把内脏清理掉，用长虫皮制作疮膏，长虫肉咱们吃了，那可是最有营养的。"他说着又吸溜鼻涕又咂巴嘴，好像他已经吃到嘴里似的。

尤布说："这个主意不错，就这么办！"

尔里也说："听老牧人讲，长虫肉是上好的补品，吃了长虫肉，即使身体非常虚弱的人也能缓过来，全身都生劲儿。"

"那就让刚刚被长虫咬过的阿依努尔也吃点长虫肉补一补吧！"沉默了半天的伊斯哈格丢了这么一句，接着又看阿依努尔头上的野菊花去了。阿依努尔一声不吭，看样子很疲倦，只是轻轻地摇摇头，似乎是表示她不要吃长虫肉。

努努把长虫头用剁铲截掉，把尾巴也剁了，因为有些长虫的毒就在尾巴那一段，所以是不能吃的。努努一边干一边说："我见过长虫吸鸟雀，你们谁见过吗？"

尔里说他见过，实际上他并没有见过。尤布发自肺腑地说他确实没有见过，只是听草原上的人们讲过，让努努讲给大家听。

努努说："长虫往往先是神不知鬼不觉地凑近了小鸟，然后会迅速把前半截身子像棍子一样直立起来，头对着小鸟，嘴巴咝咝地吐着芯子，跟火苗似的，然后鼓着全身的劲儿开始用嘴对准小鸟隔空发力，像是在作法，非常神奇。再看那鸟雀，翅膀啪啦啪啦地拍打着，翅膀尽管扇圆了想飞起来，可无论怎么努力和挣扎，张开的翅膀依旧拖拉在地上，飞不起来。有些鸟雀眼看就要飞起来了，却又被长虫吸下来掉在地上，最后身不由己，身子竟然一点一点移到长虫的嘴边，这时，长虫前半截身子就会弹簧一样唰地一下子弹射出去，一口将鸟雀吞进肚子里去。”他接着说：“在夏伏天气，长虫是最厉害的，这时候如果人被长虫咬了，倘若在短时间内没有救治的好办法，拖延得久一点，那可就危险啦。但过了伏天，长虫就没有那么大的力量了，就变乏了。我家以前有一头红公牛，在伏天的时候，吸了一条长虫，哎呀，自从吸食了那条长虫之后，变得那个膘肥体壮，全喀纳斯草原的牛都打不过我家的这头公牛了，就是因为它吸食了一条大长虫。”

伊斯哈格看见阿依努尔睁大了眼睛，那浓浓的眼睫毛上下扇动着，似乎在出神地倾听着。

拉西说：“我也见过牛吸长虫，吸的时候，牛的头会深深地低下去，埋伏着似的，尾巴夹在屁股的沟壕里，前面的蹄子刨着地上的土，刨得尘土飞扬，那一阵牛身子会拱成一张绷得很紧很紧的弓，浑身每一根毛都仿佛绷着劲儿，鼻孔突然变大，嘴里好像还泛着白沫子，那力量，简直用圆了哩。这时候，人可千万不能打扰和惊动了牛，人如果惊动了牛，牛的注意力一旦分散，就跟法术散了一样，让长虫逃之夭夭了，从此受过严重打击和挫败的牛就会瘦成个干棍棍，光拉稀，一蹶不振，再也缓不过神气来了！”

努努说：“长虫被牛吸到嘴跟前，牛会鼓着一口气，号叫一声，用鼻子吸长面条一样吸进去，吸了长虫的牛，过不了几天就缓好了，精气神焕然一新，就跟脱胎换骨了一般，身上的毛闪闪发亮，好看得跟缎子被面一样，光滑得苍蝇都趴不住。”

灶膛里丢入各种干透的枯树枝和用脚踩断的劈柴，开始燃烧得异常欢实，火苗扑燎燎、扑燎燎地舞动着，一会儿又呼啦啦、呼啦啦嚣叫着，同时柴棍子被烧得哔哔剥剥炸裂开来，一个劲儿地脆响着。那些烧化了的木棒，先是冒着乌烟慢慢弯曲收缩了，最后又由红慢慢变黑了，彻底燃过以后就变白了，成了白色的灰烬，释放出淡蓝色的白烟，闻上去香香的。木头的香味和饭菜的香味同时在草原上四散开来，让人心情愉悦、精神陶醉。伊斯哈格的胃也开始发出了难以抑制的欢叫和歌唱。

说着话的当儿，努努又把大长虫的肚子豁开，把里面的内脏从头到尾用剁铲刮得干干净净的，果然从长虫的肚子里刮出了几只毛连骨堆的小鸟，就像包了一层胎衣一样，然后努努有些气愤地把长虫皮完完整整地从长虫身上扯了下来，剩下的就是长虫肉了。他让尤布帮忙倒出罐子里的水，把长虫肉洗得干干净净的，接着从灶火门里拨拉出两根烈烈燃烧的火棍，用一根木棍扎住长虫肉，放在这拨拉出来的火上烤，一边烤一边往长虫肉上撒盐。长虫被烧得蜷缩了，肉也瞬间变少了，肉上的油吱吱叫着，散发出让所有的人都精神为之振奋的香味。长虫肉不能烤得太久，因为肉薄而嫩，非常容易熟。努努给大家一人撕了一截，请大家品尝。但是，阿依努尔却只是闻了一下，皱皱眉，又摇摇头，把它递给了伊斯哈格，叫他替她吃了。伊斯哈格和努努他们都劝说阿依努尔，长虫肉是大补，刚才被大长虫咬伤，又受了惊吓，身体虚弱，吃点长虫肉恢复得快。但是阿依努尔还是拒绝了大家的好意，不知道她是因为害怕，还是嫌弃它的肉不干净，反正她就是不要吃长虫肉。

大家就不再劝说，各自吃得开心自在，吃了长虫肉的草原上的这些娃娃，感到筋骨里面开始发热和充满一股无穷的力量。他们觉得自己就是这大草原的环境所缔造出来的主人，就是这片绿色的大海一般的草原法则和秩序的维护者。草原和大海一样，有时候温情脉脉，有时候又会张牙舞爪，露出狰狞的面目。大海有怒涛和鲨鱼，草原有凶残的野兽，也有山洪和暴风雪，适者生存，你没有能力去适应，那就只有被淘汰，一切生命都是由大自然来塑造的，绿色的大草原让这些娃娃变得天然而质朴，桀骜不驯又阳刚强悍。

草原上的人都能歌善舞，阿依努尔简直就是跳舞的精灵，从小就跳得有板有眼的。她一跳就会跳出一种高傲和挺拔的精神和感觉，立着腰身，昂首挺胸，头部、颈项、手腕，还有眼睛、肚脐，每一个部位都在舞着蹈着，时而骑马，时而剪羊毛，时而挤马奶，各种的造型和旋转，黑走马和哈熊也交替出现，插在她头发上的野菊花洒脱自如地流淌着草原人民的生活气息。

但是，遗憾的是伊斯哈格他们现在欣赏不到阿依努尔的舞姿了。

长虫肉并没有解决大家的饥饿问题，只像是饭前的一丝干果和小点心，反而勾引得大家更饿了，差点等不到米饭熟了。努努在地上插着剁铲，看着那剁铲木把的影子的移动，终于走到了他画线的地方，就开锅舀饭了。大家各自拿出自己的铁碗，折几根柠条当筷子。这种野炊的饭菜，再就一点野葱，味道好极了。阿依努尔让给她少舀半碗，她爬起来靠着伊斯哈格，吃了多半碗。大家都是抢着吃，努努是最有经验的，第一碗他先是给大家舀得多，给自己舀得少，所以第一碗他很快就吃完了，第二碗他给自己舀得特别满，剩下的大家一人只能再少分一点，因此努努比大家都吃得多，占的便宜大，但是大家也不去计较，毕竟人家年龄要大一些，个头也高一些，关键人家是厨师，近水楼台先得月，窝门前的雀儿先大，就是这么个道理。总之，不论是谁，大家都先紧着阿依努尔，让她先吃饱，但是她说她已经吃饱了。饭虽然被大家争着抢着吃光了，但肚子似乎还意犹未尽。饭后，大家开始仔细认真地把火用土掩埋了，哪怕是一星半点的火星子都被处理得干干净净的，又用脚把掩埋火星子的覆土踩结实了，连整个锅灶都被壅进了土里，这是草原上生活的常识。

等到天黑的时候，马儿们一个个吃得肚子端溜溜的。牧马的伙伴们，嘴里唱出一句："肚子吃得端溜扎，唱一个刘三姐她妈妈。"这句话不知道是怎么来的，可能是有一次草原上放了一场电影，电影的名字叫《刘三姐》，第二天大家在牧马的时候，因为这个盆湾里草太好了，马儿们吃得肚子都鼓鼓的，又喝了喀纳斯河里的水，就跟怀上小马驹似的肚子凸起来，尔里这个卷毛头就快乐得跳蹦子，嘴里哇啦哇啦地喊叫着："肚子吃得端溜扎，唱一个刘三姐她妈妈。"伊斯哈格没有弄明白，他怎么这么激动和亢奋，为什么不唱刘三姐，却要唱刘三姐她妈妈呢？于是，一个传一个，牧马的少年们每次在打马回家的时候都这样说，就跟开心过头控制不住嘴巴，要给草原唱一个大肥喏似的，以表谢意。

马儿们还在嘎吱嘎吱地咀嚼着青草，把自己的嘴巴和头颅都淹没在青草里，并轻轻地愉悦地打着响鼻。

日头搭在草原的地平线上的时候，变得红红的，像一滴红色的泪珠，大家都开始汇集马群。这片巨大的草原上，野生动物特别多，有雪豹、貂熊、紫貂、北山羊、黑獾，还有驼鹿、棕熊、雪兔等等，不计其数，有时候狼群、雪豹和熊会攻击落单的马匹。但不管是多么凶残的动物，它们毕竟都是躲着人类的，有些记忆会刻在它们的血液和基因里，就像老鼠躲着猫走一样，魂仿佛被吸了似的。据说在非洲的草原上，有一种原住民，草原和森林之王狮子看见他们披着红斗篷追过来，就没命地逃跑，生怕腿不够用似的。所以，那里的小孩子的成人礼就是去到草原上独自征服一头狮子，证明他真的长大了。

伊斯哈格把阿依努尔拽上他的马背，让她抱着他的腰，黑豹咴儿咴儿轻轻地嘶叫着，懂事地驮着他们稳稳地走。大家都骑上了马，寻着夕阳红彤彤的足迹赶着马群往马圈那里走。一路上，马群踩踏出的声音雄劲有力，就像洪流一样。所经过的木屋和毡房在夕阳的辉映下，炊烟袅袅，有着令人叹息的美丽，村落与青草、河流、小桥完美交融，空谷幽远，清净而远离人类的喧嚣。

从此，伊斯哈格在喀纳斯的草原上就这样走来走去。当他每次赶着马群回到帐篷驻地的时候，他就听见牧民们悄声议论："我们这次算是找到了一个有责任心、喜欢草原、很会放马的巴郎子。他虽然是从外地来的，却并不是一个胡日鬼，而是一个踏实肯干的好娃娃。"伊斯哈格听了这话，便昂起头颅，挺起胸膛，不免有些找到位置的尊严和自豪感。于是，他每天一大早，就会赶着马群去草原上了，他会找最好的牧草让马儿们吃得饱饱的，吃得心花怒放，一匹匹都牧放得膘肥体壮，他才会心中充满快乐。他对草原之外的世界已经忘记了，感到淡漠了，他完全适应了这里的一切，更重要的是，他能和野菊花阿依努尔一起放马，能常常在草原上见到野菊花，这是令他开心的。

但是，人的一生就是由无数个生离死别组成的，夫妻两个在一起摸爬滚打一辈子，也还是免不了要分离，就像许多书和影视里描述的那些义结金兰的兄弟姊妹说什么“同年同月同日死”，但每个人都是各有各的归宿，各走各的生死路。又过了两年，阿依努尔也到了谈婚论嫁的时候，她被亲戚介绍给布尔津木器社的一个大个子木匠做妻子。结婚的前一天，阿依努尔赶着她家的马匹到草原上让伊斯哈格放牧，说：“我家的马匹以后就交给你牧放了，我要到布尔津去了，以后你来布尔津时我招待你。”伊斯哈格一句话都没说，只是心情沉重地点点头。她回去时，要骑她常骑的那匹枣红马，可是那马要撵马群，独自怎么都不肯回去，挨了一鞭子，竟然尥起蹶子，差点把阿依努尔摔下来，吓得她脸都红了，头上插的野菊花掉到草丛里，被马蹄踩踏后，变得面目全非。

伊斯哈格让她放开枣红马让它回到马群，他打了一个呼哨，黑豹一声嘶鸣，从草丛里跃出来，他骑上黑豹，把阿依努尔拽上马背，让她在身后抱着他的腰。这一幕，是那么熟悉而又令人心酸。他打马向村子里飞奔，亲自送阿依努尔准备明天的婚礼。快到村口的时候，他感到阿依努尔的脸庞贴着他脊背的那一片变得湿漉漉的，一开始他以为那是焐热以后的汗水把后背濡湿了。他放阿依努尔到马下的时候，看见她的一双眼睛红红的，显然是哭过的样子。她的确在他的背后偷偷地哭了。她挥手说："明天的婚礼，你一定要来啊！"

第二天，他把马群赶到牧草最深的峡谷里，他没有回去参加阿依努尔的婚礼，他想那一定非常热闹。下午的时候，他想着阿依努尔此刻一定已经坐着古老的马车，按照当地的风俗走了。

伊斯哈格突然乏乏地躺在深深的牧草里，觉得整个草原空荡荡的，一切都是空的，心也是空的。他辗转反侧，猛然坐起来，突然，他看见了一簇簇草原上的野菊花，它们依旧开得灿烂，黄色的，像火焰一样在燃烧，而白色的，依然恬静端庄，优雅高贵。

发表于《草原》2022 年第 9 期

《小说月报》2022 年第 11 期、《海外文摘》2023 年第 1 期转载

# 群众演员

许多人都有当演员的梦想，因为当演员有许多乐趣。我认识一个做群众演员的朋友。我和他相识已经十几年了，他就是以这个工作为生的。王宝强也是从当群众演员开始起家的，但人家早已经火得一塌糊涂。我的这个朋友认为：离没离婚是考量一个演员火没火的标志，一般特别火的演员，有一半都离婚了。但是我的这位朋友当群众演员都快三十年了，仍然还是原配夫人，有过一次机会，他想离婚可又不敢离，只好继续默默地做好他的群众演员，到处“要馍馍”，有时吃了上顿，竟还不知下顿究竟在什么地方呢，但他似乎一直都没有要放弃的意思。

## 一

我这个群众演员朋友的名字叫肖四，可能是在家里排行老四吧。以前他是一家轴承厂的工人。也就是在他当工人的那个阶段，他说他参加了第一期西部影视班，之所以参加了那个班，是因为他当过一次群众演员。有一次，恰巧西部影视城来人拍电影，到这家轴承厂寻找群众演员。这家大型国有企业当时是这个小城市里人群最密集的地方，有几千人。肖四听说当群众演员管吃管喝，还能给点外快，相比在车间里机器般的单调乏味要有趣得多，于是他就和几个同事踊跃地报了名，坐上一辆破面包车去了影视城。他这一去，竟然就爱上了拍戏。

二十世纪九十年代，乃至二十一世纪初期，都是一个电影火爆的时代，也是盛产明星的时代，人们崇拜明星比崇拜爱因斯坦有过之而无不及。人们对默默无闻的劳动者已经没有了一点兴趣。

肖四是一副标准的好衣架子，这是显而易见的。因为当演员，首先得是个好衣架子。肖四就是这种穿啥像啥的人。这样说，你们就该对群众演员肖四有一个感性的认识了吧！他生得浓眉大眼，国字脸，面庞红润，鼻梁笔直高挺，阔口，法令纹自然流淌，并微微下垂。大家看过扮演《三国演义》中关云长的那个人吧，肖四样子有点像他。肖四读书甚少，儿时是个放羊娃，在老家盐池的村子里读了几年小学，二十岁左右的时候通过招工到了西北轴承厂当车间工人。可是自从当上了群众演员，他就很少提及那段放羊娃的日子，似乎觉得提家乡的穷日子不甚光彩，每言必提他是某影视班毕业的，还会加上中国电视电影家协会什么的头衔。因为他口才并不好，吹牛话一多，就难免会前后矛盾，许多谎言就露馅儿了。但他总是话特别大，把自己说成大明星、大咖、大牌，经常动不动就爱说他跟冰冰、徐峥一起搭戏，可是我看了许多徐峥和冰冰的电影，都没有找见他的影子。他还说他是上将李克农的特型演员，说上面为了让他出演李克农，光政审这一关就把他们家查了三代。大家虽然不是特别了解演艺圈子的情况，但他说的经常以及和这个明星那个大腕搭戏，就很让人怀疑，因为大家倒是常常在影视剧中看到他说的那些人，可就是唯独找不见他的影子。还有，演李克农是不是要政审、要刨根挖底查三代人清白的问题，不好深究，这个小城里的人也是将信将疑，时而认为他说得有鼻子有眼，合乎情理，时而又觉得不就演个戏嘛，何必小题大做，搞得那么夸张呢！可是我们隔着行，隔行如隔山，也不好追问。但是，我们可以上网搜索。大家上网上一搜索一查询，均没有发现肖四说的这部十分有影响力、他所主演的《李克农将军》的重要电影。有时候，肖四在饭桌上吹牛，一大群人，他在那里一边向大家介绍自己的丰功伟绩，一边还会把他的一个运行十分缓慢的、看不出什么牌子的、有些汗渍油污的破手机掏出来，在里面翻寻出他和一些明星的合影。但这小城里的人说，这又能说明什么呢？据说许多群众演员，为了提升自己的知名度，为了满足一下自己的虚荣心，就在北京，还有横店等全国各地的影视基地，瞅准时机追着找明星合影。不就是在拍戏的场地和明星拍了张照片嘛，明星也是人，也很渴望有人崇拜，也渴望粉丝们追捧他们，所以很少拒绝群众和他们拍照。这些群众演员有时也会从旁边借几件衣服和行头套在身上，往明星跟前人模人样地一凑，对旁边另外的群众演员伙伴大喊一声：“快拍！”

于是，群众演员们各种各样与明星的合影就都诞生了，然后拿着这些诞生的照片回家乡吹牛皮。一些不明情况的人，真会把他们当成明星，最次也会认为他们和明星一起搭戏了，过几年不定比旁边的明星还火呢。所以，这种合影的诞生，证明不了他们究竟取得了什么成就。

肖四那次在西部影视城当了一回群众演员后，就上瘾了，他觉得这个职业才是最适合他干的。他就喜欢在一种表演性很强的工作状态下生活，因为面对镜头他就会萌生出一种特别强烈的冲动和表演的欲望。其次就是，他喜欢吃美食，只要你提供各种美食食材，他立马就有当饭大师的亢奋。一个是表演，一个是吃美食，似乎他人生的全部意义，就包含在这两件事情里，也仿佛只有这两件事情才能够让肖四的荷尔蒙爆棚。

当过了群众演员的肖四，工厂的生产车间就不想再去了，看不上了，觉得那不是个人干的事情，人就是要当演员、当一个大牌明星，还有就是食好吃的，必须要有好吃的供自己享用。对于轴承厂里的车磨铣刨等等，已经让他厌烦透顶了，觉得是在白白消耗一个才华横溢的人的青春，在浪费一个与众不同的人的生命。于是，他在厂子里三天打鱼两天晒网，后来不是单位下了他的岗，而是他要把这样的枯燥乏味的重复性的劳动，以及天天跟不会说话的、冷冰冰的钢筋螺丝打交道的生活从生命中淘汰掉。然而，现实生活往往是残酷无情的，自己浅薄的知识结构和肤浅的认知，加上能力的不足，使他很快就失业了，也没人找他拍戏了。工厂是去不成了，这一点他似乎早有先见之明，因为这个轴承厂不久就倒闭了，工人们多多少少给了点钱就都给打发了。

失业人员肖四就特别苦闷，好在天无绝人之路，他在新市区的烧烤摊子上寻着食好吃的、喝啤酒的时节，认识了卖烧烤的买买提大哥，这个新疆大哥长得五大三粗，羊肉吃多了容易发胖，这让肖四特别羡慕。他看见人家一边给别人烤肉串、烤肉夹馍，一边自己把烤得半生不熟的羊肉串撒一把椒盐，大口大口地吃，啤酒一瓶接一瓶地灌，这种酣畅淋漓的生活让肖四觉得人家是把人真正地活了。这还在其次，那个买买提竟然有两个女人。

## 二

群众演员肖四很快就成了买买提大哥的徒弟，跟着师傅看烧烤摊子。对于这项工作，肖四相对比较上心，因为羊肉串可以尽管往饱里吃，啤酒也可以喝上两瓶。在吃的这方面，买买提秉承了祖辈的传统与豪爽，放开叫肖四吃，并朗声说："你一个人嘛，一天能吃多少肉呢？你尽饱吃，吃饱了把客人给咱们伺候好！"肖四一个人即使放开肚子吃，又能吃几斤羊肉呢？人吃饱喝胀，自然就吃不进去了。买买提师傅的大方让肖四对他充满感激，谁如果说师傅和师傅家乡人的坏话，他就觉得是对师傅的不尊重，就想上去辩论。买买提师傅对自己的这个汉族徒弟也爱护有加，还教他如何烤羊肉串，把这一手吃饭的本事毫无保留地都传授给了肖四。然后，他又用自己的钱给徒弟买了一套烧烤炉子，还教给他如何配料，并分了他一些配料，让他另起炉灶，并对肖四用浓浓的家乡口音语重心长地嗔怪："哎，你这个瓜娃，一天嘛，不能光给我拉长工，你这样子干到啥时节去呢？你嘛，也出徒了，自己摆上一个摊子，挣上点钱找上个羊缸子（指女人），生上两个儿子娃娃，好好过日子去！"

自此，肖四就另起炉灶，也摆了个烧烤摊子，先是距离师傅不远，后来他怕影响师傅的生意，就主动从新市区搬到老城的湖滨街口去了。在那里，他的生意和师傅的一样火，不久就找了一个流落这里的四川女人结婚了。后来因为和旁边的人争摊位，竟和另一个摆烧烤摊子的人打了一架。一开始，那个“水鸭子”（因邻近黄河，对当地人的一种统称）和他撕衣领、扯袖子，抓住衣服领子你把我推过来，我把你搡过去，就这么来回扯锯。后来肖四失去扯锯的耐性，有些不耐烦了，照着人家的干腿梁子就是一脚，对方不仅以脚还之，且照肖四的脸就连续地捣给了一顿组合拳。人家才不管他是什么演员名人呢。围观群众就呼啦啦来了，有了观众，就得有戏啊，肖四想，他这么打我，我得把节奏和频率也跟上去呀。状态也就出来了，显然，那人没有肖四劲儿大，就嚎喊旁边的几个摆烧烤摊的一起动手，说：“还看什么呢，这个家伙来把咱们的生意抢走了，你们还不打他！”毕竟人家在一起的时间久，亲戚朋友的关系嘛，所以就群起攻之，乱拳齐上。乱拳打死老师傅呢，一阵比画下来，肖四的脸就被打得像充气的皮球一样肿起来了，眼眶子就跟蜜蜂蜇了一样，眼睛也被打得睁不开了。他们凡是参与打架的都浑身流出汗来，嗓子里冒烟。直到相互打痛快了，就自己停下来，散开了。

这一架打完以后，双方都没有叫警察来处理。男子汉大丈夫嘛，肖四一边摸头上的伤，一边悻悻然地说，“你们都给老子记住了，我的拳脚打到你们，也是不好受的！”

对方那帮人也都笑了，说：“赶紧回去看大夫去吧，煮烂的鸭子，嘴还硬得很！”

肖四捂着视线模糊的眼睛，就在心里偏执地说：“这些混蛋，一定是想出名，才专挑我这样的名人打哩！”嘴里骂骂咧咧地走了。这一场勇闯“上海滩”，却以肖四的失败而告终，他自己也不想找人报仇，就在头上包了一片破纱巾，忍住浑身的疼搬到北京路海宝大厦那儿去了。这个新的地盘，生意也还可以，尽管没有湖滨街口那里人来往稠密，但还是有些个人的。肖四在海宝大厦的楼下摆了一年烧烤摊，又在大厦旁边盘了一个店，一边开餐厅，一边门口带的烧烤，他和四川媳妇两个人一起干。他把自己在影视城当群众演员时跟几位明星的合影挂在了店里招揽客人。许多人就一边吃饭，一边称赞他，说：“没想到这个老板还是个电影明星啊！”“咱们赶紧和名人合个影吧！”你一言我一语地议论着。肖四一听，就引以为荣地紧紧握住这些顾客的手，仿佛遇到了知己，有时还会给人家送上一瓶啤酒。他们夫妇靠开饭馆，算是多少挣了点钱，还租了套住人的房子。但是，时间久了，肖四还是特别向往当演员的感觉，只要带光束的东西一接近他，他就会当作了镜头，情不自禁地表现出演说和要歌唱的欲望，还会摆出各种影视作品中出现的姿势和动作。

## 三

渐渐地，大家就都知道了开饭馆卖烧烤的肖四是个演员，就难免会比较频繁地叫他出来一起坐坐，聚聚餐，把他当有身份的陪客。有人喜欢刨根问底，追问肖四的籍贯和先辈。肖四最早的时候，说他们家是陕北穷山圪崂里搬来的，老爹是个放驴的，然而时间一久，他就觉得这样说有些不大合适，那些饭桌上的人脸上表情淡淡的，有些瞧不上他的样子。于是，有一天有人又一次问起肖四的老爹是干吗的，肖四就自豪地说："我们祖祖辈辈可不是一般的人，那可都是身怀绝技的艺人，是地地道道的皮影戏表演世家！"肖四一只手端着酒杯，一只大手掌在空际里来回摇晃着，头也跟上摇着，意思是不堪回首。人们一下子被这个表面看起来无比刚强，实则内心情感丰富且脆弱的男群众演员的故事所震撼和感动了。

基因的遗传连科学都感到匪夷所思，到了肖四手里，这种特殊的基因又开始在他身上生根发芽和凸显出来，在他的血液中四处泛滥开了。所以，这是天大的好事，对国家的文艺事业不无裨益啊！肖四他要重振旗鼓，他一边开饭馆，一边和以前影视城专门组织群众演员的一个姓马的中间人保持着友好联系，并嘱咐他："我的好哥哥，影视城如果再来拍戏的，需要群众演员，无论如何你一定要通知我过去参与演出一下。"

"等我的好消息吧！"马哥仗义地说。

然而，一等就是好几个月，或者半年，都没个定数。

总会来戏的。任何一部影视剧工程都需要一堆人才能完成，群众演员也是必不可少的。所以，影视城一来戏，那个居住在影视城附近负责联系群众演员的马哥，尽管他对演戏不感兴趣，但对钱却情有独钟，所以就成为群众演员的中间人。群众演员的演技和能力不一样，付费标准也不一样，一天三十元到七十元不等，也有个别是一百元一天的，都不一样，因为有群众演员，有群特演员，有新人，还有老群演。一般情况下，由这位近水楼台的马哥先去跑动导演那里把活儿承揽过来，签好合同，自己再联系当地群众演员过来到副导演那里应聘，参加演出的演员工资一天一结。这位马哥的心还是比较狠的，在每个群演的身上要抽走一半工钱呢。肖四给马哥经常是香烟美酒地孝敬着，所以他的工资略微比一般第一次参加演出的群众演员要高一些，但也高不到哪儿去。由于关系处得不错，肖四偶尔也能捞个店小二或者不很重要的打家劫舍的棒客、土匪头子角色客串一下，就高兴得几天都睡不着觉。肖四在生活中，常常把自己扮演角色的照片从手机里调出来反复地看，看不够似的，只要一有人他就要别人也一起看他拍戏的短视频和照片，以证实他是一个“著名演员”！他就是这样地走哪儿把自己广告打到哪儿。

## 四

时间久了，大家就知道肖四也算是个文艺界的人士，是个名流，就会吃饭的时间约上他在饭桌上表演个节目，娱乐一下大家，活跃一下气氛。

肖四的拿手绝活就是陕北民歌“羊肚子手巾三道道蓝”，还有什么“亲口口拉手手”，这是他在饭桌上的保留节目和拿手好戏。

大家有所不知，肖四这个人的自尊心还是非常强的，对那些不尊重他的人深恶痛绝，更不喜欢别人说他是群众演员。他希望大家称呼他“大明星、大导演”！

肖四倒是真的导演过两场亲戚朋友的结婚典礼，当了几次司仪，至于导没导过影视剧就不得而知了。但他听别人叫他肖导或大明星的时候，就十分受用和满意。可是也有那种不识时务的人。有一次在饭桌上，一个心直口快的生意人当着一大群人的面说："肖四，你一天这么大年龄了，还在当个群众演员，真没劲儿！"

顿时，桌子上的气氛一下子变味了，空气都凝固了，先前还交头接耳嗡嗡嗡吵得人头疼的声音一下子都像是被藏了起来，人们都不敢正眼看肖四的脸，也不敢看别的人脸上的表情，大家都把头低在桌子上，不知道怎么办，毕竟都是有一定身份的人，都是有点头脸的人。尽管心里都有些幸灾乐祸，更有不乏煽动的心思，且在心里会心地微笑着的，但表面上却都一个个在装着，在演生活的戏，都扮成一本正经的君子模样。

肖四气得脸一会儿红，一会儿白，口都讷讷了，眼睛对那个不知轻重的生意人翻得跟仇人似的，反感到了极点，但又想不出一句有力的反击的话。换成别人会骂他是暴发户，可他嘴抖了半天，来了一句："见不得人家坟头上冒青烟！"又接上来一句："你还不配说我！"

这时候，旁边一位精于世故的立勤先生，也许尝到过太多人生的酸甜苦辣，也领略了官场退休后人走茶凉的滋味，便开口打破了尴尬："你们说，我们大家谁曾经不是一个群众演员呢？"他十分豁达地说："我自己就曾是一位在工作和生活中尽职尽责的群众演员。毫不含糊，生活中，大家都是群众演员，因为我们只有当好群众演员，扮演好各种角色把领导伺候好，上协下调，摆布好各种棘手的问题，才可能将来成为主角啊！"他面带慈祥的笑容，继续说："就在昨天，我打开电视，无意中竟然就看到了肖导，好像扮演的是一位古代的将军。挺好的，年轻人嘛，干任何事情，就是要有持之以恒的决心！”他的话，无异于春风化雨，化开了饭桌上凝固的空气，气氛渐渐活跃起来，也让肖四的颜面多少有所挽回。这位退休的豁达的老先生提议大家祝贺肖四又出新作，于是大家你一言我一语，跟着称赞起肖四，并一起为之干了一大杯，并祝福肖四能拍出更多令老百姓喜闻乐见的好作品。

肖四把杯中的酒也一饮而尽。

那个生意人赶紧把杯子凑过来要单独敬肖四一个。

肖四缩了一下臂，但最终还是迎了上去，“当——”玻璃杯清脆悦耳地响了一声。人们才松了一口气。

你们想，群众演员的档次和肖四平素说的他是大牌明星完全是大相径庭的。群众演员的地位是很低的。群众演员说白了就是所谓的背景演员，就是个可有可无的装饰物和烘托气氛的点缀，就是主角在台上面表演，群众演员在台下鼓掌，有没有这个鼓掌者，或者换成任何某个鼓掌的人都是一样的，都没有什么区别，多一个少一个也不会影响大局。所以，肖四作为演员的存在感被人贬得一文不值。这就和有人说一个写了多年的写作者是一个文学爱好者是同样的道理。爱好，不等于你就是这方面的一块材料，也无法证明你具备这方面的素质和能力。比如有人挪揄一个几十年都献身于影视拍摄，却一直都是个群众演员的人，在众人面前说他是个群众演员，那是非常伤人的，这会深深刺痛他的心啊！您想，肖四他该多么的生气、心烦和讨厌啊！他也许别无所求，但要的就是一种虚拟的荣耀感，一份纯朴的感情投入后所获得的尊严！

大家提议肖四的“亲口口拉手手”开始。

肖四也不推辞，端着酒杯，绕着酒桌，转着圈，就唱起来：“一对对绵羊，并呀么并排排走，哥哥能什么时候，拉着那妹妹的手！”他恰好转到一个性感少妇的跟前，对她笑着挤了挤眼，大家尽兴地笑着。刚才这是哥哥的声音，肖四把手像一些民歌艺术家那样拦挡在口边，不使声音和调子跑偏了。他刚刚嘴是朝着左边，突然又猛地转向右边，变成了妹妹唱道：“哥哥你有情，妹妹我有意，你有情来我有意，咱二人不分离……我要拉你的手，还要亲你的口，拉手手亲口口，咱们两个圪崂崂里走……”

饭局被肖四的歌声推向了一种难以言说的高潮。

## 五

要说在这座城市里，算得上大牌演员的，且是真正土生土长的大咖确有一人，那就是杨红球，他的名字气魄之大，非同一般，意思是要红遍整个地球。他曾经确实拍过一部足以证明自己是个卓越演员的电视剧，凭借这部四大名著之一改编的电视剧中出演的成功角色，让那一古典人物形象活灵活现地展现在了大家面前。当然，像他这样的演员，大家都认为，即使现在不怎么拍戏了，背后还是有一些演艺圈的资源的。

我们的群众演员肖四，在饭桌上他还能够安稳地待着。其余时间，他自从当上群众演员，就只能看见这个人仿佛屁股上扎了野鸡翎子，脚不沾地，似乎一直都奔波着，一副忙忙碌碌、紧紧张张的样子，没得一点闲工夫了。在此期间，他北京也跑了好多趟了，南方横店影视城门口群众演员的行列里总有他旋转忙乱的影子。但是，好多戏都不需要他，甚至不被导演尊重，挺看脸势的，饿肚子也不是什么新鲜事儿。他和一堆明星倒是合了好多影，就坐着火车又回来了。回来过上几天，又走了，去了还是遇不上一个伯乐，只得再次回来。

回来之后的肖四，这边西部影视城也没有人叫他拍戏，由于他去北京之后，疏于经营和管理，他的饭馆就关门大吉了，老婆也去跑保险了。

但是人得吃饭啊，他背着一堆与明星的合影找饭吃，东奔西跑，还真接了个活儿，就在省城下面的一个市里，一家曾经开烟酒超市的老板新开了一个海尔电器代理公司，要搞一场开业庆典活动，请肖四给策划策划，让他再请上两位名人，算上他本人一共要三位名人就成了，届时请他们出席活动现场并与广大客户群体互动一下，也是一种宣传模式。因为现在就时兴这个名人效应，做生意干啥都得要讲个平台，讲个模式。

肖四与商家签订了合同，拿上了定金，就开始找另外两个名人。他首先想到了著名演员杨红球，这是一次走近自己心目中崇拜的偶像的机会，还可以借自己的偶像红球老师的影响力在圈子里谋点戏拍。现在，啥都不得有个圈子嘛，老是进不了圈子，在圈子门门子上久久地徘徊无依，就永远出息不了。可是肖四不认识杨红球，就托了个饭局上认识的名人尕西木找到了杨红球，先约出来请人家红球老师吃了一顿饭，饭桌上就把事情交代了。

人家杨红球显得牌子挺大的，一见面就对肖四说："我真不想去，可是尕西木哭着喊着让我一定给你捧捧场，我也知道你小伙子挺不容易的，如果不是看在尕西木的面子上，就你那仨瓜俩枣的，还不够我的个烟钱！"这个杨红球，在电视剧中的扮相，那可真叫一个绝，叫一个帅，你看着那扮相就觉得他不是个凡人。现在再看他，虽然上了点年岁，脸上有了一定的沧桑和褶痕，但依然面孔红扑扑地放着光泽，眼里流淌出一丝孩童般的狡黠。还有，他原本是在这北方的小城市里长大的，地地道道的"水鸭子"，原本想他说普通话应该不咋的，但是令人惊讶和肃然起敬的是，杨红球的普通话几乎跟央视播音员不分伯仲。这让人怎么都不敢相信，甚至感到不可思议，仿佛他就应该是郑晓龙那个圈里的。可是，事实上自从那部可以千古流传的大戏之后，尽管他也拍了一些戏，却不怎么火，渐渐竟有些江河日下、销声匿迹的趋势。但千说万讲，人家有那一部作品、有那一个经典人物形象就足以说明问题了。

去的那天，杨红球老师开着老婆的一辆轿跑，拉上肖四和尕西木从省城出发了。一路上，红球老师都是把油门轰足了跑，还一再介绍说这是他老婆的车。肖四就称赞这辆车的性能多好多好，漂亮又独特，还跑得相当快。每次听到夸奖，红球老师就不由自主地把油门轰一下，车就往前猛地飙一大截子，把车上的肖四两人搞得心惊肉跳的。红球老师仿佛听了肖四的那句奉承的台词，不踩一脚油门，就对不起肖四。然而这肖四也是个人来疯，就像个孩子一样肆无忌惮地一个劲儿夸这辆车，红球老师就一个劲儿加速，不知道在高速公路上超了有多少辆车。

有时几辆车前前后后错综复杂，但是红球老师的这辆轿跑总是能如一条美丽的母鲨一样灵动地唰一下游过去。从杨红球对这辆车的得意，可以隐隐感觉到他对自己的老婆该是多么地喜欢和满意啊！

到达了目的地，先是商家给几人接风洗尘，想着会在高级一些的餐厅，没想到是在一家不起眼的烧烤店，喝的是啤酒。喝了三四瓶啤酒，这个时候，肖四就让红球老师以后帮他联系点戏。红球老师就根本没有把肖四当一个演员，更别说明星了，他瞥了肖四一眼，道："你他娘的，一看就是个上一集枪一响，下一集就没了的货色，还拍什么戏！"

红球老师竟然当着人家商家的面，如此严肃地批评肖四，这让那些把活儿给了肖四的人还怎么看肖四啊？原来他们以为肖四是个有头有脸的角儿，原来在红球老师的眼里竟然什么都不是。

也许是酒精的作用，群众演员肖四的脸从里面一下子红到外面，又似乎从外面红到了里面，红得几乎快变成紫色的茄子了。这时候，灯光有些暗淡，卡座里的音乐也让人有些低沉压抑和无奈。肖四的脑海中混乱地浮现一些画面：一只受伤的丑小鸭在湖边挣扎着，想飞起来，丑小鸭在涅槃，在向白天鹅过渡；一位孤独绝望的芭蕾舞演员，在一个黑暗的角落里苦苦挣扎，抬起脚跟，踮着脚匆匆前进，仰起系着花手帕的头颅，翘起下巴，伸长脖颈，一只翘起兰花指的小手探向茫茫的黑夜；她（它）的心在痛苦地挣扎着、彷徨着，一次次从深渊里挣扎着爬上来，却不幸地又一次跌入了谷底。

红球老师看出来肖四脸色变得特别难看，不仅没有安慰，竟然又在他有些臃肿的肚子上，一连用力就是几巴掌，打得肖四水囊般的肚子砰砰砰地响，说："你想当演员，你他妈怎么这么大的一个肚子哇？"红球老师吃了一个毛豆，接着说："你要想当演员，我可以给你联系，可你得给爷把这个肚子弄瘪，最好给我把这个面袋子减下去！"又是美美几巴掌，敢情说是给肖四帮忙呢，目的似乎还是为了打那几巴掌。

一下子，肖四在这些商家眼里的地位荡然无存，而红球老师的那种大家到场的范儿却立即被树立起来了，那些人就跟一帮小弟见了老大，如众星捧月般把红球老师围起来了，频频地敬酒。这就是戏哪！

肖四感觉自己被晾在一边，心里别提有多难受了！

第二天的活动，饭后，商家带他们就近找了一家宾馆入住了。红球老师单独一间房子，肖四和尕西木两个人一间。先前在红球老师面前还忍气吞声的肖四，一进入自己的房间，就变得非常狂躁，竟如困兽一般走来走去，感觉受了奇耻大辱一般，突然用拳砸在墙壁上，手背上的皮都裂开了，血流如注。他又拿起一只瓷杯砸在地上，杯子应声而碎，他又单膝跪下，面对黑乎乎的窗外，面对漆黑一团的天空发誓一般大声道："我啊，我啊……我这辈子……"后面他又不知道说了什么，好像意思是他以后一定要出人头地。

肖四的这一番折腾，却把隔壁的红球老师惊动了，他敲门进来道："你他妈的怎么回事，你是不是喝多了，耍酒疯呢？"

"嗯，嗯，嗯，喝得是有点多了！"

“我连夜回省城了，我不参加了，看你们怎么弄怎么弄去！”红球老师做出要走的架势。

这可把肖四的魂儿都吓丢了。你想挣人家那点钱容易吗？经过多少次的努力磋商，才把合同签了，现在违约了赔偿不说，自己这人就丢大了，以后还怎么见人。他连连地给红球老师鸡啄米般作揖赔不是。

“原本我是不肯来的，尕西木哭着喊着让我来，哭着喊着让我看在家乡人的份上走一个，我才来了，你知不知道？”

“哭着喊着”，是红球老师的口头禅，无论谁叫他干什么，都说是哭着喊着叫他去的，仿佛没有他就要死人似的。

肖四依旧在作揖告饶，尕西木也帮着肖四说了几句好话。

“你狗日的以后要想演戏，现在就好好给我睡觉，如果再这么个屃样子，我就招呼都不打，直接回了！”红球警告完肖四，回房间了。

夜空里，听见隔壁红球老师的门砰地响了一声，然后就变得静无声息了。

肖四就开始变老实了，收拾砸碎的瓷杯子，打扫了房间卫生。收拾完，他心里有些不踏实，想下楼看看红球老师的车还在不在，结果拉开门，却差点让穿着秋衣秋裤偷听的红球老师栽了一个大跟头。

简直大跌眼镜，倘若是在影视剧里看到这么一幕，一点也不觉得奇怪，可是在现实中如果看到这样一个有身份的明星，在别人的门上鬼鬼祟祟地偷听，一定会令人震惊、啼笑皆非，并大开眼界的。

两个人什么话都没说，红球老师讪讪地回了自己的房间，肖四就和衣躺在了床上，一声不吭地睡了。

第二天才从商家那里知道，红球老师怀疑商家给肖四的活动报酬中是不是给他的太少了，所以偷听，未得到结果后，第二天就上商家那里去了解去了，搞清楚人家并没有给多少钱，而且连在当地找人做拱门、气球、横幅，还有舞狮等下来，紧紧巴巴，大约勉强刚够活动的费用。遂再没生什么幺蛾子。红球老师的疑心也真的太重了，心胸跟名气有些不相符。于是，大家就联想到他拍的那部四大名著古装剧中的角色，哑然失笑。那个角色仿佛就是等着红球老师的，上天专门为他安排的一样。现实中的人和戏中的人，性格何其相似啊。据说，许多拍了《红楼梦》中人物的演员，在现实生活中，生活轨迹与人生的命运跟剧中人物何其相似，如出一辙。演林黛玉的那个演员，也和名著中的林黛玉一模一样，年轻轻的，最后也是郁郁寡欢而亡，留下了多少唏嘘和慨叹。

更为滑稽的一幕是，第二天红球大师根本不理肖四了，只管跟商家打得火热，活动结束后，把人家商家的白酒一箱一箱挣着挣着往他老婆的迷你轿跑的后备箱里面装，装了满满的一后备箱，这才踏踏实实地开上回了。

尕西木看着有些哭笑不得，但又觉得和自己没有什么关系。肖四却对尕西木说，那些酒要是他拉回去放到哪个超市卖掉，能解决他的燃眉之急呢！

## 六

自从肖四专心地做起了群众演员后，他的小四川老婆，这个不肯在家等老公的那点吃不饱饿不死的演出费的辣妹子，就去跑保险了。一开始，有几次，她还硬拉着肖四一起去听保险课，肖四去一看，黑压压关着一屋子人，现场跟那些搞传销的差不多。一个姓赵的女人在上面用不怎么标准的普通话讲她是怎么从一个干旱少雨吃不饱肚子的地方来到这里跑保险的，怎么样一步一步带团队，从几个人带成上百人的经理的。这个姓赵的女人一边讲，还把一些她认为是核心环节的词语，用手中的笔歪歪扭扭写到由两位穿旗袍的美女专门给抬着的一块小黑板上。黑板写满的时候，就会有一个年轻精干的男子跑上去给麻利地擦干净，等待这位已经铸成大业的赵经理把新的重要的东西再一次写满。

台下面听的这些人，必须要不断地鼓掌、赞扬和给予肯定，里面专门有几个人引导大家要这样做。第一次参加，只要盲从就是他们认为的一个合格的保险员。

那个姓赵的女经理说："我给你们保守一点说，我现在的年薪都过百万了，比贪污受贿的官员还实惠，而且这是我靠自己的努力工作赚的，晚上睡觉也很踏实，所以我把我的家人、亲戚、朋友、老乡全带进保险公司来干了。"她带着成功人士的自豪又说："我带来的家人们站起来，站起来让大家看看！"

一下子就站起来十多个男男女女，有的老，有的少，鼓着掌，带着群众演员般的微笑点着头，把肖四看得呆了。一看那些人脸上的表情，一个个都像是拉黑牛的，心说："这才是一帮真正的群众演员啊！”有些人第一次听这个脸上的粉还没有抹匀称的成功得不要不要的赵经理的课，就崇拜到了极点，听完后分享学习心得体会时，感恩戴德地给鞠躬，表示这是他人生中最有意义和价值的一堂课，使他遇到了挽救命运的贵人了，说是简直讲到了他们的心坎坎里去了，说是他们听得都要流泪了。

大家的掌声一次又一次雷鸣般热烈地响起。初来乍到者被裹挟在这种成功的氛围中，就会忘却在残酷的现实中处处碰壁的经历，觉得自己也已经跻身成功人士的行列，成为上流社会中的一员了。肖四好奇地左边看看这个，右边看看那个，有些茫然不知置身何处，觉得这是不是又在拍戏了，不知不觉自己今天又当了一回群众演员。

听完课，中午大家一起吃了个便饭，肖四才了解到这个赵经理自从跑了保险，跟老公就离婚了，孩子原来学习还可以，现在班级里跟都跟不上了；她至今还没个房子，到处租房子，贷款买了一辆几万元的二手车，离婚时还判给老公了，自己天天挤公交车，和人吵架。

“生活一塌糊涂！难道就这么个一年一百多万元的成功人士吗？”肖四在心里质问。他决心再也不来这种地方当这样的“群众演员”了。

可肖四的老婆依然激情高涨，天天坚持听课，听了一段时间的晨课以后，颇以为得了赵经理真传似的对肖四说：“四儿，你知道跑保险的成功秘诀是什么吗？”

“什么？”肖四心不在焉地问。

“让我告诉你个龟儿子哦。”她开朗活泼地笑着用四川话说，唇边的那颗美人痣动了一下，接着道，“这都不知道哇，还跟着听赵总的课，实际上很简单哦，就四个字，‘听话、照做’，就成功了！”

难道成功就这么容易吗？肖四想，真这么简单就好了。肖四跟过几次保险课，也与老婆一起见了两个客户，介绍了几种适合人家的险种，那个好色的老板客户只是盯着他老婆的那颗美人痣不放，似乎没有要买保险的意思。肖四拉起老婆说：“走走走，赶紧给我走，卖个锤子，还卖保险呢！”

从那次回来后，肖四就和老婆天天吵架，老婆嫌他挣不来钱：“你还嫌我跑保险不好，你这个没用的男人，那你当群众演员就好了吗？你给老娘把钱拿回来啊，拿回钱来你就是请我出去见客户，我也不会去的。你好几个月一分钱都拿不回来，你还有脸回家吃饭！”

肖四被揭了短，像触碰了那千疮百孔的伤疤，心里针扎一样痛：“我把你一锤打死！”他的手攥紧成锤头的样子，在老婆的头上掂量着，试当着。两口子气得一个在沙发上，一个在卧室里，各自睡了觉。

第二天，肖四继续联系演戏的事情，老婆照旧跑她的保险，各干各的，互不干涉。只是，老婆的生活再也不像以前那么规律了，经常说是去见客户，要应酬，似乎比肖四还忙，一天到晚不着家，常常半夜三更喝得脸像被人咬过的半个子残桃一样不好意思地回来了。有时索性就夜不归宿，不回来了。肖四一问，说是跟着去跑保险的姐妹家了。肖四如果怀疑，她就会说连基本的信任都没有，这日子还过什么过，闹着要离婚。肖四突然就想起曾经有一次在饭局上谁说的一句话：“家里有人跑保险，全家跟上不要脸；家里有人在银行，全家跟着都遭殃。”拉保险、拉存款，都是得把脸面豁出去的事情。

肖四的老婆对肖四从骨子里蔑视，她甚至觉得肖四这男人肉臭了还架子不倒，都这么大年纪了，还在做不切实际的演员梦。这体现在行动上，就是有一次，她竟然把她在歌厅跟一群喝得迷瞪三道的男人搂搂抱抱的视频挑衅般发给肖四，说是在陪客户唱歌跳舞呢。

肖四害怕老婆用离婚威胁她，这个男人其实内心是很软弱无能的，老婆抓住了他的这些软肋，所以就肆无忌惮地对待他，她把跟那些男人一起喝交杯酒的视频也发给他。肖四说：“幸亏是他，要是换作别人，早该打死几次了！”然他一次都没有打过这个愈益不把他放在眼里的女人。“要嫁汉就嫁去吧，反正我也不管了！”他无奈地说。记得刚刚有这些端倪的时候，肖四还想着要挽救她回来，就分外纠结，时间一久，终究变得麻木了。他觉得，女人对他的态度的变化，对他疲惫不堪的身心的践踏，仅此一端，就应该知道她是害人的东西。

## 七

肖四又一次离开了这个让他心情不悦的西部的小城市，爬上了北上京城的列车。他要继续他的努力，继续他演员的梦。

深秋的黄昏，夕阳余晖无限延伸，天空通红通红的。火车缓缓地出发了，肖四坐在能望见夕阳一侧的车窗前，把脸抵在窗玻璃上，向外凝望，外面的景色满眼凄凉，他的眼睛看着看着就有些泛潮了，不觉竟打湿了车窗上的玻璃。正在其时，播音室里播出一首名为《沙漠骆驼》的歌，再次搅动他五味杂陈的心：

我要穿越这片沙漠
找寻真的自我
身边只有一匹骆驼陪我
这片风儿吹过
那片云儿飘过
突然之间出现爱的小河
我跨上沙漠之舟
背上烟斗和沙漏
手里还握着一壶烈酒
漫长古道悠悠
说不尽喜怒哀愁
只有那骆驼奔忙依旧
…………

他不想说一句话，任凭这歌声在他的血管和每一根神经末梢一遍一遍循环。多么合乎他心境的歌曲啊，那男人嘶哑的声音从车窗里飘出去，洒向茫茫的渐渐掩入夜色的戈壁荒漠。他望着漆黑的夜，目光投向更远的远方，过了不知多久，窗外竟然有几盏灯火像灯塔一样亲切地闪烁着，给人以温暖和希望。他突然感觉如释重负，轻松了许多，想着好好安心地睡一觉，天很快就亮了，天一亮就好了。他觉得人生就像踢球，就是要不断调整心态，振作精神，咬牙坚守和坚持，也许那临门一脚，往往就是在人快要放弃，心理承受快到临界点的时候，如果狠个劲儿挺过去了，一定会豁然开朗，一片生机。

## 尾　声

几年很快就过去了，依旧还是群众演员的肖四又回到了故乡，他又陆续参与出演了一些片子，演艺圈认识的朋友更多了，他自己也购买了一台摄像机，一边自己拍摄一些纪实风格的电影，一边继续去影视城接点群特的戏，活得不卑不亢。毕竟人都是被生活逼出来的，一个有理想的人，既要坚守精神追求，还得务实和搞好自己的生活问题。有人常常会碰到肖四在无戏可拍时，会给一些单位指导拍摄点档案资料、宣传片什么的；有时也发现他会承接点企业的广告制作方面的活儿；再就是譬如有人结婚，请他在庆典仪式上充当司仪一类，他均会勤快热情地跑上一趟。闲暇的时候，肖四一边遥望远方，一边依旧在谋划未来。

有一次，肖四在街上碰到了那个曾给他联系过杨红球的尕西木，两个人寒暄了一阵，肖四说他有一盆兰花草，尕西木能不能给联系一位油画家画一幅兰花草的油画，说连名字他都已想好了，就叫“气若幽兰”吧！

这盆兰花，是他在北京当群众演员的时候，一个北漂的姑娘送给他的，他舍不得丢，就带回了家乡。尕西木没有拒绝，爽快答应了，并不由自主地把那个送花的女性想象成肖四北漂人生中忘不掉的故事里的女主角。

现在，这盆长势旺盛的兰花草，就供放在肖四家迎门放置的那张显得有些古色古香、斑驳陆离的高脚木桌上。在这干旱缺水的小城，在肖四的精心呵护下，它还是活了下来，并静静地释放着一股说不清楚的清香。不久，他的家里还会挂上一幅兰花草的油画吧！

发表于《民族文学》2020 年第 12 期

《小说选刊》2021 年第 2 期转载，同年改编为同名喜剧电影

入选《中国当代文学经典必读·2020 短篇小说卷》（吴义勤主编）

# 老实人

努是丹的哥哥。这些年，努的家里并无什么大的变化。记得努从窑洞里往外搬迁之前，两口子的一孔大些的窑洞完全坍塌了，另一孔用来做饭的窑洞也经常掉土，且掉得吓人。因担忧和害怕，努就鼓足劲在窑洞前的坡下盖了一栋房子，是两边都留有廊檐可滚水的安架房，木料全是不值钱的白杨木。这种木头容易引起虫蛀。松木最适宜盖房子，尤其是盖一松到顶的房子最漂亮，经久耐用，可是成本太高，没有力承，达不到这样的水平。哥哥在村子里几家单门独户人家的搭帮下，算是盖了两间白杨木砖土混合结构的房房子。木匠马西龙还拿砖头给制作和打磨了一对吉祥的鸽子，安装在房脊上了。

黑山许多人家的房脊上都装饰有这样拿砖打磨的鸽子，象征着他们心目中的美好与和平。

村子里的一部分人盖起了那种表面贴了一层砖的土木结构的房子，还购买了手扶拖拉机。人跟人真是没法比的，同样的辛劳，结果却是大相径庭。

因为村子相对于外界，几乎是一个死角。这里的人过着十分幽静的生活，仿佛跟整个外面的世界隔离开了。每到夜里，村子就寂静无声，只能听得见断断续续的狗吠声。即使在白天，也是非常安静的，只有寺院里为了呼唤和提醒人们别忘记行好，以及为做错过的事而忏悔时，所敲打着的木梆子的笃笃声，还在提醒人们这是有人生活的地方。

努各方面都落后于别人，一是他特别老实，二是孩子太多。人和人有差距是不可避免的，一把手指伸出来也还是有长有短的。努本领不如人，心慈手软，不会算计人，一直都是这样老实巴交的。村子里的一些人都骂努没有致富的能耐，但是，黑山一位曾经在外面打工和闯荡多年的老汉说："本事是个啥呀？啥是个本事？你们给我说说。"事实一次次地证明：往往有真才实学的人有时连一口饭都吃不上，在这世界上混得狼狈不堪，反而那些能说会道和吹牛拍马的骗子手却畅行无阻，大行其道。

又过了几年，有一天，努突然发现他的那两间房子在村子里显得有些不伦不类了，并且房顶的椽子被许多虫子蛀了，一到夜里就会发出似要折断的声响。房子开始向一边倾斜，仿佛就要倒下来，努赶紧用一块宽厚的木板顶在檩子上。夜里，睡下后，还是听见虫子啃噬椽子发出的声音，那响动如幽灵在椽子间相互追逐打闹着。

哥哥的脑子太古板了，丹想，房子要是塌下来，一块木板怎么能顶得住呢？简直是拿生命开玩笑啊！

人在背运的时节，各种败象就都会像老年人的疾病一样一股脑儿地表现出来。拿努家来说吧，连过去用杵子筑得特别结实的院墙也开始七零八落地坍塌。很快，院子四处便迅速地敞开了。努也不去修理，他似乎根本顾不上收拾院墙，不觉得收拾它有什么意义。但是，这样的院落，人人可以随便地出入，连野狗也常常想进来就进来，想出去就出去。

当努的妻子舍央告丈夫，让他管一管这些野狗，努却置若罔闻。

在努心里，院子就是个家，而房子就是人在死之前暂时凑合或遮风避雨的一个场所而已。他觉得只要人不饿肚子就行，盖房子则是极其奢侈的事情。他要等将来有能力的一天再说。现在确实没有那么多的钱，也没有干这些事情的条件。

努总是梦见自己盖新房子，醒来之后却是一场空。但是妻子舍总是鼓励他：将来一定要盖一栋新房子，移居到更好的地方。他看见村子里的人打工赚钱盖上了新房子，就也想出去挣点钱。另外，有件事说来也蹊跷，每当努在家的时节，野狗一只也不来，它们似乎担心激怒这个看上去没有脾气，而一旦真的生起气来大约会奋不顾身的人。

然而，匪夷所思的是，野狗们从来都像是能够嗅闻到努在家或者不在家一样，我行我素。因为，只要努前脚出门刚走，它们立即就来践踏这片仿佛无人看管的领地。村子里的野狗们前呼后拥着从墙豁口处肆无忌惮地跳进努家的塌院落里来，根本不把舍这个手脚如磨扇一样宽大，只知道下苦力的女人放在眼里。野狗四下里寻觅，但经常都一无所获，最后，只好扑进厕所里去，看有没有可吃的屎。有时候，竟然连粪便也没有。

努的两个孩子尚在很远的地方打工，没有回来。最近因家里有许多活计要干，在外面的一个建筑工地安装下水管道的努就回来了。他这次出去没有挣上多少钱，挣的一点钱都买了米和面。努的个子不高，脸就像一张刮净了羊毛之后，被虫打了的干羊皮。他那一丝肉都没有的干牙茬骨，看上去特别扎眼，眼睛就像猴儿屁股一样红红的。因为努整个人极其瘦削，大家便称呼他为“瘦干猴”，也有叫他“雀儿头”的。因为他不可能像那些养尊处优的富家的人一样吃得肥头大耳朵的。但是，谁也想不到，吃洋芋面、喝白开水的，身体也能十分健康，成为一个“偷肥子”。事实就是这样，努身上的肌肉极其发达，力量不可小觑，这得益于他长期在山上劳作。

就在今天，努在山上犁了一架地，已经回来了。他是起得非常早的那种人，从来不睡懒觉，一般鸡叫二遍的时候就起来了。每天早早出发的时候，他在白布褡裢里装上几颗煮熟的土豆，扛上犁铧，吆着牛就上山了。他在山上套好牛犁地，一直犁到羊出圈的时节，一大片地就耕好了。耕过的地看上去特别新鲜，泥土的芳香扑鼻而来。另外，犁铧翻开地皮，会翻出许多指头般软冰冰的蠕动着的白虫子来，人们把这种白胖白胖的小虫子叫“吉姑娘”，从土里捡拾起来，对着它红色的脑袋，大声喊：“吉姑娘，摇头摆头，吃了他娘的大糕糕！”于是，那白虫子就仿佛听明白了人的话，把头一左一右地摇摆起来，看上去甚是讨人爱怜。

不一会儿，喜鹊和乌鸦就落在犁沟沿上用嘴拾着吃吉姑娘。

努的光脚丫子踩在耕过的土地上面，觉到一些凉意与舒坦。他赤脚在犁沟里走得久了，就觉得双脚已经被磨得麻木了。不过，他全身热腾腾的。

快近晌午的时候，努就会卸了牛，在长满冰草的地埂子上打上一捆草背在身上，就吆牛往家里走。

这一天，努照旧耕完地往回走，走到半路上，却下起雨来。先前，雨点犹如银圆坨子那么大，零零星星地跌落着，打在地表发出噼噼啪啪的声响，把路上的烫土砸出一个个小坑窝。

就在这时节，黑山的南面有一道黑云低低地压下来。突然一道闪电击裂了长空，紧接着是一声冷猛子的炸雷，震得人心里微微发怵。

麦子刚刚收割。有些靠近大山且阴湿地方的麦子还没有彻底黄呢，还得再等上几天。村子里的人，对地里的麦子一般都是边黄边割，割过的地就要急急翻耕。农人干活计从不拖沓，永远有条不紊。他们似乎永远都在忙碌着。

那一声惊天动地的响雷过后，雨点就稠密起来了，渐渐地雨开始越下越大。

努背着沉甸甸的一捆草，吆着牛往回走。这一老一少的两头牛总是慢腾腾的，显得淡定从容。努就腾出一只手用鞭杆在那头性子缓慢的老牛的屁股眼上猛戳了一下。于是，那牛就奔跑起来，那头年岁小些的牛也相跟上跑起来了。

努紧紧跟在两头牛的后面。黑山人对雷雨的危害性是深有体会的，知道这样的雨里常常会裹挟冰雹，动不动就会毁坏掉尚未收割的粮食，或者干脆将庄稼打得片甲无存。另外，这种雷阵雨，也叫过雨，很容易引发山洪，在山沟里走动的牛羊骡驴或者人，就会被洪水一下子席卷上走了。等到雨过天晴找见尸体的时候，已经变得面目全非。那场景惨不忍睹。

努赶着牛跑到家里的时候，雨点就像人激荡的心情一样一阵又一阵地泼洒下来。他背着的草叶上积攒的雨水顺着脖子灌下去，弄得衣裳紧贴在脊背上，那个不起眼的小脑袋瓜也被雨水浇得像一枚用棍子敲击过的秃疮花。他的头上和脸上的泥土被雨水冲刷后，变得左一道子，右一绺子，看上去狼狈不堪。

努顺手把身上的草放在院子的房廊檐下，三两下卸了犁铧将牛赶进了牛圈。

妻子舍听见院子里有响动，就奔出来对努说："着急死了，先前跑到大门口看了你几趟！"她说着，把一只几乎没有帽檐子的破草帽拿出来扣在了男人的头上，嘴里还不很恭敬地唠叨着，"看看，你的个干雀儿头都湿成个啥样子了！"她又飞跑着给牛圈的牛槽里添了一背篼草，然后和男人一道走进那间快要倒塌的房屋里。

舍叫努赶紧把湿透的衣裳脱下来。她接过衣裳，拧干衣服上的水，搭在门框上晾着，自己又从炕上拽下一件袖口上淌着棉花的棉袄叫努穿上。

一会儿，努觉得有些暖意从破棉袄上传递到他的身体里面，且伴有妻子舍那甜丝丝的体香。

两人呆呆立在房地上，抻着脖子看院子外面的暴雨，他们两人仿佛是怕自己的头被闪电和炸雷叼了去似的。在黑山有这样的传说，意即如果哪个人不孝敬自己的父母，雷就会把他们的脑袋叼了去。

所以，每当遇到闪电打雷的时节，村子里的人就把心系子拧紧了，心提悬了，尤其是那些心虚者，就被惊吓得钻进炕上的被子里面蒙了头躲藏起来。

往往在雷雨过去之后，总会有传言说黑山的某个村子里的某某人的头被雷揪了，还有某某村子的某棵年成久远的大树被雷劈为两半什么的。说是这棵树身上有一个树洞，里面藏着一只近要成精的蛇或者青蛙，抑或成精的蜘蛛什么的。

言归正传，一声声沉闷的炸雷响过之后，更加吓人的冰雹便铺天盖地砸下来，顿时，门前的几棵杨树上的叶子也被一扫而光。冰雹落下的声音听上去就跟巨型镰刀在迅速地收割着地上的草一样，嚓嚓嚓地响着，就连碗口粗的树也被齐刷刷地打折了。

村子里变得不忍目睹了，山上田地里的庄稼被冰雹打得贴在地上，有一部分干脆被砸进泥里面去了，连头尾都找不见了。有些粮食甚至被泛滥的洪水之后的淤泥壅进泥里去，露在表面的一丝踪迹，人即便使出吃奶的力气都拽不出来。后来，村民们只好用犁铧把它们翻耕进土地里充作肥料了。

努家院子靠近大门洞流水的地方，被冰雹疙瘩砸出了一个深深的大坑，里面顿时注满雨水。房上的瓦就像无数的鸡蛋掉在了上面，发出一种古怪的刺耳的碎裂声。但是，令人诧异的是，这些冰雹却没有使一些岌岌可危的房屋倒塌，也没有使之漏雨。黑山人建造的房屋，就跟黑山人一样善于承受一切世上的考验和磨难。

只一刹那的时间，冰雹疙瘩在地上就铺了白茫茫一片。

要是这些冰疙瘩打在某个人的脑袋上，不难想象，一准会砸得他屁滚尿流。

舍身材魁梧，宽大得似一块结实的门板。她的手很特别，握成拳头如一座小小的山峰，每根手指头都粗壮得跟椽子似的。这完全是年深日久的劳动所致。她显得那么健康，那么富有农村女性的活力。她一顿可以吃下去两个大男人的饭食，但是她能吃也能干，常常独自拉着满满的一架子车粮食走在那十分陡峭的山路上，可以不用人帮忙就能把粮食平安地运到自家门前的打麦场上。

这是三两个大男人方才能办到的事情啊。

记得努刚把舍从黑山的另一个村子娶来的时候，许多人都揶揄着开玩笑说："瘦干猴以后可是不敢惹这个婆娘，你们看到她那只巴掌了没有啊？你们猜猜能有多大？跟个磨扇似的，一巴掌能把人扇进地里头去。要是扇在瘦干猴的身上，还不把他的屎尿给扇出来呀！"

大家哈哈笑着点头称是。

但是这个女人却从来没有戳过努一手指头，反而常常挨努的打。有人就说，无论是多么窝囊的一个男人，一旦打起女人来都是手到擒来，非常得心应手的。

确实如此。可是到了后来，当两个孩子都大一些时，有一次因为一件鸡毛蒜皮的小事两口子又争吵起来，直到努又像往常一样抄起锅台上的擀面杖去打老婆时，舍像是突然从睡梦中睡醒了一样，一下子急了，变得怒火万丈、歇斯底里，她火苗一样扑上去抓住擀面杖，左右两扭，就从努的手里夺了过来，顺手扔到院子里去了。

这回，努变得非常惊愕和愤怒，就又去撕扯舍的头发。舍的头发被他揪下了一绺。但是，她最终把他摁在擀面案板下面，双手攥住男人的脖子，捏得男人头红面紫，眼珠子一个劲儿直向后翻，露出绝望哀求的可怜样儿。

舍看到这一幕，突然有些害怕，同时心又软了下来，便慢慢松开了双手。

就是这次，舍用她的如椽大手，差点就把努像捏一只麻雀或鸡娃子似的给活活捏死了。

从此以后，努就再也不敢胡讨厌和轻举妄动了，开始对舍有些胆怯，尽量逃避舍的锋芒。然而，女人却总是得寸进尺的，舍的胆子愈来愈大了，竟也学村子里的那些人，放肆地叫起努的绰号来，一口一个“瘦干猴”、一口一个“雀儿头”。

努仿佛再没有伸手打她的心劲了，嘴里也不说什么，只在垂头丧气之际无奈地瞪一眼自己的女人舍。

下午的时候，响雷听不见了，冰雹也没有了，雨点由大变小，由急切变得徐缓，最后变成淅淅沥沥的小雨，终而化为绵密的雨雾。

这时，大家听见从黑山四面八方的山沟里开始奔流着盛大的洪水，这些来自四面八方的水流都将流向村子里一座人工筑就的大坝里去。

努望着外面逐渐变小的飘飞的牛毛雨，心绪久久难宁。他听到洪水的声音就像是千军万马把什么撕开了一条口子，冲向前去，并喧嚣着，如战场上人们齐声发出“冲啊——”的吼声，由于洪流的回声太大，人们只能听见后面持续不断漫山遍野的“啊——”声。

听着这样的声音，人的心会紧张地簌簌颤抖起来。

努对舍说：“走，咱们到坝上捞浪渣去，你听听全村子的人都喊着出发了哇！”

他们两口子也行动起来了，男人戴上烂草帽，女人披上破雨披，两个人背上背篼，手提齿耙子，卷起裤腿，光着脚片子，开始走出破烂的院落往上河的大坝方向前进。他们走在路上时，看见村子里的人都三三两两以户为单位，争先恐后地涌往上河的大坝，身上和手里都各自带着捞浪渣的家当。

当努夫妇俩来到大坝的坝沿边时，村子里浩浩荡荡的人已经在坝沿上乱麻麻地站满了，开始纷纷从坝里往岸上捞起了浪渣，个个唯恐落在别人的后面。

那一刻，大家看见铁锹、木锨、叉子在水面上欢闹地飞舞着、旋转着，从水里到岸上来回地迎送。

有些人那巨大的铁齿耙子就像捞面的笊篱一样伸进那个硕大无朋的“锅里”，一下子就捞上来一耙子的浪渣。这些浪渣里头，有牛羊和牲口的粪便，也有木棍、蒿子和树叶，以及山里野生植物的刺球，等等。这些浪渣将被拉回家去晾在院子里，等太阳出来晒干之后，就成为极好的添炕、做饭的柴火。山里人没有炭火煤气，找柴火极不容易，这些被山洪冲下来的木渣子，就是最好的燃料。有些运气好的人，竟然可以捞到碗口粗的树根或者结实的厚木板，这些东西真是可以派上大用场的，改制一下还能做家具。

雨丝如泣如诉地在坝面上飘拂着。

汗水和雨丝把岸上人们的眼睛都迷糊住了，努和舍的眉毛及眼睫毛都湿湿的，滴落着连成线的水珠子。

有些会水的人竟然放大了胆子，挪着步子下到坝里去捞浪渣。那些胆大的人，可以捞到相对好一些的浪渣。

还有些人竟然能在水里捞到一些从上游冲下来的有价值的东西。比如上游的人遭受了洪灾，洪水袭击了他们的家园，家里许多值钱的东西就都被冲下来了，于是下游的人谁捞到就成了谁的，这已经成为一种约定俗成的惯例和自然而然的事情。

但是，这也是十分危险的，因为这个大坝是呈锅底形的，边上虽然浅，可人一旦掉进去就会不由自主地一直往下面的深处滑，越是往下水就越深。最深的地方差不多有一两间房子那么深，加上今天刚刚发过洪水，大坝里的水位又陡然增高了许多。

努也急着想学别人，用耙子试探着一步一步进到坝里，浑浊的坝水已经淹到了他的腰际，很快就到了胸脯，冰冷的坝水使得他的脸面涨得通红，嘴唇打战，并浑身瑟瑟发抖，上下牙齿相互磕碰着。

冰冷的水浪刺激着努的胸腔，让他觉得里面隐隐作痛，牙缝如针刺一般疼，眼泪花儿不由得在眼眶里旋转开了。幸运的是，他捞到了一根粗壮的椽子和一箱子野外游放的那种蜜蜂，估计箱子里还有香甜的蜂蜜呢。

努用耙子把战利品推到岸边上来。岸边的舍连忙把这些东西接在了手里，并催促他赶紧上来。他们两个都有些激动不已，尤其是努，觉得自己终于在女人眼里扬眉吐气了一回。

这一下，吸引了岸边许多羡慕和嫉妒的目光，那些人开始蠢蠢欲动，都跃跃欲试地大起胆子下到坝里去寻找属于自己的目标。但是就在这时，努脚下一滑，哧溜一下滑入深水里去了，由于紧张和疏忽，努怎么都控制不了自己的身体，很快脑袋上的几根毛发便在水面上漂浮了起来，不一会儿头发就和那些漆黑的浪渣混在一起，什么都看不见了。

舍惊慌失措地对岸边的人大声喊道：“快，帮帮忙，救救我家掌柜的啊……”她看着身边几个围着她家蜜蜂箱子一边看一边有点幸灾乐祸的人，承诺谁若救上她家男人来，这一箱蜂蜜就归谁了。

于是，那几个围观者都拿着耙子，手拉着手争先恐后相继跳入水中。

人们手忙脚乱地把努从水里勾住，拽上岸来。努浑身是泥水，躺在岸边休息，双手紧紧抱住胸部，仿佛把心给弄疼了，脸色煞白，面孔变得更青了，嘴巴歪向一边，上下牙齿相互碰撞着，鸣奏出痛苦的和弦。努和舍眼睁睁看着已经属于自己的蜜蜂箱子，被一个扎牙子小伙子理直气壮地抱走，放到了自己家的那一堆浪渣跟前，并显得有些兴奋地拧着衣服上的水。

舍说：“别管它了，只要你在着就好。看看，连腿子也肿了！”她开始给他轻声细语地说着一些安慰的话。

坝沿边的浪渣堆积成了一座座小山丘，每家都有那么一堆黑污的脏柴棍和各种畜类的粪便，这些就是这个村落里的人家日后要烧的柴火了。

坝沿上的人们还看见坝水里漂浮着鸡鸭、猫狗乃至羊只的尸体，它们随着浑浊的水波缓缓地漂流而下，在快到达坝沿时因受到前面坝沿阻拦的反冲力的作用，在水面上费劲地打着旋儿，急速的漩涡催动着那些水面上的漂浮物如机器上的齿轮般迅猛旋转。后来，水面上那些有点价值的大件的东西越来越少了，因为这些有用的东西一被冲下来，大家就都奋不顾身地去抢。然而，水面上的浪渣却总是捞不完似的，就像一眼神奇的泉水，人们一桶一桶地舀，无论你舀一桶两桶还是十桶八桶，但是你拿眼望上去却总是那么多，不满也不浅的一泉。大家知道四面八方，各个山谷和沟壕里的水都流淌和冲到下游的这座水坝里来了，眼看坝里的水也在不断地向坝沿上头飞涨着。

浪渣在坝沿边堆得高过了人头，差不多每家都有一房子那么高的一大堆。渐渐地，由于场地有限，有些浪渣的堆与堆之间就不免要衔接在一起，衔接的那部分就真的不好分得清是你家的还是他家的了。

于是，有两家人就因为浪渣衔接的部分争吵起来。他们吵得不可开交，并撕扯在一起打起仗来，把脖子都抠烂了，头也被打破了。正在他们打得难分难解的时刻，坝沿下面发出一种古怪的咕儿咕儿的怪叫声，接着坝面松动起来，开始一点一点地塌陷，惊得岸边的人们魂飞魄散，扔掉了手里的东西，没命地逃跑，嘴里喊叫着：

“坝面快要塌了，快跑哇！”

人们就像抢夺浪渣时的情景一样，又是一阵不顾性命地争先恐后地奔逃，很快就作鸟兽散。有逃得慢的，被人挤在后面掉进水里吓得喊妈妈，岸上的人就觉得这个人这下子肯定完了，可是他竟然又被一个猛烈的浪头打了一个旋儿，冲回到岸边，有人手忙脚乱地拉了他一把，因此他竟然得救了。

生死就是这么一刹那间的事情啊！

人们逃离了坝沿，站立在山梁上心有余悸地看着坝堤，接着，一声惊天动地般轰隆隆的巨响，坝面被陡升的水力冲得垮塌下去，那压抑得有些恼火的水流顿时比脱缰的野马还要疯狂几十倍地拥挤着向那前方、向那下游以势不可挡的架势奔腾而去。

岸上，人们刚刚辛辛苦苦捞到的一堆堆劳动成果，顷刻间被洪流又统统席卷走了，一丝也没有留下。先前人们还在为争抢浪渣的事情相互之间嚷嚷个不休，还因对方捞得的浪渣和几根毛草根的孰多孰少而愤愤不平和心生嫉妒呢，可是一瞬间所有人的辛苦就都化作了泡影。

“啊——啊——我的妈呀！”人们交替喊出声来，他们一定是后悔极了。

真的，人们心里难过得在掐自己的手指头，他们就像有猫爪子抠着自己的胸腔。但是同时，他们又仿佛心理上统统一下子都平衡了，互相不嫉妒了，没有仇视了，也忘记了刚才谁比谁到底多占了多少便宜。

洪水声喧嚣着，发出震耳欲聋的轰鸣，这声音淹没了人间的一切嘈杂和不平，也淹没所有的闹闹哄哄，以及吵吵嚷嚷个不休的声音。

发表于《天津文学》2019年第10期

入选《中国当代文学经典必读·2019短篇小说卷》（吴义勤主编）

# 穿云箭

一枝穿云箭，千军万马来相见。

——题记

大西北浩瀚辽阔，风物硬朗，从土里生发出的每一样生命都十分硬强，就连那戈壁沙滩上的燎毛蒿、黑刺疙瘩，都在风雨霜雪中迎风挺拔。这里好汉迭起，英雄辈出。

塞外古城长不大的碎娃娃袖珍人小马，一夜之间成了快手中冲出的一匹小黑马，他的快手名字叫“袖珍小马哥”，听着极像影视剧中的侠士小马哥。他在直播间形成一套自己的表演体系：个性张扬，特色鲜明，怎么高兴怎么来，怎么歌唱怎么嗨；他幽默风趣，应变机智，笑点不断，一副铜嘴铁牙海阔天空、天南地北地侃，全身上下都是戏。

人不犯我我不犯人，谁敢在袖珍小马哥的直播间带节奏，对他出言不逊，一准会被小马哥骂得头都羞着抬不起来。

往往，在这种情况下，直播间成千上万的人一准会幸灾乐祸，发文字瞅欢欢，并打字开怀大笑：哈哈哈。

有来无往非礼也，几个回合下来，骂人的人自然逃之夭夭，从小马哥的直播间悄悄退出去了。那些直播间的看客，于是乎精神上就得到一种从未有过的慰藉和快活。在快手里往往都是一大群羡慕嫉妒、落井下石、幸灾乐祸的看客，他们常常荒废了自己，成就了他人。

无论什么人物，进入小马哥的直播间，就是进了小马哥的天地和世界，就会深陷其间，仿佛受到梦魇和蛊惑似的被他带动着，鞍前马后追随他的表演，一个劲儿狂呼："六六六、六六六，没毛病。"他们像打了鸡血抑或亢奋药剂一般，激动个没完没了。倘若真有谁在小马哥直播间的摊场上捣乱，那他一准是自讨没趣，狗咬石匠——寻着寻着挨錾呢！

小马这个碎小伙儿，面相喜人，今年已经二十六岁了，但看上去还像个七八岁的小娃娃那么惹人心疼，他被粉丝们在虚拟的网络直播间呵护着、娇惯着。

在现实生活中，袖珍人小马的真正名字叫马成成，他一见人倒显得有些腼腆和拘谨。让人想不到的是，这个马成成只要一到自己直播间的那个角落，一进入镜头和手机屏幕，就仿佛一下子脱胎换骨了，变成了另一个陌生的你不认识的人，跟现实中判若天地，就变成了袖珍小马哥！

在他的那个直播的小小空间里，在那个看上去窄狭的三角裤头一样的区域里，袖珍小马哥跟生活里的马成成俨然两人，他变得游刃有余，由一个小小的袖珍人——为了准确，我们且就叫侏儒吧——迅速膨胀和长大、长高了，涅槃为一个高高在上不可小觑的巨人。

是的，小马哥仿佛天生就是吃快手这碗饭的，他就是生在快手这个字上的。大家难以置信，一旦进入袖珍小马哥的那个直播间的摊场，所有的人一下子就被他营造的气氛感染了，被他释放的神奇的气场所笼罩和包围了，变成了被他所掌控的“马家军”，大家开始依照他的指令行事，叫干啥就干啥，让扣六就扣六，让给谁点关注就点关注。不管多聪慧的人，到了这里就一个个都变得那么的弱智，对主播趋之若鹜。

小马哥的忠实粉丝狗蛋等一帮子“马家军”看到小马哥自如应对那些挑衅的人，便可劲起哄叫好，还帮他维护场子，带节奏要礼物。这样一来，小马哥就愈加眉飞色舞，洋洋得意和自我陶醉起来。

天王盖地虎，小马一米三五。有人议论说：“这个球大的碎娃娃，还给成了精了！”小马哥对直播间的粉丝们手之舞之，足之蹈之，那种时而踌躇满志，时而唯我独尊的样子，即便是皇上驾临小马哥的直播间，都得把嘴悄悄闭上，最好都别提慈善和支持残疾人捐助什么的了，企图道德绑架小马哥，人家是不吃这一套的。用他自己的话说：“我自己还没吃饱呢！”快手里的大哥大姐经常以吃饱没吃饱来表述一场播出的成功与否和收入情况。关于要主播捐助和致力于慈善方面的事情，说白了，那是人家的自由，捐者情分，不捐者本分，用不着谁来支使和教他们做人。

小马哥淡定得很，任凭风吹浪打，我自岿然不动。当然，也有莫名其妙的小黑粉时不时冒出来给小马哥带节奏的，在直播间里面打字诅咒小马哥，说他之所以永远长不大，就是因为他心地不善，在娘肚子里就把坏事干下了，所以变成了这么个怪胎和长不大。

要知道这样的话在上万人的直播间说出来，多伤人自尊啊！黑粉们还复制粘贴、复制粘贴，一股脑儿地发出来，一遍又一遍地侮辱人家。

当然大部分人还是喜欢看小马哥在那里表演的。他们就像是饶有兴味地在观看马戏团里的一只与众不同的猴子在那耍把戏，因而显得那么好奇和激动。有一部分人，原本就是来看热闹的，他们工作忙碌了一天，到直播间看看小马哥怎么胡说八道和骂人，放松一下。许多人没有什么思想和立场，只为那一刻静静享受小马哥的吹牛逗乐。小马哥给大家说得明白，来的这些姑舅爸姑舅新妈、大哥大姐就是奔着他小马哥直播间的欢乐来的，不然深更半夜不去睡觉，熬啥眼窝子呢。

多数来小马哥直播间的人，一般都是从头跟到尾。他们想看看中途究竟发生了什么，最后到底是谁秒榜了，秒榜的是个什么人，排面大不大。排面大不大是非常重要的，在快手里就能证明是不是真正的大哥。送礼物争大哥，就是争面子的问题，也就是争身份和地位的问题。有钱没钱，是穷是富，是骡子是马拉出来遛遛就知道了。成千上万人的直播间，夺不得榜一，就不算是真大哥，排不到有钱人里。

古代的那些戏子，也是如此，上面一开唱，下面没有几个有头有脸的干爹干妈坐定捧着，就会混不下去的。其实，快手直播间也是一模一样的道理，也是一台戏。小马哥如果晚上定榜，他就会提前说好定榜时间，把人甩给那个秒榜后抢得榜首的人。

秒榜的人是一个高富帅，或者是个白富美，大家都会翘首企盼。许多在直播间的人就会带着各种各样复杂的心理，看着小马哥最后在音乐声里关闭直播间。大家似乎有些舍不得离开，渴望跟那个秒榜的有钱人重新结缘，或者想着跟人家沾亲带故成为朋友什么的。粉丝们一夜夜守候着这个小矮人，不，那是大巨人小马哥，因为在直播间小矮人瞬间就把自己塑造成一个能呼风唤雨的大巨人了，你们知道吗？

人小鬼大，浓缩的都是精华。小马哥一身的演技。直播间的人骂小马哥，小马哥听了自己都能一一消化掉，换成别人，不被咒死，也会气成心肌梗死的。

大家能想象得出，小马哥如果骂那些有点排面的人几句，他们的心脏就一定能疼几十天。有些人活的就是一个身份和面子，金钱还都是其次。他们骂小马哥，就像大人骂碎娃娃，好像是天经地义的事情。但是小马哥骂他们，那就像是碎娃娃骂了大人，大人就觉得脸上挂不住，精神就会受到严重伤害。这就像领导骂下面的人似乎是习惯，一旦下面的人骂了领导，你试试，领导灭掉这个手下的心思都有了。实际上，小马哥极其聪明，他用一双仿佛能穿透多维空间的望远镜般的眼睛，在直播间搜寻着财大气粗的姑舅爸姑舅新妈、大哥大姐，一经发现有钱人进入直播间，他就立刻播放赌神出场的那段经典音乐，并把声音提高八度，声嘶力竭地喊出一套千篇一律的欢迎词："社会我大哥，有房又有车，爱我大哥没坎坷，财广路子野！"但就是这样千篇一律的音乐、千篇一律的欢迎仪式，却能一次次奏效，俘获那些也许曾经受过风吹浪打和不轻易服输认孬的心脏，就会飞蛾扑火和奋不顾身地赏给小马哥多种多样的礼物。

这些礼物就是钱呐朋友，一个穿云箭就能兑换二三百元人民币呢！

有一个美国人曾发出由衷的感慨，说中国人的钱太好骗了，因为都太虚伪太爱面子了！在网络这个虚拟的空间，其实谁管谁是谁，但所有的人，都觉得自己是个人物，很重要，担心和害怕在直播间丢失了面子，叫别人认下了，会说三道四，对他议论纷纷的。直播间的粉丝越多，主播的气场就越大，跑到榜上的人越是怕输，担心丢人，就刷的礼物越多。即使头破血流，也要守住榜，人丢不起呐！

主播们便抓住这一人性的弱点，使他们频频就范，刷出许多的礼物。

粉丝或看客除了记住了主播，记住了那些财大气粗的大哥大姐，没有多少人会真心怜悯和同情那些有过伤痛遭遇、有过苦难人生的可怜的人。反而冷漠无情、幸灾乐祸和落井下石，这些人性中的弱点和卑鄙无耻，好像终于找到了适合自己的土壤，开始生根发芽，茁壮成长。但往往这些网络游戏中的寄生虫还要给自己的恬不知耻行为披上一层维护正义和抱打不平的外衣，使自己可以名正言顺地说说这个、骂骂那个。

有一次，人们看见某人在直播间无缘无故发信息说要打小马哥。实际上打是不敢打的，即便没有法律约束，打这么一个袖珍人，还得背负道德的谴责、社会的压力和负面舆论，况且法治社会，打人是要做好赔钱和坐牢的准备的。

大家想想，作为一个现实生活中体体面面、无所不能的人，也可说是现实社会中的巨人吧，被这样一个形象落差悬殊的袖珍人驾驭着，看着许多人在直播间给人家送礼物，当礼物刷得人头晕目眩、眼花缭乱，你会突然发现在这个特殊的环境里，你这个庞然大物一下子矮下去了半截，不禁自惭形秽，把脑袋深深地耷拉下来。

任何一个人，也有不如人的时候啊！

所以，那些自以为是巨人的大人物去了小马哥的直播间——即便平时在生活中有过交往，如果你不肯刷礼物，还贸然提出要和小马哥互动、连麦什么的——原本以为很简单的事情，对不起，却受到小马哥的断然拒绝。说白了，一切都要看小马哥的心情好坏，看有没有凤冠、火箭，最主要的是看有没有所有玩快手的主播都心向往之的穿云箭。要是小马哥心情不佳，没有收到多多的穿云箭，用他们的话说还没有吃饱，就会不予理睬，或者说一句："不连，喔，今儿不连麦、今儿不连麦！"

如此一来，让这个提出非分之想的人顿然尊严丧失，颜面扫尽。多么扫兴啊，乘兴而来，败兴而归，所以你只有争口气，逼着让你发穿云箭来挽回自己丢掉的面子。

尽管有人觉得这个长不大的袖珍人怎么一点不给人面子，在背后议论说："有啥狂妄自大的，不就是个侏儒嘛，站下没人高，坐下没球高——大家都是觉得可怜，才象征性地在快手里散几个馍馍，你却把自己当成明星了。"

小马哥听到这样的话，用手捋抹捋抹油亮的头发——这是一款朝鲜人民都十分崇拜的发型，因为他长了一副像金正恩先生的面相和头颅——像个小娃娃一样憨憨地发出一阵大笑，说大家进来就是看小马表演的，不愿看可以出去！

小马哥就是这么嘴犟，用他自己的话说，就这么二，就这么牛逼！他就是这样不把黑粉放在眼里的袖珍小马哥。

但是，一旦粉丝和人气涨上去之后，就很难掉下来。他越是蔑视别人，反而看的人越多，人气越是旺，成千上万的人挤在他的直播间观看他怎么羞辱那些生活中的巨人。

人是一个矛盾体，呵呵，自尊又自贱，好奇心又强，有时自视甚高，有时又自我糟蹋，表现出怪异和扭曲的心态。

小马哥已经被许多人称作古城里的网红，他是一个方言主播。实际上，关于网红，并不是一个褒义词，如果说好听一点就是网络达人，说难听一点就是个在网络上要馍馍的叫花子抑或乞丐。快手里本来就设置了一套刷礼物的程序，一款礼物规定了不同的价码，礼物都是在现实生活中让人性和人心不可或缺，抑或甘愿笑纳的替代品，比如鼓掌、鲜花、红唇，还有风冠、金话筒，最为震撼的就是丘比特之神箭，在快手里面叫穿云箭，一个穿云箭将近三百元人民币，许多人一个月的工资才多少，一人发上几个穿云箭，一个月的工资就没了，同时也能把这个袖珍人吃撑。

这些网络主播常常嘴上说：“不发了、不发了。”但无论谁给他们发多少个穿云箭，他们依然觉得饿得急慌慌的，不得够似的。

许许多多的网红，骨子里都是贪得无厌的，都有着无止境的欲望，都有一道填不满的鸿沟，都想不劳而获，坐享其成。

厚颜无耻成了网红们的象征。

不是吗？在快手里培养了许多好吃懒做的人，就等着人们给他们刷礼物，他们的算盘打得很精，只要有十万粉丝，一人给刷去一元钱，十万人就是十万元，你想想，农民种一年粮食，打工的打一年工能挣多少钱，有时候连一家人都养活不了。但是当网络红人多好啊，吃香的喝辣的，还能在全国各地到处转着旅游，到处的艳遇，到处的精彩和故事。他们一个个的嘴都会说得很，一个个都能言善辩，说礼物都是别人自愿刷的，你不刷人家又没有强迫你刷。

以前，那些在电视、电影里可望不可即的演员，被人们疯狂追捧，没想到这些普通人一经成为网红，也感觉像当了明星似的。

这个社会，谁都想不到能有今天，竟然大家都成了故事大王和搞笑明星，人人都成了快手主播，个个都是活生生的演员。你们说哪一个玩快手的，不是天生的演员？自从有了快手这个东西，才发现，每个人都有演戏的天分和想当演员的梦，满世界都是蹩脚的卓别林。

你们知道龙龙吗？一名新疆的快手主播，长得英俊帅气。他的老家在甘肃临夏，也不能肯定其籍贯，因为叫这种名字太司空见惯了，也许是个假名字，谁知道呢。龙龙人特别聪明，他在快手里有时让人哭笑不得，被喷子们骂得有皮没毛。龙龙和黄金搭档小山羊的故事，被传得沸沸扬扬。他把他们两个的故事，从认识到结束，描述得跌宕起伏、曲曲折折的。当他讲到小山羊那么温柔、勤快、懂事和善良，千里迢迢跑到新疆伊犁去找他，描绘得就跟孟姜女似的，谁不难过？因为小山羊的到来和启发支持，龙龙才开始走上快手主播这条路的。她让他从几十个粉丝玩到现在的几十万粉丝，他们却没有能够走到一起，小山羊因为害怕自己受伤而选择离开了他。这是一个公开的悲剧。每当大家听到小山羊那么可人和善解人意，最后却痛苦地离开了龙龙时，就不由得黯然动容，乃至默默地在心里生出一些酸楚。

无论龙龙讲的这个故事是否属实，听的人都愿意相信这是真的。因为在之前大家在他的视频里看到过那么一个叫小山羊的女孩子。那是一个令人牵肠挂肚的悲情味十足的女子。

另外，大家还看到一对小两口，那就是临夏的快手搞笑段子手源源和他的婆姨。大家很愿意窥探龙龙和小山羊，以及龙龙和源源婆姨之间的故事，还有源源有没有背过龙龙和小山羊偷情什么的桃色新闻。这是网络上那些喜欢窥探别人隐私的窥视癖所期盼的剧情。

在窥视癖看来，网络上的这些主播都是很随便很乱的。因为他们在快手里发的段子主要表现的是他们几个人混乱的情感史，不是这个和那个偷情，就是那个和这个有麻达，不是没毛病，而是诟病和毛病多多的。

是的，网络使得人们的感情变得复杂而混乱，暧昧和无法辩驳，说不清楚。即使什么也没有，但他们就是要引导大家往那方面去想，来吸引人气，而粉丝也宁愿相信桃色新闻。谁能把看客心里面想的东西封杀掉呢？网络时代，是一个强奸别人意愿的时代，是一个是非颠倒、黑白不分的场，是一个尔虞我诈的无间道。这是这个社会所有人的大脑的所思所想，以及灵魂和心灵的释放，是穿云箭射出的那一瞬间的惊艳和人性的高潮。

许多人说，网络上的人没有几个具有高尚灵魂的。

源源没有龙龙那么潇洒，源源长得有点像哈利·波特，还有个耳朵一前一后进行表演的绝活。龙龙天生具有表演天分，据说他读书不多。但不知道为什么，他却不愿意说出他的祖籍，这背后到底有什么故事，有什么难言之隐，皆不得而知。说到底，网络还是个虚构的空间，真真假假，虚虚实实，没个什么准。

有一次在网络快手里，龙龙发了一个视频，手里提着一把老铁锹，拖着锹刃在地上划拉过去，配的音乐节奏相当紧张，好像配的是赌神出场的背景音乐，他像关云长提着青龙偃月刀杀将过来，锹刃把地面拉开了一条口子，火星四射。幸亏是导弹和高科技的时代，如果是冷兵器时代，谁看见他那副凶悍的架势，头发都会立马倒竖起来，心里会簌簌发毛的。随之，一阵尘土飞扬，他迅速挖了个坑，站在高处大吼一声道："一些不想让我好的大网红、小网红，你们听着，我把这个送给你们！"有点意思的，就是个坑。其实，一个个冷幽默就是一个个包袱、一个个坑，让大家掉进表演者设置好的这个坑里去，最后的最后就是看有没有人发穿云箭的问题。

幽默是需要智慧和勇气的，也是需要内心的笃定和自信的。龙龙有这样的自信，尽管许多人不知道现实中的龙龙到底是一个什么样的人，但他在那个段子的后面直言不讳地说他自己："我龙龙就是个要馍馍的，咋呢？"

他说他就是个要馍馍的，这句话很有力量的。在这个世界上，能有几个不是寄人篱下，仰人鼻息和要馍馍的人呢？但又有谁敢于承认自己就是个要馍馍的？

在前面提到的那个段子里，龙龙站在一个悬崖下的土坎子上面，拍摄的人把镜头从下面仰推上去，拍出他的凶悍、高大和横扫千军的气概，然后他在镜头里像古战场上的将领一样，突然发出一声怒吼："龙龙出征，寸草不生！"

尽管龙龙惊出了人一身冷汗，但看这个视频的人特别的多，点击量哗啦啦地往上涨。不知道那些读过圣贤书的人会怎么想，那些彬彬有礼、颇有教养的家庭的孩子看了会不会被吓着。

这么一个年轻英俊的小伙子，尽管有一部分人反对支持龙龙，但大多数却都还是喜欢的不得了，他操着新疆方言，那方言本身就有笑点。有人还说他是个小偷，说他偷过一辆摩托车。不得而知。可谁又能保证没有犯过错呢？真的，有一次，他在拍的段子里不加修饰地用新疆方言喊出："冰冰，我爱你！"你要是把他们联系在一起，一准会忍俊不禁的。

大大小小的主播均以各自不同的方式宣示着在网络领域的存在。紧跟这些网络主播其后的还有一位女士，那就是美君，漂亮而有气质。他们引领和带动着网络快手的发展，至少是在努力着。尽管他们不像有些地区玩娱乐玩快手的那么团结，那么相互捧场，那么地不把别的地方的这些网红看在眼里。

有玩了四五年快手的人，感慨说他最后才明白，原来这里面的套路多了去了，水深得很，把人随便就淹死了。有些人特别迷恋快手，有倾家荡产去给主播打赏的。

那些在快手上输掉和失败了的，终于悟出和明白了一个道理，那就是：散打不会散打；方丈不是和尚；刘一手居然有两只手；大美也不美啊；二嫂是个男的；上官带刀从不带刀，但就能把粉丝软软骗了；最让人受不了的是二驴居然不是一头驴，是个帅哥。他们说，最佩服的是那些不知道一个个都想干啥的粉丝，这家军，那家军，还有什么族什么院，人家那些网红谁认识你是个什么鸟鸟，不知道发不发工资，人家使唤他叫扣个“六六六”，他就扣“六六六”，自己老爹使唤都没这么顺手吧，人家男主播带着女徒弟，女主播带着情人住着总统套间，开着跑车游山玩水，粉丝们却住在出租房、吃的方便面，守候着给人家刷礼物，扣“六六六”，最后只得到一句：“老铁，没毛病！”

网红们有时候也钩心斗角。这从另一个角度说明他们还停留在吃饱没吃饱，以及要馍馍的那个层面上。他们还没有一种觉悟和觉醒，没有想着要把这里的一种文化传播给更多的人。

现在，全民都开始玩快手了。这些玩快手的，他们为什么会如此疯癫和奋不顾身呢？丢丑卖萌，认为这就是快手段子的本质。因为人人都特别现实，都想上热门，都着急着想红，都往钱眼里钻，又没有真才实学，就只有赛着作践自己、曝光自己的隐私——在这个猫眼、天眼遍布的世界上，人们还哪有自己私人的空间，一切都是公共的，就连夫妻之间在网络里都是大家的公共资源，谁有本事谁就可以用——以此来博得眼球，取悦粉丝。

网红，与其说是网络达人，毋宁说是大众娱乐的工具，就是个大众鸡儿，既娱乐自己，也娱乐别人。但他们确实需要生存，需要应有的回报。

在这个没有多少私密空间的网络时代，人们仿佛不屑于用纸币了。尤其是快手主播们，认为谁控制了网络的话语权，谁就控制了经济命脉，谁就能开得了银行，认为就可以制定一种虚拟货币或世界的游戏规则。他们对一切传统置若罔闻，渴望能够不断制造挂彩带色的主播门事件。谁的主播门事件越是色彩浓重，围观的人就越多，所以主播门事件成为他们成功的秘诀。

是啊，钱眼里有火，欲望的火把这些网络上的狂徒和超女点燃了，所以他们都疯狂至极，自大至极，一个个赛着奇葩。他们脏话连篇，污言秽语往出倾倒，听不习惯的人，突然会觉得进入了一个垃圾站。还有一些女主播，在直播间表演俗不可耐的内容，并和另一个女主播连麦，比赛谁更风骚。这一系列表演，看得直播间的人气如原子弹爆炸后的蘑菇云一样往上飙，红心心云山雾罩往上飘，一时让人眼花缭乱，人们屏住呼吸在那里看，耳朵支棱起来狼一样听，生怕漏掉什么细节。

在快手上，大家喜欢的是一种朦胧的、暧昧的、不男不女、阴阳怪气的东西，比如许多人都喜欢一首《嘿，我的小可爱》，这首类似快手中喊麦的歌曲，被改成各种腔调在网络流行，阴阳怪气，充满鬼魅和蛊惑，其声气不会使人想到这是一首描述大人和孩子之间情感的歌曲，而往往会让人联想到同性之间的亲近和耳鬓厮磨的呢喃，以及欲望的无端充斥。真是无法言说的脚心痒痒，叫那些生性传统的人不由自主地慨叹：我也是醉了！

啊，就是这样，在正统的环境待久了，就开始喜欢往那种时尚的、乱哄哄的、弥漫着浓妆艳抹的化妆品的场合里窜，前赴后继地扑上去，觉得不去沾染一身难闻的骚气，就不是个人。就像大家都知道吸烟对身心健康不是好事，但是依然有许多人要抽上两口，尤其吸惯了烟的人对之上瘾。没有涉猎过的人都很好奇，都想去体验一下，反正就是这样的一种病态。

“你是我的小宝贝，我是你的么么哒。”小马哥说。“么么哒”是表示亲吻动作的拟声词。这个词在网络上和快手里泛滥成灾，说明人人都多么渴求及需要别人送上的一个吻啊！源自东北的这种群众世俗文化，影响和引领着全国人民的网络生活，不得不让人深思。他们认为，快手就是平民玩的一个平台，不需要阳春白雪和高大上，更不需要去登上神圣庄严的殿堂。

小马哥也许是由于身体的原因，手里掂不动那么重的铁锹，整不出抡枪舞棒的动静，相对温和一点。他也有令人点赞的地方，他会去“劫富济贫”，同情、关照和自己命运相似的那些不幸的朋友。有次小马哥直播，跟一个瘫痪在床的残疾人视频，这个患者可能是为了让人记住他、同情他进而帮助他，用的快手的名字就叫残疾人。之前，他给小马哥发了几个礼物，在他那样的悲惨状况，刷那么贵的礼物已经是把吃奶的劲儿都用上了。然这个可怜的病着的男人，究竟是要干个啥呢？难道仅仅是为了来过一把快手的瘾吗？他就是倾家荡产了能有几个钱啊？有人说，他是想得到小马哥的关照，是来涨粉丝的。因为粉丝就是潜在的银子，就是钱。他们是来拉人气的，直播间对他的关注多了，人气和粉丝就上去了，人气、粉丝上去了，刷礼物是迟早的事情，因为这里面难免会有一两个，或者那么几个——

他们经常会称作姑舅爸姑舅新妈的有钱人——会给他们刷礼物。这就是他们的最终目的。

在网络上，一切也都是那么直接和赤裸裸的，人性的恶与善，人性的美好与邪恶就都统统地展现在你的面前。那天，小马哥在视频中给那个残疾人喊了关注，并承诺说，他不能收他这样人的钱，并说他会把他收入的那一部分钱退还给那个卧床不起的病汉。直播间听到小马哥这样说话，纷纷点赞、叫好，人气不由得又飙上去了一波。有时候，你会觉得奇怪，不知道就在即将达到高潮，小马哥开始喊人气来一波的时候，人气就噌噌噌地上去了，不知道那些人究竟是从什么地方冒出来的，你觉得那些人，他们就像是在某个角落里埋伏和潜藏着，是小马哥有意设置隐蔽的伏兵，需要的时候，振臂一呼："马家军出来。"他们就应声从天而降，击鼓上阵，抡戈冲锋，甘心为小马哥折戟沉沙、陈尸疆场。就在这时，他接到了一支金光闪烁、熠熠生辉的穿云箭。就这么神奇，一支穿云箭，千军万马来相见，这缘分让人感慨。

第二天，有人在小马哥的朋友圈里看到小马哥发的截屏，看到他确实是把前一天晚上那个残疾人的钱退了。是啊，退还给病人，这多么令人崇敬啊！不是吗？然而，当你被网络上的炒作、欺诈、偷盗一次次所伤害时，你又不得不产生些许怀疑。

关于主播的收入，即粉丝发来的钱，网红们几乎把嗓子都喊破了，绞尽脑汁获取的那点收入有一半儿竟被快手平台的一方扣留了。在许多人看来，他们扣留百分之三十的利润都已经十分可观了，竟扣掉了一半儿，如此霸王条款，大家却无可奈何。

之前，许多人以为快手是马化腾或者马云创建的，其结果却都不是，只是马化腾持有部分股份。但是有人期望马化腾、马云他们能再设计一个平台来代替现在的快手，就像腾讯 QQ 一样，有望他们完全革新，像腾讯 QQ 一样让公益多一点，公开的盈利少一点，尤其是类似快手直播间秒榜那种，以及穿云箭、“一三一四”等等，容易让粉丝产生赌性，让以输赢论成败，乃至破产的那种设置减少一点。快手这款产品实在太狠了，这个应用模式相比那些挣死挣活的主播，以及龙龙那样一天跟空气打来打去的堂吉诃德似的年轻主播而言，这个背后的强大平台才是真正的让这些人纠结的源头，是一把躲在后面的无形的收割财富的软刀子，把大家活活地宰了。所以，这些网络红人不得不调动一切手段，把头绊烂也要多创造价值，不然他们就永远吃不饱，就没饭吃。如果他们能获得百分之七十的利润，也许会休息懈怠一点，最起码给自己安排两个休息日，能有个星期六、星期天啥的。可是他们黑夜白昼昏天黑地地干，苦死苦活挣到的一多半儿竟然被这个快手平台横刀夺爱收走了。如果说，龙龙他们不去如此玩命地炒作，人气就上不去，人气上不去，哪里来的穿云箭？哪里来的利润啊？所以，网红们把吃奶的劲儿和娘胎里的力量全都调出来使上了。

这样想想，就会惊出一身的冷汗。这些迷恋着手机，盯着屏幕在网络上玩疯的人群，哪个又不是个病人呢？个个都是残疾人、都是病汉和袖珍小马哥啊！

尽管大家在网络上、在快手里习惯使用曾经引领快手发展的东北人的方言：没毛病！实际上，大家的精神都多多少少、轻轻重重被能否成为网红摧残出了毛病，且还病得不轻呢。

当然小马哥在快手直播里面搞得风生水起的消息，一股风从古城刮到了省里。实际上，网络把时空和距离彻底改变了。人们怀着好奇看着这个身材和长相特殊的娃娃，在北京电视台《你看谁来了》栏目出现时，还有些不敢相信。

历史的车轮滚滚，无论是一个人、一个现象、一个时代，都是过眼云烟。

小马哥自己因玩快手玩出了效益，买了地皮盖起房子，房子又转手卖给客户，钞票也赚了一些，买上了车子，还承揽工程。就在一个偏远小城，在古代属于边关的地方，出现了一大批网络快手玩家。现在的网络，发展速度出乎预料，让人应接不暇，大家刚刚还在用 QQ 和微信的时候，人家就已经开始玩陌陌、快手、抖音什么的。许多人还没有反应过来，就已经被时代淘汰和遗弃了。新生的事物更新换代得异常迅猛，这样的步伐你四个蹄子往前赶都赶不上。过去常说一日千里，恐怕现在得一日万里了。时代和潮流就是一个字：快！大家想想，尚有不计其数的人把 QQ 和微信还没有玩灵光，快手和抖音就已经把人们的生活空间占据得满满当当的了。现在就连毛蛋大的小孩子，以及老得缩成一只蔫洋芋的老头老太太也都要上了快手。无论是灯红酒绿的有钱人，还是穷山僻壤的放羊娃，一人手里架着一部手机在玩快手、在拍段子，大有不拍出震撼人心的作品就誓不为人的决心。大家且都兴起拍段子、录制小视频的热浪和潮流，反正无论称得上称不上作品的，都统统发到快手里面，吸引眼球，博得人们的阅读和点击量。许多人就会看见，点击量稍大一点就能飙进网络同城，再厉害一点的视频和段子就会进入全国玩快手者的视线，一不小心就热门了。眼下，仿佛就是一个段子的时代，是一个微视频充斥着人们视野的时代。

在这个快手的时代，何尝不是一夜之间就成就了一个人的呢！

这些集体快手，这些集体的群众演员，仿佛演戏比生活还来得逼真和合情合理，还符合逻辑和经得住推敲。说到这个拍快手段子，能把人肚子笑破，各种各样的角色，这些全民快手，为了达到自己预期的效果和被人关注的目的，为了上热门和涨粉丝，真是绞尽脑汁，挖空心思，无所不用其极，就像杨家将似的，全家男男女女、老老少少一起上场上阵。有些人为了当网红拍出别出心裁的雷人视频段子，几乎命都不顾了，把家里的人都折腾得够呛，想着法儿作践自己、作践家人。

还有些人玩快手是借这个平台把失去联络的亲戚朋友都找到。有人说，这个快手把一些女人媳妇子都给成精了。女主播们在直播间就跟吃了春药似的，蛇一样扭来扭去，可着劲儿喊麦。从一方面来说，这些人普遍比较贫穷，想通过这个平台多多少少赚上几个钱，好养活孩子和一大家人，解决自己的生存问题。尤其是那些乡下的快手主播，搞的夫妻搭配，比如同心的水金夫妇，还有马师傅老爷子都引起了人们的关注和争议。有的人认为这是一些不想干活、不务正业的懒汉在向别人要乜贴，求施舍。有些人说什么这些钱是不合法所得。但快手主播们很会分辩，说他们又不是偷的抢的。

有些人做梦都喜欢快手，就是喜欢这样的生活，觉得自己就是这一块材料，就是天生的网红，就应该跟明星大腕一样在电视演播室溜溜嘴唱唱歌，做做游戏就能轻轻松松地挣大钱。有一些老弱病残者，生来就有缺陷，盲人、行动不便者等等，均想通过家人的帮助给放到快手平台上锻炼，接受社会的募捐，以此来改变家庭生活，然后有钱了好接受康复治疗；有一些是跟《星光大道》一样，通过这个平台展现自己尚未被发掘的演员天分，变成草根明星；有一些是通过视频来推销和展示企业产品，推出自己的某些作品，多少带有营利性质；还有一些在家闲着没事干的人，纯粹是为了消遣，打发时间；还有就是想通过这个平台来结交天下朋友，来增长见识的；还有一种是通过这个平台宣传地方上的各种地域文化和风土人情的，不一而足。

据说快手最早是从东北火起来的，所以快手上的许多专用语言都是东北方言。东北人在娱乐演艺界真是势不可当。他们创造的快手专用语已经风靡全国，大家在快手里把朋友叫老铁——到底铁不铁、可靠不可靠，会不会在关键的时候抛弃和出卖还不一定呢；把赞成和满意说成“没毛病”；还有什么赞成的时候要说“六六六”啥的。

农村人拍什么的都有，添炕的，给牛羊添草、拌饲料的，牛羊下牛犊子、下羊羔子的。他们的快手名字五花八门，重名者不计其数。而且名字越是古怪，就越容易火。

快手把直播间站在第一个位置的人叫头榜或榜一，然后是榜二、榜三，依此类推。秒榜就是要把榜一干掉、拿下来，自己替代那个位置。有些大网红，直播间会有人花几十万元秒榜的，你连一碗拉面都吃不上，秒榜的事情你想都别想了。秒榜这个词，大家想一想，这个“秒”字用得多么妙啊，简直用语言无法形容这里头的精彩和刺激。

前面说到拍视频和段子，主要以搞笑逗乐引人注目，有些是正面励志的，也有把自己和家人糟践得人不人鬼不鬼的，有些着急忙慌地把家里的锅碗瓢盆都搬到院子里当作道具，还有一些人拍出的段子，秦陇人看着就会情不自禁地高呼一句：“半超子！”半超子就是指脑子不太清醒的。

有些主播仿佛吃了摇头丸，还有猛不丁像鬼一样声嘶力竭胡乱叫唤喊气氛的，你感觉他们个个都是疯子。有一些快手主播为了博眼球，跑到太平间和死人搂在一起拍视频，简直把自己的急功近利变成一种病态。他们就是要追求新奇和古怪，追求吓人和恐怖，有些还跑到坟地直播。

听说小马哥还有一段爱情，他在网络上认识了一个在河南工作的安徽籍姑娘，特别漂亮、聪慧，有贤妻良母的志气和风情万种的气质。她一直不同意他的追求，直到他去央视参加了《你看谁来了》那期节目，才发生了转机，她开始慢慢地接纳小马哥了。而小马哥，也已经做好了全部的准备，只待天暖的时候就去河南找她了。

春暖花开了，万物苏醒，这个现实中也许并不存在的，在快手中叫小马哥的年轻人就要打点行囊，上路了。他就像是一支蓄势待发的穿云箭，一下子带着无比的绚丽和惊艳射中现今在河南的安徽姑娘的那颗突突跳动的芳心。

听说那个小马哥的意中人，同样是个袖珍女子，这样一来，倒真是天生一对儿，挺般配的。

发表于《荒原春》2019 年第 4 期

# 远离人迹

## 一

妈妈一个人住在黑山那座孤岛似的院子里，她老人家已经八十岁，属相我不记得了，但这应该没错。

今天是大年三十，即老历年的最后一天，也是我的生日。我驾车从水城出发，打算赶往三百公里外的黑山去看望妈妈。

天气阴沉沉的，日头从昨天就躲进云层里藏起来了。妈妈居住的那个百年孤独似的院子，曾是生我养我的地方。院子就像一棵完成了使命的果树，由昔日的枝繁叶茂，随着儿女们的离开，逐渐变得冷冷清清。

连绵的黑山把这孤岛一样的院子与外面的世界完全割裂开来。深邃的密密麻麻的杏树悄悄地将院子掩隐其间。院内有一棵枝叶稀疏的大杏树，树下卧着一块大青石头，妈妈常常会静静地坐在那块青石头上晒太阳。

妈妈身患多种杂症，她的耳朵已经聋了，眼睛也花了，牙齿快掉完了，还有糖尿病和高血压，这些都在不遗余力地折磨和纠缠着她。除此而外，妈妈还出现心悸心慌、紧张害怕、头晕头疼、多汗失眠等老年综合征。我曾经把她一次次接到水城，又一次次送回黑山。

水城是我谋生的所在，我是这里一家企业的小业务员，勉强维持生计。妈妈不喜欢水城，她想念黑山那安静的小院，喜欢在院子里走来走去，喜欢坐在那块大青石头上一边晒太阳，一边自由自在地呼吸城市里所没有的新鲜空气。我接她来水城住时，她感觉不习惯，总是唠唠叨叨，整夜都不睡觉，一直睁着眼睛望着天花板。

我问她在跟谁说话，她把脸慢慢转过来看着我，继续那没有尽头的絮叨。我想让她歇上一歇，这样对她的身体会有好处，也让我获得一阵短暂的歇息。否则，随着她这般异样，我会变得极其紧张，神经不由得绷得紧紧的，一颗心始终在空中悬着。说实话，自从妈妈来到水城，我的那颗由坚强已经变得脆弱的心一直处在一种波澜不宁的挣扎中。

我走到旁边，有意离开妈妈的视线，她却从沙发上站立起来跌跌撞撞地在客厅和卧室之间不停地找寻，好像是害怕被我丢弃在这个钢筋混凝土的火柴盒子里，再也不管她了。她显得那么恐慌和迷惘，嘴里不停地喊着：“哈儿、哈儿！”这是妈妈对我的爱称，声音在房子里或高或低地飘拂着。我走过来，把她老人家搀扶回卧室，身心疲惫的妈妈便斜倚在床头的被子上打起瞌睡。在她短暂的休息中，我终于可以小睡一会儿了。然而，妈妈却忽然哭泣着醒来，这让惊魂未定的我莫名地揪心，我觉得我可能在来到这个世界之前犯下了什么过错，现在要通过妈妈来惩罚我。即便如此，只要能听见妈妈的声音，我还是会无比欣慰，我知道那个生我养我的人还活着，还没有把我一个人丢下，她依然在陪伴我。于是，我就有说不出的感激。妈妈她需要我，我也需要她，她是我精神上的支柱。我曾听一个六十多岁的朋友这样说，“真的，我最害怕的是一觉醒来，再也找不见妈妈了！”听着他的话，我害怕有一天自己也会成为这样，那我将多么可怜啊！

妈妈已经苍老得难以形容了，可我还没有让她过上舒心的日子。没有办法，命运总是跟我背道而驰，理想一再跟我分道扬镳。这些年，我什么都没干成，至今还是一个老光棍。在这苦涩沉寂的人生中，曾经希望出现奇迹，然而一切都化为泡影。无论我怎么努力用心，设想总会一一落空。

妈妈又一次走出卧室，她老人家就像婴儿学步一样，亦步亦趋地蹒跚着向我走来。妈妈，她是那个带我来到这世上的人，在她，我想我这一生所扮演的都是一个孩子的角色。如今，没想到我却要把她老人家当成一个孩子来对待。不知谁说过，前半生孩子是老人的影子，后半生老人是孩子的影子。人生总是飘飘忽忽莫测无定，必然要让人经历种种苦痛。

妈妈依旧嘟嘟囔囔，说是她不喜欢待在水城，这让她太烦闷了。她一会儿清醒，一会儿糊涂，责问我为什么要把她一直关在这样一个火柴盒子似的地方，她闹着要回黑山的院子里。我没有办法，只好又把她送回乡下，并托付住在这里的一个亲戚照管着。

我是计划在大年三十的晚上赶到黑山看望妈妈的。平日里，我在水城疲于奔命，为生计奔波。现在终于熬到了年关，放假了，总算有一点属于自己的时间，我怀着万分激动和五味杂陈的心情，驾车出城，去往黑山。

然而，我还没走出水城，在高速公路口就被戴着口罩的几名警察给拦住了。这里一夜之间因为一种可恶的病毒开始禁止通行，不许人进城，也不让人出城。一位年长的警察劝我赶紧回去好好在家待着，别乱跑了，以后即便是走出小区买菜也都是有规定和次数的。“同志，你有口罩吗？一定要把口罩戴好！”他语重心长地嘱咐我，“这段时间，最好哪儿都别去，要是染上这种病毒，会把你隔离在一个地方，接受医疗。”他说目前尚未找到百分之百有效治疗这类疾病的药物和方法。

我跟一位个头比较高，且面相和蔼可亲一些的警察纠缠了一会儿，跟他讲好话，打感情牌，我甚至搭着年老体衰的母亲的皮，希望能够得到他的理解和同情，从而放我出城。可是，旁边的那个不徇私情的小伙子——也许是我求助的这位警察的助手，我不知道——劝我话少一点。他摇一摇戴着手套的手，道：“不说那么多了！我是为大家好，当然也是为您好！”他接着告诉我，“我们站在这里守着，一站就是一天，请您理解，我们所做的一切，都是在为大家好，当然您也是这大家里面的一员！”是的，这的确不是为谁一个人的事情，而我却如此的自私自利。但又觉得自己不知该如何是好，毕竟人家也是好心好意，为的是对众人负责，我自己还是避开这里，别想良策吧！

那位和善可亲的警察也一脸无奈，抱歉地摊开双手，看看我。我理解地点点头，说：“你们也是奉命行事，更是为了我们所有的人好。如果您放行，我保证和任何人也不接触，我尽力远离人迹，和一切人保持距离，这样行吗？”我自言自语似的说着。

真的，一想起妈妈那么大年龄，要一个人度过老历年的最后一晚，我就心情急切，每个人都有自己的职责，都不容易，各有各的难处。

想到这些，我只好苦笑了一下。对方也看出我的痛苦，变得温柔起来，说：“为大家的事情，这是我们守在这里的职责！”说完，给我敬了一个礼，并顺手赠予我一只蓝色的崭新的口罩，叫我赶快戴上。

我接过口罩慌乱地套在了嘴上。刹那间，我有些说不清的感激。

此时，寒风嗖嗖地从车窗里吹进来，打在我的脸上火辣辣地疼。看样子，在这个大年三十北方是要下一场大雪了。路上的车越堵越多，有明事理的人已经掉转车头离开了。有些习惯钻牛角尖的人，还在那里无意义地等待，妄想从这里通过。我想，大家在这里纠缠下去，也是无益的，还有可能引发安全隐患。我想我还是另寻出路吧，看望妈妈要紧。记得不知谁说过：妈妈在，人生尚有来处；妈妈去，人生只剩归途。我要尽力避开人群，远离人迹，去奔向妈妈所在的地方：黑山！

道路的曲折，这注定是要非同寻常的。

高速公路已经行不通了。应该说，只要心中不放弃，妈妈对我也不会放弃，我一定能够找到出城的路径。启用手机导航，是出不了城的，因为导航能指引的地方，一定早有人守护，是不可能出去的；再说，我一直不喜欢功能强大的智能手机，我拿的是一部只能接打电话的傻瓜机。真的，现在许多人都被手机控制了，成了手机奴，他们无比憎恨它，然而又离不开它。

我决定自己重新寻找出城的路，我一定要努力找到回家的路，去黑山那个院子里，看望我那年老体衰的妈妈。

此时此刻，尽管我隐隐地感到说不清的恐惧和害怕，甚至担心在我生日的这一天再也见不到妈妈了。说实话，我有时觉得特别内疚，说不尽对妈妈的歉意，我所感到的无奈人人都会有感触和经历的。我觉得自己活得十分可悲，多年来，我在老板的企业里忙忙碌碌，每天都来来回回奔跑在水城的大街上，在为着那点赖以生存的薪金而虔诚地奔命。即便如此，我们这些人依旧会被那些高管数落和教训：

“你们这些人，一定要对得起自己这份工作，要对得起给你发工资的这个地方。你不好好干，可以走人，还有许许多多的人排队等着干呢。说句你们不爱听的话，你们在这里还能找到自己，你们离开这里、离开这个平台，你们就啥都不是。说实话，是这个平台让你们还能够活得人模人样，出了公司，就你们这副德行，要馍馍去都没人给，你们信不信？别以为你们有什么才华，真的，有才华的人比树上的雀儿还多，每个飞过来，都能叽叽喳喳出一部长篇小说来。所以，你们有什么资格懈怠和敷衍你们的工作？赶快都把吃你妈妈奶的劲儿给我使上，你才能对得住这个平台和岗位啊！”

另一个喜欢阳奉阴违的副职附和着：“还有，我认为人的能力是有大小的，可态度如果不端正的话，那可就是另一回事喽！”

所有像群众演员一样在台下参会的这些可怜的命运掌握在

别人手里的人，就都不约而同地鼓起热烈的掌声，一浪一浪地，潮起潮落，大家纷纷表示二位高管说的句句都是金玉良言。然而，你有时觉得说这些话的人，未必对这个领取薪水的地方有多么大的贡献，相反，由于他们擅长做表面文章，而一再轻视业务，反而耽误和阻挠了企业的积极发展。事情往往就是这样的荒谬。好在一点，时间把一切真假都检验得清清楚楚。谁被歌颂，谁被唾弃，都只是时间的问题。在这里，这么多年过去了，许多人的梦想和追求，一次次都破灭了；那些曾经的年少轻狂，以及天真，也一次次被粉碎。这一切通向理想彼岸的通道都在他们正在努力挣扎着向上的时候，突然关闭了。许多人都觉得他们已经够努力够好的了，但是不服气你的人并不这么认为，且还在背后不断地诬陷你，给你演绎着现实版的《三国演义》，动不动捏造一派谎言，编织一个陷阱。所以，即便是大家把吃妈妈的奶的劲儿使上了，而上面的不予，裁判长的否定，无论再怎么努力也还是徒劳无益。最后，把大家都劳累和消磨得油尽灯枯，一句“这个人已经江郎才尽了！”便这样彻底结束和葬送了。拿我来说，曾经的意气风发，年轻时的狂妄自大，现在都已成了大家的笑话。以前的我，慷慨激昂；现在的我，沉默寡言。我原本是一只癞蛤蟆，却也以为自己是可以和嫦娥在一个锅里搅勺子的后羿。在这个公司里，有些人干了一辈子，最好的年华都在这里哗啦啦流失了，也奉献了。但无论如何，大家还得继续奉献下去啊！

此刻，我只想回到妈妈的院子里。

我又不得不返回水城，凭借自己对地形的熟悉，在西边开发区的一个湖边绕了一圈，看能否找到出城的机会。这里戳着几栋空荡荡的大楼，楼后面是一片冰冻如玉的湖波，湖面上架有一座原本供游人赏景用的木桥，桥身漆了一层薄薄的红漆，经过风吹雨淋，加上日头暴晒，浮漆已逐渐剥落。这是一个空置的创业园区，基本上无人问津，处于废弃和瘫痪状态。我突然有些激动，因为我发现木桥从这里能够通到对面的一条水渠上，再沿着水渠边的土路就能到达郊区的村庄，穿过村庄，就有可能走到通向黑山的那条荒无人烟的沿山通道上去。

我兴奋地从车上走下来，环顾四周，发现周围空无一人，我慢慢走上木桥试试桥身是否稳当。我使劲踩踏桥体，尽管能听见嘎巴嘎巴的声音，但桥面并未断裂。我的心怦怦地狂跳起来。因为，我已经下定了决心，要冒险了。倘若从结冰的湖面上走，即使走到对面，那约两人高的水泥护栏也爬不上去。无论是从桥上走还是冰上行，车子一旦掉进这湖边牌子上标注着“水深二十多米”的湖里，对不起，不论是你会游泳还是不会游泳，都将是凶多吉少。

今年的冬天比往年似乎愈加寒冷，而且最冷的时段似乎还没有到来。但是今年从西伯利亚进入的寒流却格外强劲，冻得人的鼻尖子生疼，可能是与地球大气候的变化是分不开的。湖里不知道什么时候结的冰，说不太清。湖边上生长着一些芦苇和茅草。芦苇的下半部分被冰凝结住了，头颅经微风一吹，发出唰啦啦、唰啦啦碰撞摩擦在一起的怪模怪样的响声。

我做好了充分的思想准备，把车头拧正，并放下车窗上的玻璃。桥面只能勉强容下一辆车。车轮开始触碰到了桥身，我感觉我能听到自己急促的喘气声，心一下子吊到了嗓子眼里，觉得自己像是去悄悄赴死。当整个车身压到木桥上的时候，我明显感到桥身在猛烈地摇摆，木板叭叭叭发出一连串我从来都没有听到过的一种声音。我开始后悔了，但是开弓没有回头箭，我只能硬着头皮往前开了。越往前，桥身就越是摇摆得厉害。我能觉到我的嘴唇都干了，嗓子眼也有点隐隐作痛，眼睛仿佛充血了。有几次，我感觉大脑有些眩晕，身体有些失重，几近于要窒息了，眼前有好几次浮现妈妈年轻时那善良的样子，还有她苍老以后那被岁月雕刻了无数皱纹和波折的慈祥面孔。那双布满血丝的眼睛在久久地注视着我。一种强大的精神信念颠覆了我的理性。桥自顾摇晃，我略微踩了一脚油门，我听到桥上的木板发出拆裂般的声响。但桥身并没有塌陷。我的眼睛死死盯着彼岸，那是我要去的地方。到湖中心的时候，冰面和湖里面同时发出一种可怕的声音，更加让人惊心动魄。我觉得在人生的道路上，我是在经历一场生与死的考验。剩下桥身的最后一段了，我小心翼翼地再次点了点车油门，有点冲刺和逃离死神抓捕的味道。

终于到达了彼岸，我刹住车，怪风飕飕，滴水成冰的北方大地一派模糊，汗像流水一样把我的全身都洗过了。我抹了一把迷蒙模糊的眼睛，不知道那是泪水还是汗水。我没有勇气也不想再回头看那湖面和桥体一眼，就头也不回地驾车沿着水渠边上的一条土道驶过去。

到了对面村口的时候，我才发现那条穿村而过的道路早已经被这里的村民拿简易的木头设施阻挡住了，而且守在这里的村民个个戴着口罩，胳膊上缝制了一片标识性的红布条，在那里信心满满地把守着。

我抱着侥幸心理看能否蒙混过关。然而，我万万没有想到的是，这些驻守在村头掌控了出入村道口的老百姓觉悟特别高，比高速公路口那些穿制服的人更加严格，他们特别负责任，当然也是为了预防有些冒失鬼闯关冲卡，手里均拿着粗壮的长木棒，一旦有车辆硬开过来，他们手里的东西会起到威慑的作用。毕竟是特殊时期，大家都可以理解。有一个半拉子老头儿，可能也是担心我冲卡，立即警惕地将一根木棒顶在我的车灯上，叫我："赶快退回去，赶快退回去！"

我不慌不忙地说："能否让我通行一下，亲爱的好人们，我是绝对的好人，是健康的人，我在村里不会停留的，和任何人不接触，我就是路过一下贵地！"

有一个皮肤晒得黝黑的中年男人，真心实意地对我说："真的，你就是没有被病毒传染，我们也不敢放你从这里过去！"

一个穿着打扮得像是有点头脸的年轻人问我："你是从哪儿来的？"

"从水城来！"

"到哪儿去？干什么去？"

"去黑山看望老妈！"

"没办法的事情！"他看了看我。

"那你们让我怎么走？我已经无路可走了。"我演起了戏，做出哭哭啼啼的样子。

"你从哪儿来，还回哪儿去吧！"那个年轻人说，"实在不好意思！”

旁边几个人也都随声附和。

我知道，回是回不去的。然而，我满脑子充满天真的幻想和希望：如果我是上面派来的，拿着特殊的通行证，他们一定会把我安全护送到我想要到达的任何地方的。我焦急地等待着，希望有什么转机，抑或奇迹发生。那个先前挡住我不让通行的人，对我语重心长地说：“这里肯定是不让放行的，你还是再想出路吧！”

我苦笑着说：“你们不放我通过，我还能上哪儿去呢？我不知道还能去哪儿。”我恳求他们能否给我指一条去往黑山的出路。

“别的路我也说不上，但这里是不能让你过去的！”那个年轻人更加肯定地说。

我从车上走下来，那个年龄大点的人，让我赶快回到车上去，说我在他们这些健康人附近走来走去是非常危险的。我再一次感到特别茫然，只好又走回驾驶室里，关上车门，把车窗的玻璃放下来观察。突然一股寒流从窗口迅疾地灌进来，让我浑身打了一个激灵。我仰望了一下天空，天灰沉沉的，那灰暗的云层愈压愈低，风吹在脸上冷飕飕潮乎乎的，凭经验，看样子这是要下大雪的征兆。

谁能预料得到，病毒对人类的突然造访和袭击，竟给大家带来这么大的恐慌和麻烦。真是天有不测风云，人有旦夕祸福哇！似乎人人皆知，要想不受病毒的传染，就得隔离，最好的办法是远离人迹。然而，此时此刻，我得去三百公里外的黑山看望妈妈，我不得不跟这些在路途中设置关卡的人交涉。毫无疑问，这些守护在各个村口的庄户人，其守土有责的使命感是不容置疑的。

现在，或许所有的交通要道都已经变成封锁状态。

看来，要想从这里通过，显然不是那么容易的一件事情。

我分析了一下眼前的情形，从这条路上通过也是不大可能了，这跟我逃出水城的难度是一样的，甚至有过之而无不及。此时，我的内心又开始绝望起来，并不停地胡思乱想，倘若自己能长上一双翅膀，那样我就可以从人迹罕至的高山、戈壁、湖泊等上方飞回黑山，飞到妈妈的身边了。

在这群人中，有一个三十岁左右的女人，长得挺漂亮，她除了腿比不上模特儿那么笔直修长，别的确乎挑不出什么缺点来。那女人突然高声呼唤："马平川、马平川！"一个眼睛跟她长得神似的英俊小男孩跑了过来，依偎在她身边，抱着她的大腿，一边斜着脑袋好奇地瞅着我的车头，一边用脸蛋在女人胯子的软肉上舒服地摩挲着。我听出女人的口音跟我十分接近，也许她就是从我们黑山一带经过挑挑拣拣，才拣选出来嫁到这川区里的。

总之，好看的女人大多都有一颗善良的心哪！我心里又开始抱着一线希望，但愿这个老乡能给我透露一星半点好消息，或者看在乡亲的面子上告诉我另外隐藏的一条只有他们村子的人知道的去往黑山的路，虽然那不是什么大道，但一定能够让我顺利去往黑山。我想，毕竟她是这个村子里面的一员，对周围的环境不可能不熟悉。

我乘人不备，跳下车跑了过去，我这一跑不要紧，却惊动了关卡里面的那些人，他们也莫名其妙地呼啦啦向后面逃跑。我没有去闯关卡，只是跑到距离那女人较近的一个地方，带着一丝哀告问道：“老乡，除了这里，还有没有别的出路能够去往黑山？”

这时，那些刚刚惊慌失措的人见我没有追过来，就又停了下来，回过头疑惑地打量着我。实际上，我和这些人之间还有一条拦挡和阻隔我们的冷冰冰的绳子，这是他们的警戒线，是我这个来历不明的人不能逾越的标志，这界线把我无情地圈在了他们划分的区域外面。

真的，我着急死了，马上就要下雪了，远处的那些钢蓝色的山冈完全笼罩在雾气和黑压压的云霭之中，什么也看不见了。零零星星的雪糁子已经在不经意间飞到了我的面孔上，一转眼就化成了水汽。天上地下，都是一派阴冷潮湿的气体的流动，仿佛饱含着难言的惆怅，同时又有一点点欲哭无泪的亲切和难以自拔的忧郁。这无边无际冷冰冰阴沉沉的天色，似乎一直延伸到妈妈所在的黑山，在那暗云背后，有妈妈在静静地等候我，她用一双已经流干了泪的眼睛遥望着山外的世界，那遥遥无期的相聚，在我的心里一下子勾起层层万般酸涩的滋味。我的思绪已然飞向了黑山那座孤岛似的院子，在院子的上方轻轻地飞翔和盘旋。

那女人用一双黑葡萄似的大眼睛望着我，嘿嘿一笑，说：“你是从哪儿来的？”

“水城！”

“哦，告诉你，这里是过不去了，你就是从这儿过去，前面路口还是有人把守，你照样过不去！”她好像并不害怕在那些人面前向我泄露了村子的机密，我想凡是好看的女人，即使做错了事情，也会受到人们的宽容。她扬起胳膊，向外一绕，说：“你向那边那么绕行过去，沿着地埂子和黄灌渠的渠背绕着走，兴许就能绕出去。”

我点点头。

“你快走吧，沿着田埂去找找看，车到山前必有路嘛，别在这里耽搁了！”她又说。

大雪将临，阴云密布，我的心情已经完全跌入低谷，然而这个好心的女人却留给我十分可爱的印象，给我低迷的状态增添了一抹亮色。天无绝人之路，只要肯下力气去寻找，就一定能找到出路。

## 二

我打着车，离开了这个村口的关卡，沿着村子外围稻田边的地埂子继续向西南方向摸索前行。稻田里，一片荒芜，几只喜鹊在灰暗的天空下飞过，就像在预示着什么。这是一条简易而很少有车辆光顾的便道，也许只有到了播种和秋收的季节村民才会好好利用它。

渠背上有沙土和形状不规则的黄河里常见的那种鹅卵石，有些路段的路基已经坏得一塌糊涂，出现一个接一个的坑窝，车轮有时就掉进了沙土的坑窝，但好在一次次都给我争气地爬上来了。我庆幸的是车的底盘相对比较高，遇到一般的坑道是困不住的，倘若真的困住抛锚了，说实话，我真不知道该怎么办，在这些方面我一点经验都没有。所以，一路上我提心吊胆地向前开着，每走一段路程我的神经就像是经受着鞭子的抽打和炉火炙烤般的折磨。

雪前的一股股冷风在车身周围卷动着，地表那白色的雪糁子被风刮起来，就像烟一样飘过来飘过去，有时又像魂影似的扑簌簌地在车头前面骚扰。我在车的驾驶室里也能感觉得到那阴森可怖的寒凉的气息，整个天空中暴风雪将至的那种氛围急剧变浓了。

感谢妈妈给我多年的好祝福，庆幸的是，这一段路途还算顺利，这些地方距离村子比较远，那个在村口给我指路的女人的美丽面孔在我的脑海中一次次浮现。我记着她的好，不忘她那上天赐予的白皙面孔和黑葡萄似的大眼睛，让那美丽永驻她的脸上吧！

那个村子已经越来越远，空荡荡的稻田把我的心也带空了。车左边闪现几座大门洞开的院落，里面的屋顶已被掀掉。显然这里的主人已经搬走了。车子不紧不慢地经过那几座被抛弃的荒落的院子时，我的心就像是被针扎了一下，不禁又想起黑山那曾经生我养我的地方。再向前走，就要脱离这个村庄，接壤那荒无人烟的沿山通道了。真的，我心里一阵阵兴奋和激动。我似乎又找回了一些精神和信念，也许我把这些可贵的东西已经丢了很多年了。然而，令人猝不及防的是，现实再一次把我刚刚找回的信念打落在地上，将我重新送回痛苦的深渊：眼前的道路被人挖断了，是刚刚挖的，周围的土都还是新的。

我刹住车，不由得又想起了我那远在孤岛似的院子里的老妈妈。尽管我是一个四十多岁的大男人，但此时此刻，我的身子就像一堆无用的烂棉絮，一下子苫在了方向盘上。我伏在那硬实的物体上，无声地啜泣。人生有时候特别的难，特别的无奈。眼泪打湿了方向盘那黑色的胶皮扶手。车外面的冷风依然在呼呼地吼叫。我被又一次地阻挡在这里，我不知道该怎么办。

“车到山前必有路！”那个美丽善良的女人的话语犹在我耳边回响。

我在心里鼓了鼓劲，擦干眼泪，把车又倒出来，开始继续寻找别的出口。我记得在稻田的西北边有许多纵横交错的水渠，渠背上是可以行车的。我又掉转车头开到另一条稻田边的水渠背上，车越走旁边的水渠沟崖越宽。此时，雪糁子变成了缓慢降落的小雪花，似乎这些雪花统统是冲着我来的，有些雪花掉到了挡风玻璃上，有的雪花紧挨着车身流星一样飘过去了。我豁出来了，无论发生什么事情我也要一往无前向那人烟稀少的黑山进发。

雪花越飞越乱，一开始像是新分家的蜜蜂从老蜂窝里一下子飞了出来，慌不择路地在寻找新的蜂巢。一会儿，雪花又像是天幕中大片大片的流星，在有意识地迎着我的挡风玻璃飞扑过来，隔着挡风玻璃看外面的世界，我感觉就像是通过电视屏幕在看箭一般向我射来的流星雨。恍惚间，又觉得窗外是天河决堤了，湍急的浊浪在向我翻滚着扑过来。我的心紧张得都要拧成绳了，并且这根绳子越拧越紧，随时都有断的可能。

又走了一会儿，边上的水渠倏忽没有了，变成了宽阔的深沟和一大片湖泊，沟沿上依旧可以行车。我目测了一下，沟沿到沟底的湖泊差不多有五层楼那么高，车基本上就是在悬崖边上跑着，我的眼睛始终紧紧盯着仅有的崖顶脊梁，全身的汗毛都倒竖起来。我不得不将车速减缓下来。崖壁上的雪花很快就被泥土吸收了，没有融化的雪花被我的车轮碾进沙石和尘土里，又和大地融为一体。

当这条路快走出头的时候，却被一道结实的铁丝栅栏挡住了去路。我能清楚地看见，跨过网格形的铁丝栅栏，就是无人区的沿山通道了，再继续沿着西面山根的沿山通道走下去，就一准能够到达黑山。没想到此时却再次让我无路可行了！真的，人生真是步步有障碍，处处有关卡。贵人相助，左右逢源，一帆风顺，那都不是一般的普通人能够遇到的。尽管前路充满艰难险阻，但我不能就地等死，我得看看有没有办法。我再一次认真观察了一番，发现沿着这栅栏向南走一二百米，是一座石桥，栅栏在桥那里好像没有了。栅栏的另一边是一条南北方向的通道，通道的东侧有两三户人家。这几户人家真可谓远离了人迹，住得够偏僻的。在铁丝栅栏终止的地方就是那座东西方向的石桥，桥东的右侧出口，就接上了那条铁丝栅栏外面南北方向的通道。桥西那边的入口也已经被人封住了，只有桥东进入南北通道这个入口还敞开着。但到桥身的北面，铁丝栅栏又沿着南北通道的边沿和沟崖的崖背继续向北延伸而去。只要我沿着现在铁丝栅栏的里侧和沟崖东侧的边沿走到桥头那里，再向右拐到那条南北走向的通道上，沿着铁丝栅栏的外侧向南行进，就能彻底离开这里，摆脱困境，直达那条远离人迹通往黑山的山路了。那道铁丝栅栏，拆除是非常困难的，一般的手钳子也不一定能够剪开它。我是一路上沿着湖边的沟沿先是由西而南，再向东过来的，刚经过的地方，一般很少有车辆光顾，地埂子比较高，下面是一望无际的冬天荒凉的稻田。

现在，我得继续沿着铁丝栅栏的里侧和沟崖的边沿向北走到桥边，然后向右拐出去就好了。这一段路窄到了极点，全是细细的面粉状的沙土，好像没有任何车辆从这里通过的痕迹。

我又开始冒险了。我把车头小心翼翼转向北面。一边是铁丝栅栏，一边是悬崖深沟。我让车身尽量紧贴着铁丝栅栏的一边，蜗牛一样缓慢而谨慎地移动。我的车上并没有拉任何重物，但是明显能感觉到那些细细的沙土带着软绵绵的诱惑把车轮陷进去了大半截。这些细沙土一点都没有被冻住。车继续奋力前行，又走了二三十米，栅栏出现一个弯度，就像人凸起的肚子。我没有办法，只好把方向盘向悬崖这边微微调整了一下。然而就是这一把方向，后面的车轮完全陷进土里去了，因为越是靠近悬崖这边，沙土就越虚，而且我一踩油门，轮子竟然只管在原地空转着，并开始吓人地向着悬崖的这边一寸一寸地滑落。车轮打滑空转掀起冲天的土雾，把车身笼罩起来，什么都看不清了。我赶紧把车两边窗户上的玻璃统统放了下来，向左边看了一眼，沟崖深得令人眩晕，掉下去一定能把沟底里冰封的湖面砸一个洞，然后人和车一起落入冰洞里，一命呜呼。

此时，随着后面左边那只轮胎的逐渐下滑，车身已经完全向左倾斜，开始摇摇晃晃，眼看就要翻到沟里去了。我迅速做出反应，一把拉住了手刹。不知道是怎么回事，车竟然鬼使神差般自己熄火了。现在，我退也不是进也不是，并且后退可能比前进更容易翻到沟里去。我立即从左右晃动的车上跳了下来，蹲在车身前头大口大口喘着气，似乎刚才谁捂住了我的鼻子和嘴。我一边歇息，一边琢磨能不能把抛锚了的车给设法救上来。

雪花在我的头顶依旧不依不饶地飞舞着，风在我的周围肆无忌惮地叫嚣着，并不断发出一种空幻的压迫人神经的嚎叫。车上没有什么工具，千斤顶似乎也用处不大，我在附近找来一些石头，冒着车身随时翻过来将我砸入沟底的危险，开始用双手刨开车轮前后的细沙土，打算刨出车轮之后，再把石头垫在轮子下面，让车轮吃上劲，才有可能爬上来。

我像土拨鼠一样趴在车轮下面用双手拼命地刨土。两只手从一开始的冰冷与疼痛，到后面的麻木肿胀，以至于失去了知觉。指甲有好几个都被掰掉了，鲜血淋漓。雪花、泥土、手指上时时渗出的鲜血，让我的两只手变得面目全非。十指连心啊朋友，你们是没有经历过。有几次，我觉得我的魂魄似乎已经离开了我的身体，在车身周围转了一圈又回到了我的身上。我在心里箍着这一口洪荒之气，我不能让这一口气散掉。我正刨着车轮下面的土，模模糊糊听见车身前面的地方好像有人故意在干咳，“咳咳咳、咳咳咳！”一连几声。

我顾不上看，也不知道来者的目的。

“你是好人吗？”透过土雾和飞舞的雪花我慢慢看清是一位胡子拉碴的老人，他在笑着问我。显然，人家完全知道我是怎么回事，因为到处已经无路可行了。一会儿，老人的身边围过来好几个人。

我没好气地回答他："肯定是好人！"我知道他问的是什么意思，心里自我解嘲地说："不是好人难道我还是坏人吗？"

老人笑起来，解释说，他的意思是问我是不是正常的健康人，有没有携带那种病毒。

我无奈地看了他一眼，对他们讲："我说我没有携带那种病毒，但谁又能帮我证明呢？反正我感觉自己是正常的健康人。"

因为我没有什么工具，一切都得靠一双手来完成，我每次趴在车轮下一点一点刨开土，垫上石头的时候，车身摇摇欲坠马上就要翻下来似的，随时危及我的生命。

"给你，大叔！"我顺声抬头一看，一个穿着红羽绒服、戴着口罩的学生模样的女子给我递过来一把铁锹，对我说，"你不要总趴在车轮下面了，那样太危险了！"

我从口袋里掏出在水城时那位警察给我的口罩赶紧戴上，确保她不要因为我这个陌生人而有所顾忌。我说了一声谢谢，并问她是不是学生。她说她在水城医学院读书，今年大二了。我接过铁锹，铁锹把比较长，这样我就可以躲在车的左后方工作，如此就不怕车身侧翻压着我。我继续铲开那些埋住了车轮的虚土，再用铁锹头把捡拾来的石头塞到轮胎下面，这样就能防止轮胎打滑了。

左边车轮被我收拾垫好了，我又开始处理右边的前后车轮，依旧刨开虚土，设法让抬高的车轮跟左边保持一致，处在同一条水平线上，这样车轮就不会向悬崖这一边倾斜了。为保险起见，我把右边车轮周围的虚土挖开，在适当的位置垫上一些石头。那个女大学生，竟然不知不觉成了我的助手，每次当我需要石块的时候，她都会及时到位递给我。我们配合得十分默契，她的工作让我非常满意，比如我心里想的，以及观察到的车轮下面存在什么问题，她好像也和我一样能够看出问题的所在，就会赶紧递给我所需要的那一种形状和大小的石块。

天空的雪花在肆无忌惮地旋转和飘洒着，这景色仿佛成了对我们两个劳动者的礼赞和渲染，就像某些剧中需要升华剧情的音乐铺垫一样恰到好处地响起来了，那么到位和入心入肺。这大雪似乎不是灾难，倒好像成为我们二人世界里弥漫的一场交响乐盛宴。热爱劳动的人是最美的，那白茫茫一片银光中的红棉袄多么美啊！雪在铺天盖地地下着，我希望我们的劳动能与天地一道就这样亘古下去。

那些在一旁观看的人，大约是这女大学生的家人，里面有两个人在喊她的名字，我没有听清她叫什么，好像是燕子什么的，对，应该是风雪中的燕子。他们是在叫她回家，他们在制止她不要靠近我，叫她远离我。

女大学生没有理睬，一边帮我捡石头，一边还时不时纠正和弥补一下我工作中的某些不足。

白茫茫的雪花在我们的头顶笼罩着，车身周围刮起一股白烟一样的雪末，瞬间升起又猛然地落下，“让暴风雪来得更猛烈些吧！”沟崖下面传来寒风低声的呜咽。

有一个小伙子，好像是女大学生的哥哥，急急忙忙走过来拽着女子的衣肘企图把她拽回家去。

可是，女大学生挣脱了他的手，继续配合着我的工作。那小伙子又一次抓住了她的衣襟，比前一次拽得更凶，并发号施令："赶紧回去，你这样会挨妈妈的打的。你瞧瞧这个眼睛又碎又丑的家伙，行为多么可疑，说不准就是那号病人，你看看，这个时候他不在家好好隔离，带着一脸茫然的情绪，跑出来要给人故意传播病毒！"

"哎呀，你干吗呢，哥哥？"女大学生这次感觉有些不耐烦，生起气来了，"你们干吗都不帮他呀？你们难道要看着这个人出车祸掉进沟里不成？你们这些自私鬼，别拉着我！"

我感觉有些莫名的羞愧，就对女大学生说："你回去吧，大学生，我自己能行！"我宽慰她，"我就是喜欢冒险，你就放心吧！"

"你也别给我逞能，从这里掉下去，那可是凶多吉少。所以，还是乖乖地接受帮助吧！"

我只有老老实实听她的了。女大学生还跟我开起了玩笑，说她叫我哥哥嘛，她看我比她的父亲小不了多少，叫我叔叔嘛又觉得我显得有些年轻，说我真让她感到为难。

我告诉她，她可以任意选择，叫什么都没有关系，因为我知道妈妈还在黑山的院子里等我呢。

她笑起来，说我这个人挺老实的。

当我再次抬起头的时候，看见一个比我大不了几岁的大个子男人也在帮我往车轮前面的路上铺石头。我赶紧站起来说了一声谢谢。

大学生介绍这就是她老爸，刚才那位胡子拉碴的老人是她的爷爷。

她爸爸告诉我，孩子爷爷看见孙女在帮我干活，就喊他也过来一起帮忙。他真诚地说，如果不把从车这里到桥头那边的这一大段路全部处理好，还有可能出现事故。所以，说他们会帮我的。

就这样，我们三个人开始在风雪中到处找适合铺路的石头。后来，女大学生的爷爷竟然不顾年迈，也加入我们的劳动行列里来了，他给我们一边递来他能够拿得动的石头，一边给我们当起了指导的专家。听他的儿子说，老人年轻的时候，是一把干活的好手，无论是拓土块，还是砌墙，都可以被当作这些领域的模范和标杆。在老人的指导下，我们铺路的进度大大加快了。

女大学生的哥哥有些局促不安地把手插在裤兜里，似乎对我在这个病毒蔓延的紧张时期突然造访和进入他们的领地有些抵触，尤其是担心着妹妹的安全。这是可以理解的。

女大学生给我递石头的时候，在我身后悄悄低语道："哥哥有些担心我，所以不乐意我帮人，都是这讨厌鬼病毒惹的祸，请您多多理解！"她怎么显得那么豁达明理啊！"我哥哥其实是个好人，如果是往常，只要我做什么，哥哥和家人一定会支持我，一定会毫不犹豫跟上我帮忙的！"我歉疚地点点头，好像这一切都是因为我的过错，是我的到来给他们带来慌乱和担忧，不禁内疚地朝站立在风雪中的女大学生的哥哥投去歉意的一瞥。他在那里沉默不语，好像是在进行思想斗争。

过了一会儿，女大学生的哥哥抱着一块适合铺路的石头不声不响地走到我的身后，也开始帮我干活了。

在女大学生的带领下，先是他们一家人帮我修路，过了一会儿那旁边两户人家的大小成员也全出动了，一起帮忙修起了路。干活的队伍顿然变得出乎预料的庞大，他们似乎把病毒传染人的这档子事情给忘掉了，也把帮助我的严重后果置之脑后，而且所有的人都相互配合得非常默契，尤其是那邻居家的两个小伙子，都是不甘落后的样子，都值得称赞。每次他们从远处把木板和石头运过来，好像都渴望能得到女大学生的表扬和肯定。看来，他们都喜欢年轻漂亮的女大学生，都愿意为了女大学生的高兴而高兴，为女大学生的快乐而快乐，都愿意冒险站在女大学生的身边，她想干什么，他们就也都心甘情愿地干什么。漂亮又心地善良的姑娘看来是人人都喜欢的，也可以让人由理性变得越来越感性。

尽管有许多难以说清的未知数，但我得硬着头皮走下去呀。我尽量远离人迹，坚持和途中相逢的人保持距离。经过刚才的劳动检验，我发现自己干起活儿来浑身都是劲儿，不咳嗽、不发热、不打喷嚏，也没有感到浑身乏力，即使在严寒的风雪中刨土、铺路，使蛮力，也依然觉得有使不完的劲儿。真的，我一度觉得能不能参加重体力劳动仿佛是验证一个人是否是个健康人的标尺。

也许，是信念在我的心里起了作用，这一点是毫不含糊的，人因为有了爱的信念，才就有了希望。

人多就是力量大，那条路在不断向桥头边的路基那里徐徐延伸。女大学生的爷爷指挥着我们所有的人，把基座较为宽大的石头铺在路面最底下的一层，这样受力面积越大，承受重量也就越强，轮胎不会再陷进去的。有些不规则的石板的空隙需要再填充些形状各异的鹅卵石。当女大学生把鹅卵石递给我后，我接过来填入一个个需要填充的土坑里时，一丝神奇的快意从我心里升起，或者说是一种说不清楚是什么的感觉充盈着我的内心。我就这样接过来填入，接过来填入，路面在修补中逐渐完善，我们两个的动作也在此起彼伏中越来越娴熟，一呼一应，天衣无缝，显得那么自然和心有灵犀。没有想到，我竟然非常享受和女大学生这样的劳动过程和合作的快乐，以至于一度忘记了我要赶回黑山看望妈妈的事情。有些地方需要用铁锹把凸凹不平的细沙土修整铲平以后，再铺上石头和木板，有些地方处理得只要车辆的轮胎能够通行就可以了，当然个别地方必须处理得万无一失才能令人放心。

铺路工作在有条不紊地进行。这使我暗暗高兴的同时，又有点替他们担心。

我有天生恐惧去医院看医生的毛病，对医院和医生向来害怕，尤其看见打针的针头就眩晕和过敏。我跟大学生开玩笑说："所有的医生是不是都有一种职业病，是否看见健康的人心里就不舒服？而看谁都觉得像是看着一个病人，特别对那些生命力表现得旺盛的人是不是特别讨厌？"说着，我忍不住露出一丝似笑非笑的表情。

女大学生咯咯咯地笑了起来，笑得把腰都弯下去了，她说："各行各业，每个人的素质都提高了，我们大家经常讨论和所关心的医疗、教育等等，都就会越来越好，就像您，现在就是一个需要给予帮助的人。总而言之，您现在处于险境，需要大家的帮助，等过了眼下这一关，说不定再过几天，病毒就有得治了。"她问我，这么拼地去黑山，究竟为的什么？

我告诉她，我是去黑山看望八十岁的老妈妈，她一个人在黑山的那个孤岛似的院子里等着我回来，今天是年关，我不想让她一个人在那里度过老历年的最后一个晚上。

雪花晶莹剔透地挂在女大学生扬起的清秀的眉毛上，让她的眼睛变得毛茸茸的，衬托得脸蛋粉嘟嘟的，煞是好看。在茫茫一片纯洁干净的白中，有一朵玫瑰花一样的红色，就像一团火一样在冰天雪地里燃烧着。每次女大学生给我递石头的时候，看到她的手掌憨生生的，指头指节的形状像竹笋那样。在现实中竟然真有如此好看的手啊！只有在敦煌莫高窟的壁画里才可以看得到这样优雅的手，手指圆圆的胖胖的，从指根到指腹，再到指头，一路由粗变细，看上去跟观音坐莲的画面中的手有些相似，许多飞天仕女也有这样的一双手。毫不夸张地讲，她的手真的是我见过的最迷人的，看了她的那一双手，你竟然渴望能成为她的病人，让她用这样的一双手带着一丝少女独有的窘态，把你身上的沉疴和顽疾轻轻地抓起来扔掉、抓起来扔掉；你希望她穿着白大褂，戴着听诊器，不断在你身上敲敲打打，拿着听诊器摁在你的身上到处凝神倾听，让她的手时刻检查你的全身，并让潜伏在你肉体的一切疾病都因这一双手而无处藏身。我不禁心疼她的手在这样的天气、这样的环境里帮我干这样的重活粗活，但同时又幸福地闭上了眼睛，期待着，内心增添了一股莫名的能量。

当我睁开眼睛，思绪从短暂的幻想里跳出来时，雪已经把天地远近都染成了白色。正是这一眼望不透的白茫茫的雪中，那姑娘身上的红棉袄、那与众不同的一抹红色，才把我这颗死灰般的心点燃了。

风刮起了地上的积雪，飘起来就像缕缕尘烟在脚下窜来窜去，有些雪糁子竟然跟银蛇似的钻进人的裤腿，一下子渗入骨髓。大家都争先恐后地搭救着我这个落难的不速之客，一张张陌生而又似曾相识的面孔在雪中穿梭和闪动。

但是，往往坏事中有好事，好事中又有坏事，那两户邻居家各自跑来帮忙的两个小伙子，实际上他们都看上了女大学生，都要在女大学生跟前争风，因此他们在频繁照面的过程中发生了一些摩擦，后来竟然吵了起来。一眼能看出来，他们都正是谈情说爱的年龄，而且女大学生的哥哥告诉我，那两个小伙子从小就喜欢他的妹妹，因为妹妹长得十分漂亮，最主要的是人很善良，加上女大学生是这周围最受人欢迎的女子，她读了许多书，知道各种别人不知道的从古到今的事情。他们两个能不喜欢这样才貌双全的女子吗？都很喜欢的，两家人都在想方设法地讨好她，两个年轻人也都要和她交朋友，打算和她处对象呢！

这两个小伙子，尽管书没念多少，但都认为自己是最有资格获得女大学生芳心的人。其中一个是开大车做生意的，另一个在水城的一家汽修厂学习汽车修理技术，快过年了都回到村子里来了，同时总想找机会接近放假在家的女大学生。

不知道是有意还是无心，那个开大车做生意的小伙子，手里的一块比脸盆小不了多少的石头，没有扔到我指定的地方上，却飞过来差点砸准了我的脑袋。我虽然年纪不小了，但是由于小时候一直在农村生活，干了不少农活，也吃不少苦，身体素质并不算差，所以当那块石头从他手里带着一种心不在焉的状态径直向我飞来时，我倒抽了一口冷气，本能使我纵身一跃，跳到了旁边，只见那块石头带着一股劲儿发出砰的一声响，砸到我刚才站立的地方，石头自然地又迅猛弹起来，从悬崖上骨碌碌滚了下去，好大一会儿，才听见落到下面湖泊的冰面上，冰面被砸起一团冰雪的碎屑。

修车的小伙子跟女大学生说："他这哪是在帮忙修路，这是想把某些人砸死的节奏！"

某些人是谁？难道是针对我吗？我感到心有余悸，刚才那块石头冲我飞来的一幕浮现在我眼前，如果不是我身手敏捷，恐怕被砸出来的就是我的脑浆了。

"我说你这是怎么回事，看清楚了再扔吧！"我觉得我应该跟他沟通一下，否则不定后面还会有什么危险呢，到头来自己没有掉沟里去，倒是被这小子在崖顶上就给报销了。他究竟抽的哪门子风？我嘱咐他说，"兄弟，下次你可以幅度小一点放下吗？别老远就扔过来，那样会出人命的！"

"你这个人还毛病多得很，咱在帮你，你不仅不说一句感谢的话，竟然还指责埋怨起咱来了！"他竟然觉得我是一个无情无义的人，"像你这样的人，咱原本就不该帮你，让你从这悬崖上掉下去，摔断气，再冻成冰棒，到来年开春，冰雪融化，种子发芽的时候，再从湖面上漂浮上来，看你还在咱这里指拨人吗？"

"对，可怜之人必有可恨之处！"汽车修理工突然也批评起我来了，他和开大车的倒是拧成一股绳，变成一伙的了。他们先前还在那里赌气和竞争呢，瞬间，他们又开始尿到一个壶里面去了。人有时真的复杂和不可捉摸，是具有多面性的。可能是他们看见女大学生给我递石头时和我说说笑笑的缘故，见我们两个配合得就像排练过节目似的那么融洽，这引起了他们两个对我的不满。我在他们的眼里，应该是大叔级别的，原本是不能构成任何威胁的，但是他们依然有些紧张和压力，把我视作他们的情敌。

“你们两个如果不想帮忙，就请走远一点，不要碍手碍脚的！”女大学生开始撵他们走，他们不仅不走，还比先前更卖力地干开了。

“让他走，我留下来，他那是在制造凶杀案呢，哪里是在助人为乐！”修汽车的小伙子把矛头又转向了开大车的小伙子。

开大车的自然是不甘示弱，说：“你要走就走，咱就是不走，你算老几，还管起咱来了。咱偏偏就是不走，咱对出门车辆抛锚的人必然是要帮的，咱这是在为自己行善积德嘞，将来咱出车在外遇上困难，一定也会有人帮咱嘞！”他好像讲起因果来了。

“如果你帮人就好好帮，不要拿石头往人家的头上砸，你那是帮人吗？咋看你咋像是图财害命嘞！”修汽车的不依不饶。

“你把你的嘴给咱闭上，胡说八道什么？咱看你像是血涨了，需要放点血了，是不是？”

“你来呀，咱还怕你不成？”说着他们两个就往一起凑。

两个小伙子，都是血气方刚的，这个村子里有些是从秦地移民来的，闲话少说，一时间英雄对好汉，都是手里握过撬杠的人，所以谁都不怕谁。一开始，他们尽管凑到一起了，但可能是有点碍于两家大人的情面和女大学生的看法，稍稍有点束手束脚，不敢下手，只是互相拿肩膀扛来扛去，其中的一个脚下一滑，被对方扛了一个马趴，栽了一个大跟头，立即恼羞成怒，翻起来上去就是一拳，捣在了对方的颧骨上，与此同时，另一方也击中了对手同样的地方。他们好像是认为反击对方一定要公道公平似的，即你打我哪儿我也要报复性地击打你那个地方，否则就像是谁占了便宜谁吃了亏似的。很快，他们被对方击中的地方，就都同时肿了起来，形成了一个亮泡。

两家大人仿佛都知道是怎么回事，都知道是儿子在为爱情和尊严而战，所以就都没有劝，也没有帮忙，看他们谁有本事，谁把谁打败，好像这样一来，女大学生就是胜利者一方的了，从此那个打败的人就会宣告退出。

女大学生把他们两个拉开了，说他们如果再打，可以到她看不见的什么地方去打。实际上这两个年轻人都很清楚，那样一来，打架不就失去意义了吗？因为没有女大学生这个重要的观众，他们是打不起来的，打的也是没有意义的架。人所做的一切事情，难道不就是给另外的人看的吗？没有人关注，就是白费力气。对于这样失去目的的战斗，他们两个才不干呢！

两个年轻人被女大学生拉开之后，鼻青脸肿的，他们却没有离去，跟着女大学生继续修路。这一次，他们干得又好又谨慎，让我不再为他们担忧和害怕了。

剩下的路，差不多是在飞速推进，有些地方只要能保证轮胎顺利通过就行了。女大学生的父亲和开大车的小伙子对修成的路基全部进行了考察，认为万无一失，才让我上车。由于轮胎下面垫上了石头，还塞进去一块宽木板，木板下面又顶了一根粗檩条，我上到车里感觉下面稳稳当当的，但是挡风玻璃上已经被雪花覆盖了，什么也看不见。我把车打着，启动雨刷器来回刷了几下，但是紧贴在玻璃上的雪好像被冻住了，无法完全清除掉。我便启动了热风对着挡风玻璃呼呼地吹。那个汽车修理工颇有经验地走过来，拿自己的棉衣袖子帮我把沾在挡风玻璃上面雨刷器没有刷干净的雪来回抹了几下，就抹干净了。

我挂上挡，先踩住刹车，让仪表盘上的转速过了两千转之后，才猛然松开刹车，结果车忽地一下向前飙了出来，差点撞到铁丝栅栏上。车脱离了险境，但把我吓得不轻。我慌忙踩住刹车，慢慢调整方向，车轮开始稳稳滚动在石头和木板铺就的路基上，车身右侧紧贴着铁丝栅栏缓缓向前行进，走到桥头那里，我向右打方向，从桥头东侧勉强通过一辆小车的角落拐入了栅栏里侧的那条南北方向的通道。我长长地嘘了一口气，车稳稳停住，我跳下车来向这些旅途中伸出援手的人一一道谢，并深深鞠了一躬。

“旅途平安！”女大学生说，“向您的妈妈问好！”她半羞半怯地退到了后面，一副功成不必在我的样子。

“雪大路滑，慢一点开！”老大爷反复叮嘱着我，就像过去妈妈常常对我不厌其烦地告诫一样，她叫我做任何事都须小心谨慎。

“平安！”

“平安！”我和他们互道了平安，便重新跳上了车，从挡风玻璃望出去，雪依旧在漫天飞舞，我只有在心中默默祝福天下苍生平安。

我的车又启动了，我在倒车镜里面看见那个开大车的喊着让我停下来，我停下车。原来他是提醒我说，冰倒雪滑的，问我带没带防滑链，让我把防滑链加上。人家听说我没有带，就教我，在雪地上一定要开慢点，不要猛踩刹车，要慢慢用点刹的方式，注意和路上的车辆保持车距，必要时打开双闪灯。我从车窗伸出头向他示意，并大声说全都记下了。

雪花冰凉冰凉的，落在我的面孔上，有些从衣领里灌进去了，一种麻凉麻凉的感觉。我把头缩回驾驶室，重新出发了，在倒车镜里面，看着把我从困境中搭救出来的那些人，我的心里沉沉的，似乎有一块石头坠在心头，有些重，那件红羽绒服也越来越远了，都渐渐地消失在了茫茫的风雪之中。

## 三

这一次，我跑了一个多小时，就进入了那条人迹罕至的沿山通道。雪地上那一片片萧瑟的银光，不时刺疼我的眼目，雪花在山脉走势的阴阳变幻中，似乎从不同的方向在追赶着我的车，雪光有时显得凄惨暗淡，有时又亮得光芒耀眼。我想，后面的路，将会是我一个人独自漫长的旅途了，一丝恐慌和寂寞重又袭上心头。

然而，令我没有想到的是，在这个除夕的前一天，在这条风雪狂嚣远离人迹的道路上，竟然还有那么多车辆在逶迤前行。真的，病毒和关卡并没有把他们挡在某个地方，也无法阻断他们回家的路。也许，只要是在地球上，似乎没有人类找寻不到的路径，也没有人到达不了的角落。在这本该回家与亲人欢聚一堂，等待看春晚电视节目的时间里，世上却还有那么多为了生计而风雨无阻走在回家路上的人！

一路上，每隔一段路，就有因速度太快，或者路面打滑，抑或刹车失灵、方向失控而跌进路边壕沟的形态各异的车辆。有些车是撞在石头上的，也有碰在树桩上的，有的是和别人的车辆相互碰撞的。总之，一路上我们这些人，可以说是在泥泞中打滚，在风雪中爬行。有时候，只能走走停停，因为到处都是满目疮痍的车祸。在巨大的诸如地震和疫情这些霎时从天而降的灾难面前，人其实跟蝼蚁一模一样，一个个都十分的渺小，显得那么可怜、无奈和无助。当然，人在顺应自然的同时，也在不停地战胜自然。在几个不易察觉的角落里，我帮那些刚刚发生事故的旅人，做了点力所能及的事情，在确定他们不再需要我做什么时，才重新开始了我的旅行。

路上，每次只要我的车后面出现车辆，在快要接近我的车尾时，我就吓得立即打开双闪灯，提醒和警示对方和我的车保持足够的车距。那些有经验的司机，立马明白需要减速，需要和我的车保持距离，也会打开双闪灯，提醒他们后面的车辆。有些性格怪异的司机，不知道是不明白别人的提示，还是在有意跟人作对，偏偏不屑一顾，根本不理你的那个茬，这种人一般有路怒症，会一味地继续我行我素，简直能把人气死。这种人好像不知道在这样的天气、这样的日子，车祸意味着什么后果。有几次，就差那么一丁点，一辆灰色轿车就要跟我的车屁股接上吻了，但都被我巧妙地躲开了。然而，那个开车的家伙依然故我。倘若再继续叫他这样跟着我，出事是难免的。我在一个略微宽敞的地方有意减缓车速，把那辆轿车让到我的前面去了。我一下子感觉把头上扣着的一顶压迫人的锅盖给揭过了，不由舒坦了许多。后来，在爬一座山坡的时候，那辆灰色轿车果然碰上了一个女士驾驶的白色小轿车的屁股，一直推到旁边的沟里去了，车辆各有损伤，幸好两人都只是受了一些轻伤，灰色轿车的主人额头擦破了点皮，用口罩胡乱地绑在伤口上，看着十分的狼狈和“赏心悦目”。我从旁边过去时，他却狠狠地剜了我一眼，好像都是我的过错，是我陷害了他。我赶紧踩了一脚油门踏板，逃也似的去了。

到达牛头山那一线，坡确实是有些太陡了，我爬了不到一半，车子竟然打滑向后面倒退开了。我的魂儿差点都被吓出来了。车在继续后滑，刹车失灵了，方向盘也不受自己的支配和控制。如果继续这样一直滑下去，一是可能和后面突如其来的爬坡的车相撞，再就是可能会摔下路边的深沟。我调整方向看能不能借助轮胎打滑和后退的惯性，让车掉一个头，慢慢开下坡去，等到了平坦处，选择较为舒缓的路面重新爬上这道大坡。可就在我的车身上又上不去，掉头又无能为力，且不知好歹地僵硬地横放在这条只能勉强并排通行两辆车的山路中央的时候，一辆载重大卡车，好像是那种能运载四十多吨的半挂车，拉着满满的一车货物从拐弯处下来了，似乎司机在连续紧急地踩着刹车。山谷里传出刹车片吱吱嘎嘎的揪心恐怖的声音。我有些吓蒙了，呼吸仿佛都快停止了，不知道怎么办好，几次都想弃车逃跑。大车司机也已然发现了前面出现的险况，踩得刹车片都像是要冒烟了，刺耳的声音让人的肠胃一阵一阵痉挛。由于大车的车身太重，加上在雪地打滑，已经有些刹不住了，车厢推得整个车头微微倾斜，如果再继续向前，极可能就会侧翻压在我的车身上，那样的后果大家都是可想而知的，我和我的车会一起变成柿饼的。

我的车现在横亘在路的中央，两边车辆都过不去了。眼看上面的大车刹不住，带着失控的架势，就要到我的车跟前了。我又一次想起了妈妈，她那一生与世无争的面孔在我的眼前浮现。我想起一路上那些给过我鼓励和帮助的人，我要做最后一搏，因为两车之间的距离尚且允许我冒一次险，如果这辆载重大车真的到了跟前，我再弃车逃离也是能来得及的。于是，我不再犹豫，果断挂上倒车挡开始踩油门后退。轮胎把积雪大片大片地抛起来，整个车身一下子被笼罩在雪片和车的浓重的尾气之中，什么也看不清了。随着我手忙脚乱地打方向盘，车子竟然在原地转了一个三百六十度的大圆圈，然后轮子一边打着滑，一边还是退到一个理想的位置。我立即紧踩刹车，回转方向，车打着滑成功地掉过了头，向坡下驶去。走到坡下面一个安全的地方，我才停住车，下来站在路边上让突突乱跳的受惊的心恢复平静。只见那辆载重大车斜着身子一点一点犹犹豫豫地往下滑溜，一直斜着身子溜将下来，总算也安全地下到了坡底。

一场惊心动魄的灾难避免了，死神跟我再次擦肩而过。

载重大车的司机到得坡下，也找了个安全的地方停下车，他从那像是挂在半空的高高在上的驾驶室里下来了，穿着皮暖鞋，走在雪地上发出咯吱咯吱的声音，到我跟前，递来一支香烟。

我没有接，只向他摇摇手。彼此都有所忌惮地保持着相对的距离。这是一个高大威猛的四五十岁男子，我们都戴着口罩，但我从他胖得快要眯到一起的深眼窝里面藏着的小眼珠可以看出，他是在向我友善地微笑呢。他对我说：“哎，朋友，把人吓死了嘛，上面太滑了，不装防滑链，你恐怕上不去！”听口音，这人好像是从天山那边来的，谁知道呢！这个离乡人，看来是要在路上过年了。好在，我看见他的车上坐着一个年轻漂亮的女子。看着像个女孩子，又觉得像个少妇。不好猜测。我想，只要有年轻漂亮的女人陪伴，即便是在生命灭迹、刮着丝丝缕缕的微风、到处滚动着沙粒的荒凉的月球上行走和度过大年三十也是不会感到孤独寂寞的，因为有这样得力的女人，他的心永远会是热的！

“你这个人爱钱不要命啊，这样的天气，年三十了都不休息，真往钱眼里钻呢！”我带着嘲讽的口吻揶揄他。

他倒是没有生气，说：“哎，我给你弗（说）朋友，都是不得成的事情嘛，但凡有一分钱的奈何，我们也不会这个样子的，老板到时间见不到货，按合同办的话，要扣钱的。这次这个病毒嘛，真的很颇烦，弗（说）实话，大家都不容易，我们一起为万物苍生祈祷吧！”他用双手在脸上带着仪式感象征性地抹了一把，“你看看这雪，都快把人埋到路上了嘛！”我看见他刚刚在雪地上踩出的那些脚印和踪迹很快就被新的风雪给掩盖了。一股冷风裹着雪糁子掼将过来，他冻得立即弯下腰身，抱紧胳膊，就像收紧翅翼的一只瑟瑟发抖的老鸟。

“哎，朋友，安全第一嘛，不要拿生命开玩笑哕！”我学上了他的口音。

“我们这些跑大车的，就是拿生命开玩笑的，前两年要是碰上那种当地的地头蛇老板，货拉到地方上嘛，钱不给，还要挨一顿打，现在政策紧了，扫黑除恶嘛，路上安全有了保障，治安一下子好了，地头蛇都在班房子吃供应粮去了嘛，晚上跑车也不害怕了。”他告诉我，要是以前，夜间跑车，只要在爬大坡的时候，那些飞贼就像电影上一样，追上来用钢叉、匕首和飞爪把包在车厢上面的篷布扯破割开，把货物滚下车，等到发现，人家已经拉上货物跑远了。再说发现了也不敢下车去追，车一旦停下，那些人就拿上刀子斧头逼着你，连你身上的一点钱都会被打劫一空的。

我听得有些目瞪口呆，听他说跑车是拿生命在开玩笑，觉得一点都不为过，况且冬天遇上这样冰天雪地的天气，确实有点命悬一线。

他叹了一口气说：“这是今年最后一趟子啦，原想等拉到地方上嘛，拿上钱，就地把车放下，过年坐上飞机去三亚要上两天呢，没想到这狗日的病毒打搅着哪儿也去不了啦！”

我们说着话的当儿，这个深眼窝大鼻子老兄车上的那个漂亮女子从车上走下来了，她穿着厚厚的狐狸皮大衣，浑身包裹得就像是一个暖和的花苞，让我大开眼界的是她的怀里竟然抱着一个毛茸茸的像玩具一般的活物，这个看着像熊猫又不是熊猫，像羊羔又不是羊羔，像狮子又不是狮子，像老虎又不是老虎，反正七不像八不像的东西，让我觉得特别好奇，我知道这种越是什么都不像的小动物越珍贵，水城有几个富婆家里养着的就是类似这样的动物，听说好昂贵的呢。那漂亮的年轻女人给她怀里那玩意的脖子套上了一条绳索，把它放在雪地上，牵着绳头跟着它走了一小段。

“阿依古丽，口罩戴上、口罩戴上，哎呀呀我的小鸽子哇，你下来干吗呢？到处都是病毒，赶快给我上去，上车上去！”深眼窝大鼻子的大哥夸张地叫了起来，并嗔怪女子不该下得车来。

我有些纳闷，看那女子的年龄，既不像是他的女儿，又不像是他的妻子，没忍住，问了一句：“大哥，这位小鸽子是你的女儿吗？”

“哎，朋友，不要胡弗（说）咧，她就不能是我的女人吗？”他的声音由生气变得和顺了一些，“这个羊羔子嘛，她是我的女人，我的女朋友，知道吗？你看看，像我这么优秀的男人嘛，就像是天上的雄鹰，就不能找一个年轻的女人吗？就不应该有幸福的生活吗？”他摸了一下自己黄茬茬的坚硬胡子，“你看你这个人，看上去也妥妥的，再不要那么嫉妒人！”羊羔子是他们那里的人对女人的一种称谓。一想到他们的阿凡提般的智慧，你就不由得感到无论生活多么苦痛，在他们那里也蕴藏着无数的快乐。

“大哥，你太幸福了嘛，我就是有些说不上来的嫉妒！”我讪讪地笑了一下，“嫂子手里牵的那个是啥玩意儿？”

“那是个狗嘛，那是个啥，我不相信你连个狗都不认识？”他埋怨我没有一点见识，“我给你弗（说），越是不像狗的狗越是名贵的狗。要说一开始嘛，我不想让她养狗，她不听，弗（说）

是在家里寂寞得很，让我买了这条狗陪着她，花了我几个月的辛苦钱呢！”

这个大哥告诉我，尽管给她在家里养了一条特别好的狗，但是她还是闷闷不乐，天天想念他，他只好把她带在身边，如此一来那狗怎么办呢？他说你总不能把它丢在家里活活地饿死吧，那毕竟也是一条生命呢，只好让她也一道带在身边。现在他们三个走哪里就住哪里。大部分吃住都是在车上。

他认为没有防滑链，我是决然上不了这个陡坡的。

那个女人遛了一会儿狗过来了，站在她的男人身边，看上去线杆一样端正小巧的鼻子，加上玲珑的嘴巴，格外性感迷人。她的眼睛好像是蓝色的宝石，通透明亮。她把狗从地上抱起来心疼地抱在怀里，对他的男人低语着什么，我没有听清。但我看见那条小狗，眼珠子忽闪忽闪像是带着一丝炫耀和自豪，且幸福满满地看着我。也许因为我这个陌生人盯着多看了几眼它的女主人而发出汪汪的不满的叫声时，我才真正确定它确乎是一条非同一般的且能够洞察人性的稀珍的狗。她说完话，就抱着她的珍禽异兽重新回到车上去了。

胖子大哥告诉我，他的女人说，大家都是出门的人嘛，让他一定要帮我翻越这座山峰呢。他说他的大车轮胎上加了防滑链，但我的车用不了。他去到自己的车上找来宽边的包装箱上的塑料绳子，在我的四个车轮上很快就做成了简易的防滑链，他让我试试。我上了车，启动爬坡，竟然在坡上越上越高，越走越远，拐了几道弯，一直到达了山顶。我停下车，跑到一个高处，想给连名字都不知道的胖大哥他们道个别，可是我远远看见他们的车已在茫茫的风雪中走远了。

## 四

等我下了牛头山，防滑链已经破损不堪，不过前面再也没有像牛头山这么陡峭的山路了。

我时快时慢，平坦的地方就跟着前面的车辙前进，狭窄危险的地方，比自行车快不了多少，最主要的是还要保持前后车距，以及提防左右两边突然斜刺里插过来的车辆，如果稍不留神，就会在光滑的雪地上发生事故。后来，有一辆红色的小轿车一直跟在我的后面，与我的车车距保持得很好，我刹车，从倒车镜看出红车也立即刹了车，就慢下来，我开双闪灯，红车也会马上打开双闪灯迎合。这让我感到放心。然而，就在快到黑山，大功即将告成，就要画上惊险刺激而又十分完美的句号。也可能是我有些放松警惕，前面有一长串车都猛踩了刹车，我也踩死了刹车，咯嘣咯嘣的刹车片发出无助的呻吟，我的车头再有几厘米就撞上前面一辆越野车的屁股了。我正庆幸地用手安抚着心脏的跳动，便从倒车镜看见我后面那辆车看样子已经踩死了刹车，身子在雪地上甩过来甩过去，完全失灵了，最后只听得砰的一声响，我明白无误地知晓是撞在我的车屁股上了，我的车身往前蹿出去了一大截，车头失控，还是没能避免地顶在了我前面那辆越野车悬挂在后面的备用轮胎上。我们都从车上下来了，大家都戴着口罩，我看了看我的车身后面，问题不大，只是后面的翼子板进去了一个坑，漆蹭掉了一些。撞我的那辆车上坐着一家三口，女主人从车上下来，战战兢兢地，可能是经历的事情比较少，担心遇上一个讹人的人。那个年轻的男人说：“哥，不好意思，把你的车撞了，您看咋处理呢？您说咋办都行！”我原本想指责他两句，一听这样，也就不想再埋怨了，就说：“大家人都好着就没事，车也不要紧，我自己修，出门在外谁能不遇个事儿呢！”那个女人赶紧拿出五百元钱要给我，我已经把话说出去，就索性拒绝了。那年轻女人一个劲儿说：“真的，遇上好人了，遇上好人了，对不起，对不起！”

虽然没有拿人家的五百元钱，但是我还面临着和前面越野车车主解决问题呢，心里依旧忐忑着。那个女人说：“如果前面的车要你赔，我们来赔！”

前面越野车车主是一个经常在沙漠里穿越的玩家，豪情万丈，见我原谅了后面的车主，就很男人地说：“赔什么赔呀？我的车好好的，一点皮都没伤着，大家还是注意安全，继续上路吧！”

## 五

就这样，我们又各回各车，继续上路了。差不多黄昏了，雪越积越厚，一路上都没有停。三百公里左右的路上，全在降雪。天色一点一点暗下来，为避免更多的车祸，路上所有的车辆均打开了双闪灯，互相警示，那形形色色、特点各异的车灯一明一灭、一亮一暗，形成雪地里一道独特的风景线。灯光在风雪中变得昏黄微弱，若隐若现，很容易造成一种如在梦中、精神恍惚的感觉。有时候，人会产生一种恍若隔世的幻象。

终于进入了黑山的范围，天快黑了，我给那个托付的亲戚打电话，我的电话不知道怎么回事，拨了几次都拨不出去。等我的傻瓜机能拨电话了，那边却是无法接通。那是一对老实本分的夫妻，也许是因为天气的原因，信号不好。他们现在跟我的妈妈在一起吗？抑或没有，都是这病毒的肆虐，让人彼此集体无意识地保持起了距离。

## 六

在进村的那个路口，有一座通向村子的名曰“李家堡”的浮桥被挖断了。但我在附近很快就找到了老乡，这里的人都知道我是那个丢下妈妈不知去向的玛玛子的儿子。他们都在同情妈妈的遭遇的同时，又暗暗指责我怎么不好好孝顺老人。我只是一言不发地赔着笑。真的，谁都知道，家家有本难念的经。

距离浮桥不远有几户人家，他们被指定守在村口，不让陌生人进入。但这些人对我完全是网开一面，让我在家待着，别乱走动，好好陪伴老人。再什么话也没有说，他们去把自己家的门板卸下来，做成简易的桥梁，让我开车过去了。

穿越了那片孤岛似的院落外围的茂密树林，妈妈那院子的轮廓在风雪交加与即将降临的夜色下开始出现在我的视线里了，那像是就要渐渐消失和隐藏起来的建筑，仍旧静悄悄地耸立在那儿，人好像感受不到那里面还有人在生活的气息，可是我透过挡风玻璃，穿过茫茫的风雪，还是想努力看出院落里面的一些什么，我在院外晒柴火的地方熄火并放下了车。顿时，那沉寂幻灭一样，只有雪还在耳边絮语似的沙沙降落。

夜的麻影子一点一点下来了。我忐忑地走进了院落，就像在我脑海中永生永世定格了的那一幕一模一样：妈妈她就静静地坐在杏树下的那块大青石头上，像一座凝固了的雕塑，只有眼睛尚且盯着门外山坡下那条已经被风雪埋葬了的土路。她的头上全白了，身上也盖着厚厚一层雪，我的眼睛再一次逐渐变得模糊，看不清她老人家的头上那究竟是积雪，还是因为帽子掉落了，流出来的那白得跟雪一样的银丝，那是她这一生一世再也变不回去的头发。我的心里清清楚楚，那一根一根的雪丝里，布满的是对儿女们的思念与牵挂！

发表于《芒种》2021 年第 8 期

# 青青牧草

草原就像一条巨大的彩锦织就的毯子。他侧身躺在这个草绿花香，生机勃勃的毯子上，天马行空地遐想着。恍恍惚惚，他希望自己躺卧的这个巨型毯子能够飞起来，载着他缓缓漂过海洋，飘越冰川与沟壑，进行一场环球旅行。

毯子上，马儿们的鬃毛可以为他遮蔽如烈焰一样炙烤的太阳，那种自由自在的样子，让他找到草原上王的感觉。铮铮淙淙美丽的喀纳斯河，在太阳的光辉下，被两岸开满草地的野花映衬得闪烁出珠宝一样的光芒。

草原和大海往往有得一比，它们都能给人以梦想。他在这片草原上，做了几十年的梦，他明白这梦还将会继续做下去。因为这个梦，让他充满了青草的芳香，所以让他不胜陶醉，乐在其中，他已经完全习惯了草原上这种草花芳香的迷人味道，这让他再也无法和这片土地分开了。

以前，他会寻找草原上牧马的同行聊天，谈马的繁衍生息，谈草原的未来发展。当然，他更多面对的则是他放牧的马儿。孤独的时候，他会和自己放牧的马儿们进行沟通，对着它们自言自语一番。无论马儿们是否听得懂他的话，这并不重要，关键是他说出了自己的快乐与心声，这就足够啦。

马儿是有灵性的，它们的耳朵会敏锐竖立起来，灵活地转动着，似乎在悉心倾听，那耳朵一会儿一前一后，像喇叭口一样张着，接收着他发出的声音；一会儿，马耳朵又紧紧抿到脖子后面，仿佛是在假装生气，向他提出些微抗议。

他一生最热爱的梦想，就是要在这辽远空阔的喀纳斯草原上当一辈子牧民，放一辈子的马。但是，他从没有过自己的马儿。但这又有什么关系呢，只要能够从事自己热爱的工作，那才是最令人感到快乐的。可有时候，就连牧马也不能尽如人意，牧民们会找到自己更加满意的人接替他的工作，为之，他辗转牧场，时而被冷落，时而炙手可热。

他经常躺在草原的草海里做梦，稀奇古怪的事都会出现在他的梦里，常常使他会心地笑醒。有时候，他正在梦中和自己的马儿对话呢，然而中途却被什么动物吵醒，是一只狐狸或者丑陋的秃鹫就在他身前的大石头上盘算着，或者是因为梦见有人无缘无故要把他推下悬崖去。顿时他被惊醒，翻身坐起来，狐狸只好逃了，秃鹫也飞走了。他怅然地望着天上的云朵，心里变得空空荡荡的，耳边只有草棵在微风中轻声细语。

“成为最好的牧人。”这就是他的梦。有的人，无论做什么梦，都能变为现实，总有贵人相助，真是顺风顺水，就像瞌睡遇上了枕头。

他想成为草原上最好的牧人。

老牧人哈孜大叔说：“你一定会成为最好的牧人。记得吗？

哈格，那年你差点被冻死在草原上，但你娃命大，还是活下来了。”哈孜大叔是这片草原上的一位老牧人，他在喀纳斯草原上就像一个敬业的写作者一样坚守和做了一辈子梦，就是要做一个合格的牧人，看来他就要在这里和草原上的石头一样，成为这草原上的一道风物，历经风雨，慢慢地经历沧桑，一起地老天荒了。

那是伊斯哈格从内地刚刚跑到草原上的时候，他先是给哈力克家放马，又到艾布家，后来到艾孜家，大家轮流请他牧马，伊斯哈格憨厚老实，从没有过分的要求，只要给一碗饭吃就心满意足了。不像有些人牧马稍有点名声，就讲工钱和劳金讲得很厉害，一分一厘都不谦让。还有，只要马儿不听话，就棍棒相加，最后弄得在草原上没有人敢用了。

伊斯哈格热爱自己牧马的工作，对马儿能够悉心照料，他把马儿当成自己的亲人，渐渐赢得了草原上牧民的称赞。哈孜第一次见到他，就喜欢上了这个年轻人。哈孜没儿没女，茕茕孑立，形孤影只，给人放了一辈子牲口，他和伊斯哈格成了莫逆之交。

冬天的时候，马儿太喜欢这片草原上的梭梭草了，梭梭草就跟野葱胡子似的长在一个个青草巴子上面，顶头的一层已经干枯了，但是距离草巴子根须较近的部分，也就是被干草遮盖在下面的那一部分，由于温度适中，那些草尚没有被霜杀和严寒冻死，释放出一丝淡淡的绿意。因而，这些梭梭草有着天然丰富的营养。马儿啃食的时候，“克噌克噌”，能够吃出动人心弦的响声，就像他曾在工地上搬了一天砖头，搬完后端上了一碗可口的寸节炒面，心满意足地吃出很大的动静。马儿们争着抢着采食这样的长梭梭草，这种草不仅味道好，且仿佛上面撒着什么可口的调料，马真是吃得津津有味，头都顾不上抬起来，而且草的长短恰如其分，只是比野葱略宽了一些，特别适合马儿们下口。经验丰富的牧人们知道，如果在草原上出现一种草，样子长得让牲口难以下口，说明这种草的营养和味道是不适合马儿们的胃口的。这是牧人判断马儿喜欢什么样的牧草的一些基本常识。草和马的胃也是相互适应的过程，一切都是环境造就的，草和马的胃之间也会相互磨合，相互适应。牧人从草的形状和样子，就能辨别马儿是否喜欢吃它。所以，伊斯哈格通过草的样貌就能知道这里适不适合放牧。

进入漫长的冬季，草原上马儿们喜欢吃的酥油草完全干枯了，各种青草已经没有那么丰沛了，夜里回到马厩，伊斯哈格还得给马儿们拌些草料，不让马儿因为季节性牧草的减少，而变得营养不良和毛色邋遢。给马儿供给的草料，主要是将粮食秸秆粉碎后，在里面再和上一些麸皮或者油渣片，倒入马槽，用水搅拌均匀，就可以了。

马槽被马儿们的嘴唇磨来蹭去，使之被盘得已经有些包浆了，青乌乌的，抑或溜滑溜滑的，就像新疆和田的羊脂青玉一样，油油的、光光的，摸着手感特别温润舒服。有几次，伊斯哈格就躺在马槽里睡觉，他和马儿不离不弃，马槽里比夏天毡包里的床铺还凉快惬意呢。于是，伊斯哈格就经常睡在马槽里，马儿的嘴唇把他拱来拱去，就像是给他按摩，一直把他拱醒为止。他醒来后，摸着马儿软软的嘴唇，肥囊囊肉嘟嘟的，马儿会禁不住从鼻孔里喷出青草的香气，他闻着，有一种莫名陶醉的感觉。

伊斯哈格牧马的第三年的那个冬天，天气预报也不那么准确，一开始草原还一派祥和，太阳挂在地平线的顶上，看上去晴格朗朗的，他把马群赶到长梭梭草最多的禾木河对岸的一个峡谷里。下午，草原上突然刮起了一阵旋风，过了不一会儿，就飘起雪花，后来便彻底刮起了暴风雪。暴风雪携带着呼哨声席卷大地，马儿们在草原上瑟瑟发抖，在风雪中迷失了方向，三三两两走失了，伊斯哈格追赶马匹，自己也迷失了方向，他光着的脚丫冻裂了许多小血口子，加上被锋利的石头和刺棍划得伤痕累累，脚后跟鱼儿的嘴巴一样张着。伊斯哈格走在风雪茫茫的草原上，被狂舞的雪花阻断了视野，眼前什么也看不清，只觉得雪和风搅在一起，旋转着，把他包裹了起来。那一刻，他觉得自己变得非常渺小，就跟一根冻干了的梭梭草的草叶似的，随着风雪在大地上被卷了起来，迎风飞舞着。他狠狠地吹响了口哨，他心爱的坐骑黑豹听到他一声声的呼唤，长啸着飞奔而来。黑豹卧倒在他的脚下，他爬上黑豹的背子去寻找和驱赶在风雪中跑散的马群，他希望能赶着马群在被冻死之前回到马厩里。这是一个合格的牧马人的责任和义务，就像一个科学工作者，抑或一个从事写作的文人，最好是倒在自己心爱的工作岗位上，这是最受人尊敬的，也是崇高的。可是伊斯哈格赶了这匹，又丢了那匹，他和黑豹一起在跟风雪搏斗着。他觉得除了黑豹身上传递给他的一丝温度，他的头和脚都已经快被冻僵和脱落了，身体的某些零件都仿佛要和自己的身体分离开来。伊斯哈格觉得脑海中出现了一种幻觉，觉得身上如火烤一般发热和难受，这种滚烫的感觉使得他想要把身上仅有的衣裳都统统扒掉。据说曾有被冻死在暴风雪中的人，常常都是光着身子，因为他们出现了一种可怕的热幻觉，就连自己何时脱掉衣服，都全然不知。

伊斯哈格在马背上把自己缩成一个毛线疙瘩的样子，他眼睛无论怎么睁也睁不开了，雪被风吹进眼睛里，就像奔跑的马蹄激起的小沙石，打得眼球针扎一样疼。他的呼吸变得越来越困难，感觉到天旋地转，大地好像倒了一个个儿，一会儿又倒过来，就这样天和地一会儿反了，一会儿又正了。他昏昏沉沉的，不知什么时候，就彻底失去了知觉，什么也不知道了。他跌落在马下，风雪把整个草原逐渐掩埋了。只有黑豹这匹骏马不离不弃，还深情地守护在他的身边，它用蹄子刨动着雪地，轻轻地发出嗯哼嗯哼和咴儿咴儿的低唤，黑豹见伊斯哈格倒下起不来了，就索性卧在他的身边，用自己的身体保护和阻挡着更加猛烈的暴风雪。

是哈孜大叔找到了伊斯哈格，又把他用马驮回了自己那间粗糙的泥土夯就的孤独的房子。奶茶在火炉上咕嘟咕嘟地烧起来了。伊斯哈格被几层毛皮包裹着，靠在火墙子跟前。大叔给他灌下去半碗奶茶。他终于从昏迷的噩梦中醒转过来。哈孜大叔告诉他，幸亏了那匹黑马，把伊斯哈格护在它的脖子底下，马儿已经完全被风雪覆盖了，但它宁愿被冻死，也不离开伊斯哈格，直到哈孜大叔赶来，马儿才从掩埋的雪堆里挣扎着站立起来。在草原上，牧民爱马胜于爱自己的生命，他们常常与马儿相依为命，因为马儿是人类最忠诚可靠的朋友。

时间过得飞快，草木一秋，人生一世。好多年就过去了，哈孜这个老头儿在草原上一天天变得更苍老了，他步履蹒跚，连上马的动作都变得越来越迟缓和笨拙，需要马儿卧在他身边，他才能勉强爬上马背。以前是老人照顾着伊斯哈格，渐渐地颠倒过来了，变成了伊斯哈格照顾老人了，他给老人劈柴、做饭，骑马跑很远的路去诊所给老人抓药。

就像一个一辈子有志于做文章的人一样，哈孜在草原上耗去了他几十年的光阴，记得那时候他还年轻，身强力壮，虽然个头不高，但力量海一样大，干上一天的活儿，抑或在草原上徒步走上一天，根本不知道累和乏究竟姓什么，他可以和年轻的儿马绊跤，可以抱着最强壮的马儿的脖子轻轻松松把它摔翻在草地上。但是，他的身体机能也在一天天退化和萎缩，视力从一点五，到现在看稍远一点草原上的景色都模糊不清了，以前他的眼睛亮得能看见野花花瓣上的脉络和它们的每一丝纹路，能分清草原上各种小昆虫的公母，现在他就连一人多粗的大树，在几米开外，也只能看到隐隐约约的一个影子，遂以为是一个人，立马打起招呼来，闹了许多笑话。他身体各种各样的病都出现了。

伊斯哈格从哈孜大叔的身上仿佛看到了自己的未来，尽管他的心劲儿依然挺大，还在向着一个理想的合格的牧人的方向努力。但是他也有许多痛苦，最让他感到难过的是，那个对他期待了很久，盼着他能够带给家人一丝安慰和自豪的老父亲，终于如灯枯油尽的灯盏一样熄灭了，永久地离开了他。他曾经为一天天老去之后变得可怜巴巴的父亲那寂寞的背影痛哭流涕，他并没有如父亲期望的那样有出息，父亲活了八十六岁，儿子也曾设想能像一个成功人士那样站在光荣的领奖台上送给父亲一丝温暖和安慰。但作为儿子，伊斯哈格只是一个浪迹天涯的人，他默默无闻地放牧着别人的马群。但这片草原上曾有过伊斯哈格的快乐和痛苦，也有他的荣光，有他流淌的眼泪和汗水浇灌过的牧草。他像一名灯塔守护人一样，习惯了看草原上的日落日出。

伊斯哈格半卧半坐在草丛里，他的嘴里依旧衔咬着一根芦子草，芦子草毛茸茸的头颅在微风下细咏着。那声音比他吹响芦管的音乐更加富有大自然的魅力。马儿们在近处啃食着青草，时不时因为嘴唇被草叶摩挲得有些痒痒，就吐噜吐噜地打着响鼻。草原变得更安静了。伊斯哈格听惯了马儿的嘶鸣和吐噜声，他听着这些声音，就感到踏实和满足，觉得自己也许远离了是非和人群中的竞争，也远离了文明的人类动不动就掀起的战火。世界上最幸福的人也许就是他这样寂寂无闻的人。伊斯哈格除了牧马，觉得自己再什么都干不了。还能干什么呢？人一定要认清自己，不要做不切实际的妄想。当然，世界总是在变化，也许危机很快就逼近了，有一天，如果这里变成了旅游景点，他就再也没有用了，每个人都会有没用的那一天，这样想着的时候，他会感到孤独难过。父亲在一个山花烂漫的春天走了，父亲走后，他变得更孤独了，悲痛常常紧紧攥着伊斯哈格的心。那个曾赋予他生命的人，如草原上一朵花草一样枯萎了。每当夜深人静，他在草原的帐篷里，只要一闭上眼睛，就仿佛清晰地听见父亲在低沉地唤着他的名字：“哈格、哈格！”他压抑着这种孤独，不想让草原上的人看到他哭过。是的，谁没有父亲啊？为什么要嘲笑一个男人的眼泪？在他这个儿子出门多年，每每被人嘲笑，他就想起父亲说的“做一个踏实的劳动者，并不丢人”。

伊斯哈格扔了那根被他的牙齿嚼断的芦子草，又折了一株狗尾巴草递进嘴里，他咀嚼着它那苦涩的茎叶。每次父亲来到他的梦中，他都觉得父亲是那么孤独和无依，醒来以后，他的胸口闷闷的，有些窒息般的难受。他已经四十多岁了，他应该懂得，大自然的生生灭灭，野花野草的盛衰荣辱，都是天道规律。人和大自然中的花草树木一模一样，自然的一切生命，也会在风霜雨雪中逐渐走向衰老，但大自然中的花草树木更多的时候是沉默着的，这就是大自然的品格。那时候，父亲在他的心目中是一个英俊精干的男人，父亲也年轻过。

在这片无边的大草原上，伊斯哈格想念着自己的亲人，他再也无法握到父亲那双刻在他记忆深处的大手了，那一双厚墩墩的大手。

小的时候，父亲嘱咐他：“不管干什么活计，要干就把它干到底。不要心花，许多人总是站着这一山望着那一山高。”

这时候，远远的地平线和碧绿的草原相连接的地方，一匹老花马驮着一个人影向伊斯哈格走来，待到了眼前才看到，这匹马毛皮上的斑点跟斑点狗似的，白色的皮毛上面撒满了匀称的黑色斑点。

哈孜大叔给伊斯哈格捎来一封信，是哥哥从家乡寄来的。

他接过来一看，知道是哥哥从黑山打来的信。在这个世界上，除了父母亲，也就只有哥哥还牵挂着他这样一个漂泊在外的亲人。父亲走了，哥哥承担起一份家长的责任。

“上面说的啥？念一下！”哈孜大叔好奇地追问着。

只有一张格子纸，内容很简单，大致意思有两点：一是问伊斯哈格好，二是给他介绍了一个对象，这是核心问题，并说，“人好、能干、念过书。望速回见面！”

哥哥是个高中生，伊斯哈格没有哥哥学历高。小学的时候，父亲在伊斯哈格跟前经常表扬哥哥，夸他是班里的三好学生。伊斯哈格知道在他们西海固黑山那个小山村，一个班里统共只有三五个学生，不知哥哥的三好学生究竟能有多大的含金量。父亲对哥哥寄予了厚望，希望他能把书念成，为家里争一口气。可是哥哥到了初中就把烟抽上了，还没上高中，就跟河山洼上的穆小花谈起了恋爱。那个穆小花，碎眉碎眼地心疼，她性格特别开朗，有一次骑着自行车从沙沟回来，在肿疙瘩滩里看见伊斯哈格在路上走，就拉住自行车闸，说：“你是丹的弟弟吧？长得像死了。快过来，我把你捎上送你回家。”伊斯哈格就被她安排坐在自行车的后尾架子上。因为是盛夏，穆小花的那件贴身的的确良白汗衫的衣角时不时刷在他的面颊上，他感到痒痒酥酥的，特别舒坦。穆小花上坡子蹬车子蹬累了，因为捎的是男朋友的碎兄弟，不免有些偏心他，不让他从车子上下来，就鼓着浑身的劲儿蹬上了红耳子沟里的那个大坡，然后气喘吁吁地一只手抓着车把，一只手揩着小巧玲珑的鼻子上的汗粒，这时雪花膏的香味也从她的面部被山风吹到了后面，伊斯哈格用鼻子美美地吸着那股汗水混合着雪花膏的味道，心里像吃了水果糖一样甜蜜。他觉得哥哥怎么这么会瞅对象啊，瞅了一个心地善良又香气扑鼻的女子。他知道穆小花跟哥哥两个好得一天不见，就跟热锅上的蚂蚁一样团团转，伊斯哈格看见穆小花经常偷偷摸摸地给哥哥把她家熟透的甜杏子送来吃。后来，穆小花跟着她父亲去了海原读书，哥哥则去了西吉读高中，从此两个人各奔东西了。再后来，哥哥找到了他十分满意和心仪的妻子。穆小花再也没有了音信，不知道她现在过得还好吗？估计娃娃的娃娃都有了吧！不知穆小花是否还能想起那小河子对面的兄弟俩？穆小花那次一直把伊斯哈格送到家门口，他知道那是他沾了哥哥的光。小时候，他们兄弟两个经常去上庄的水库里游泳，去小河子逮狗鱼，哥哥带他去河湾里放羊。唉，他一想，自己这辈子就学会一个放牧的活计。

哈孜大叔说："那就赶紧回去嘛，可千万不能学我打光棍。"

伊斯哈格望着这个曾救过他性命的老人，犹豫不决，但是大叔特别倔强，硬是把他撵上了去乌鲁木齐的班车。

"你不怕我去了，再不回草原了吗？"他临别时开玩笑说。

"快滚蛋吧，只要你能找到一个好姑娘，我就放心了。"哈孜大叔希望他在家乡结婚，有机会可以带着家人来草原做客。

伊斯哈格和那个女子在老家的县城见的面，那是个开饭馆的女子，伊斯哈格的嫂子是个聪明且洞察世事的女人，给丈夫的弟弟说："你千万不要说你是个放牧牲口的，你就说你是草原上的一个畜牧专家，研究各种各样的草，让马吃上如何变肥，还有马吃上什么样的草，才能成为世界上跑得最快的马，这些马被专门出口到世界上最富有的国家，那些国家的人用这种跑得快的马参加各种体育比赛，拿世界冠军，得金奖和银奖。"嫂子是个白识字，但这番言语让伊斯哈格大大吃了一惊，不得不对她刮目相看，重新打量这个通过自学读书看报的女人。嫂子的意思是，只有那些特别富有的国家，才会玩骑马这种很小资的，以及各种稀奇古怪的娱乐和体育项目。

伊斯哈格见到姑娘后，不好意思说他是什么草原专家，她给他做了一碗生汆面，坐在五合板表面贴着一层塑料纸的小桌子上，碗里的肉丸子特别的大，吃得他满头大汗，嘴变得油汪汪的。伊斯哈格只是说在草原上找了一份差事干着。

姑娘也年纪不小了，三十大几了吧，跟她的母亲两个一道经营这个小饭馆，很能干的样子，长得白白胖胖的，看样子是开饭馆天天有肉吃，营养跟得上去，所以非常饱满。她直截了当地说："你除了个子有点小，别的倒还让我满意，"并说："你给别人干，不管干多大的事，那还是个打工的嘛，这我懂呢。"这个姑娘真不简单，她能够一针见血地指出他的问题所在。她表示如果他们两个真正在一起了，就不让他再去草原了，得跟上她开饭馆，好好卖生汆面。她的心也不小，说是要把生汆面馆子将来开到省城去，还觉得力度不够，补充说："如果吃的人多的话，生意好，咱们就在北京天安门广场的旁边也开上一家。"她挥舞着抹布，一边抹着桌子上的塑料布，一边雄心勃勃地展望着未来的蓝图。

伊斯哈格回来给哥哥和嫂子学着说了，嫂子拍着巴掌笑得气都上不来了，她说，"比咱们喧得还大，你没看，大脑总没啥麻达吧？"

"你给介绍的，这会儿又怀疑起人家大脑有问题。那肯定没麻达，有麻达人家饭馆能开得那么红火？我吃过饭的，人家是个能吃得苦的娃娃，过去在农村，那也是翻土拉块、一个顶俩的女性。可能年龄还小点，稍微有点冒失，再上两岁，就稳妥了。”哥哥替那个姑娘辩驳开了。

嫂子说：“都三十几了，还上上两岁，再上上两岁，也都到花儿蔫巴的时节了。”这话惹得大家就笑。

哥哥和嫂子的意思是先接触着看，再互相了解了解，这样把稳一点，避免以后落下埋怨。

伊斯哈格又去了两三次饭馆，最后一次去的时候，那天下着毛毛细雨，他进到饭馆以后，看见她和她母亲两个都没有给他好脸色。旁边还坐着一个西装革履五十岁上下的男人，用极不友好的眼神瞪着他。她走过来，迅速地抹着桌子，依旧直来直去地说：“你咋每次一来，我饭馆里的钱就卖得少了？你来了几次，几次都不如前一天的生意，看来咱们两个不合适。”她讲起迷信来了，接上说，“你给我买的手表……”她顿了一顿，继续道，“我就不退给你了，你也把我打扰了，你不能白看，礼物就不退给你了。生意都做不成了，你知道，这也是咱们这里的行规。”又添了一句，“今天，我这里来了一位顶要紧的贵客——局长，我得好好伺候，就没时间招待你了。以后，也再别来了。”

伊斯哈格羞得面红耳赤，一边退出饭馆，一边心里想：“局长就这么劲大吗？这威势得还了得。”他在心里重复着：“快走、快走，离开这难堪的地方吧，回到草原上去，回到那片广阔无垠的大地上去，那里才是真正属于我的广阔天地。”

伊斯哈格去了一趟父亲的墓地，边上的一棵松树又仿佛长高了一些，墓碑上有他题写后经坊间师傅刻的两行字：“白云挽碧树，翠岭锁金谷。”白云就是那漂泊的游子吗？他多么渴望挽着父亲的臂膀，傍依在他的这棵树上。一股无助的酸楚冲撞着他的鼻腔，说不清楚内心那五味杂陈的滋味，他抓起父亲坟头的土，蒙在被泪水润湿的脸上。

这次回乡省亲，让伊斯哈格在返回草原的一路上，怀想起来有些哭笑不得。到草原以后，他曾回过故乡两次，一次是父亲的葬礼，然后就是这一次。这两次都是让他带着伤回到草原上的。草原才是他纵马疗伤的地方。

黄昏的时间，他等不得马儿归圈，便直奔向牧野。他想，草原是他最好的朋友。是的，虽然他在人生的道路上吃了败仗，但脚一踩在草地上便觉得苦恼立即烟消云散。他想：亲爱的朋友，你们有没有过这样的感受，当你被人伤害，或者自己在受到挫折的时候，渴望躲避到一方空旷无人的土地，抑或去草原和大海边，或者登上高山，那里的清风会为你舔舐伤口，直到愈合，重新恢复那青草般的生机。

伊斯哈格走在彩锦织就的毯子一样的大草原上，花儿就像各种各样的天然的霓虹灯，释放出阵阵幽香，他的心情在花草之间，像露珠一般自由地滚动着。此刻，伊斯哈格距离他经常放牧的喀纳斯大峡谷近在咫尺了。他看到那色彩缤纷的花草，争奇斗艳地绽放光芒，大片大片的，彩锦似的铺设在山坡上欢迎着他的到来。还有喀纳斯河的流水把他的忧愁一点一点卷走了。伊斯哈格的口哨吹响了，黑豹长声嘶鸣，如一团黑色的电光飞奔到他的身边。马儿在他的身边鹰一样盘旋着，似乎在嗔怨他怎么才回来，不停地用脖子亲昵地蹭他，好像在问他："你怎么憔悴了呢？"伊斯哈格也看到黑豹似乎瘦削了许多，他腾空而起，稳稳地骑在黑豹的背上，他的基因里好像跟马是分不开的，一骑到马背上，就觉得那一刻他才找回了真正的自己。黑豹是有灵性的，伊斯哈格曾对它倾注了最简单纯朴的感情，它便忠诚于他，动物从不关注你贫穷还是富有，更不管你是不是领导和高低贵贱，它一旦认定了你，便永远会成为你忠贞不渝的朋友。

伊斯哈格两腿一夹黑豹的肚子，脚后跟轻轻地磕在马儿的前大腿根的那两个浅窝里，黑豹便知道他是要让它驰骋了，它猛地一抻脖子，撒开四蹄狂飙起来。

此刻，所有的，那远远近近的马儿都庆祝似的跟着黑豹奔跑起来，轰隆隆的马蹄声，让整个大地都传来地动山摇的响声。

倘若哈孜大叔见到他，会对他说什么呢？哈孜大叔一定会歪着头，摸着倔强的黑白相间的胡子，安慰他说："谁没有吃过败仗啊？儿娃子吃了多大的败仗，都不能垂头丧气，要一趟子奔到毒日头下暴晒，把自己晒得黝黑黝黑的，就变得更硬强了！"

伊斯哈格在马背上哈哈大笑。他远远看见那可亲可敬的老头儿，正静静地站在夕阳下的草甸子上翘首等他。

一天就这样过去了，伊斯哈格扔了嘴里的狗尾巴草。此时，夕阳红彤彤的，照在大草原上，牧草仿佛镀上了一层金黄金黄的颜色，使得大自然别有一番意境。伊斯哈格想，这青青的牧草，一定能给他带来更多的人间的欢乐。

发表于《湘江文艺》2023 年第 4 期

《小说月报》2023 年第 11 期转载

# 黄河浪里蛟

令益生一次一次独自来到这个黄河渡口，他沿着一截仿古青砖铺地的古渡遗址，缓缓走到黄河边上去。

一接近河面，黄汤一样的河水一起一伏忽闪忽闪地向东流去，但不像那些小河流，由于浅而小，会发出哗啦啦的，抑或铮铮淙淙的响声。黄河属于大江大河，流淌起来几乎是不动声色的，静水深流大概就是这个意思吧。就跟那些有实力的人一样，话少实力强。黄河亦是，表面上看不出太大的动静，但下面却是暗流涌动。偶尔，人们会看到黄河的水面上似乎漂浮着个影影绰绰的什么东西，不待看清，眼一挤，就已经到了距他很远很远的地方，变成了黄河一样的颜色。

以前，令益生来到这渡口，总是先登临那座古渡遗址，站在长城墙垛子似的遗址上，居高临下，向四野里瞭望，那一刻，滔滔不绝的黄河在下面奔流不息；他的目光微移，西边雾腾腾的悄然屹立的贺兰山，显得莽莽苍苍，宛如一跃而起的巨蟒，守护住西北的咽喉，阻断了滚滚沙尘东进和南行；令益生回首再看南北河套沃野，风烟浩渺，一派繁荣景象。令益生俯瞰着脚下的水流，觉得它是那么深稳且绵渺。

这个古渡遗址，是由一层一层的大青砖铺砌，可以拾级而上。令益生觉得这是他一个人的专利，一边走，一边体会，两边也有青砖砌就的围墙。这样的仿古青砖，在令益生看来，似乎透着一丝古朴典雅的味道，跟包浆了一样，散发出浅蓝色的高贵祥和之气。令益生每次见到这种具有唐风汉韵的古建筑，就会情不自禁地驻足观赏，慨叹古人的雄风和智慧，这是先人们辉煌的见证。他越咀嚼越感到耐人寻味，尤其是那些大青砖表面生长出一层薄薄的绿色地衣，就愈加觉得优雅了，人踩在上面会把鞋底子染上淡淡的草色，于是令益生的情感便被融入这砖头里面去了。

令益生最喜欢的一件事情是，经常一个人走在这古渡青砖的苔藓上面，他习惯了称砖头上这种苔藓为雀儿烟。他震惊种子不仅具有力量，同时还具有智慧，真是世界上最聪明的生命，可以粘到动物的身上四处播撒，也可以随长风和水流到世界上的任何角落里去。还有，它们的力量真是太吓人了，无论多么坚硬的石头上都能长出绿色的植物。

令益生觉得种子的力量可谓无处不在。麻雀有时候会啄食雀儿烟，太阳一照，那些生长着雀儿烟的大青砖表面，就显露出一丝斑斑驳驳的古意，说不清的舒服和惬意。那也许就是大自然写在砖头上的一种图文和符号吧，它记录着这渡口昔日的繁华与此刻繁华落幕的寂静，就像一个了不起的人一模一样。

令益生今天没有攀登渡口的墙垛子，而是沿着黄河边上的一条黄蒿和杂草丛生的小径顺水而行，黄河浩浩荡荡，滚滚向东，两边满是郁郁葱葱的芦苇荡，芦苇优雅地摇晃着毛茸茸的头颅。他能听见黄河在某个转弯的地方，由于受到某种力量的阻挡和碰撞，打了一个旋儿，又冲了过去，这时才有一丁点呐喊助威似的声音。凉凉的潮湿的水汽打在令益生的脸上让他感到无比舒畅。有些地方，水流旋转起来，在日头下反射出一丝青铜的凉意。

这就是黄河，茫茫如一条黄色巨龙。令益生读过许多文学经典，他知道世界上有无数河流，但都各具特色，比如美国作家福克纳笔下的密西西比河，俄罗斯作家肖洛霍夫的静静的顿河，都各具精神与风骨，都反映了生活在那里的人民的性格特质和人文风貌。人是有性格的，河跟人一样，也是有性格的，令益生一直是这么认为的，他觉得即使是同一条河流，在不同人的眼里，也会流淌出不一样的气息。

令益生在想，那黄河的气质特点这一块完全是贴近大地的，它的颜色跟以上提到的那两条世界上的名河都不一样，黄河是一种朴素而平民化的色调，它跟黄土地的颜色融合在一起了，那相貌就像庄户汉子，粗犷而泥气十足。令益生知道，这是因为黄河沿途流经一片片干旱贫瘠的黄土高原，裹挟着大量的黄土泥沙，所以它变得黄汤似的一派混沌，但正是这混沌无极的色彩，孕育了华夏千千万万的黄皮肤。有些人把黄河比作一条黄色的巨龙。令益生喜欢龙的文化，他认为龙是最吉祥最正义最高贵最包容的一种文化符号，龙是由虾眼、鹿角、牛鼻、狗嘴、鲶须、狮鬃、鹰爪、鱼鳞、蛇尾这九种动物身体部位组成的，所以，令益生觉得龙是海纳百川的，它的包容性和互补性是最强大的，它只取每一种动物一端就已足矣，不贪婪、不自我，龙也象征和意味着最幸福和最快乐。令益生对人类的历史深有研究，他知道人类因为逐水草而栖，或者说依河而居，所以有了游牧文明和农耕文化的融合与碰撞。令益生喜欢和习惯称自己是炎黄子孙，他这个人也特别喜欢黄颜色的东西，因为他觉得以黄为贵、以黄为美，是老祖先流传下来的文化，是自信的象征，也是非常有道理的，大家又长的都是黄皮肤。令益生读过的《易经》书籍，有各种版本，周易五行中黄土居中，所以黄河文化是极其重要的，也是贵不可言的。令益生忽然想起流行的一段说辞，什么南方的才子，北方的将，秦陇的黄土埋皇上。可见，黄河的文化脉络和龙运是最为久远和有口皆碑的。

令益生走累了，坐在河边的土坎子上，他觉得黄河从不加粉饰，顺应天道自然，它发源于青藏高原的巴颜喀拉山，那里曾是令益生少年时被金主雇去当沙娃淘过金子的地方，他把性命差点丢在了那个可怕的大峡谷里。后来，令益生用小时候学过的秘传功夫“河州三十六跌打”打出重围，死里逃生，挣脱了坏人的桎梏和羁绊，沿着黄河的源头顺流而下，才捡拾了一条小命。所以，他对黄河有一份特殊的感情和迷恋。只要一站在河边，他就会浮想联翩，灵感就自然而然地多了起来。眼前的黄河一路奔行，横穿黄土高原，最后他知道，黄河进入了山东，在山东一个叫东营的地方汇入了大海。令益生曾去入海口看过一次，黄河初入大海时，那黄色的皮肤与蓝色的海水界线依然黄蓝分明，似乎在来回地碰撞和摩擦，但由于彼此包容的本性，黄河面对世界的潮流，最终选择了融入其间，变成了海的颜色。

令益生看到那一幕，特别感动，眼里盈满泪水。他是一个多愁善感的男人。

令益生从土坎子上站立起来，继续跟着黄河往东行走，直到他走困了，腿子走酸了，才停下来歇息一会儿。

记得去年，令益生父亲的离世，让他的人生一下子跌入谷底，主要是精神世界顿然坍塌了似的。他伤心欲绝地走在黄河边，微风似乎是从水面上生起来的，柔和地向令益生的面孔拂送一丝泥土的芳香。令益生发现黄河相比以前变得清澈了一些，便问了岸边的一些人，才知道国家发出了保护黄河的号召，沿黄治理跟上去了，植被也恢复了，泥土被固定住了，风沙少了，河水也在一点一点地变清。还有一次，令益生完全陶醉于黄河的流淌之中，竟萌发一跃而入的冲动，过后他有些隐隐地后怕，当时他真的渴望黄河能把他这具带着痛苦之心的身体带走，带到一个地图上找不到的地方去，或者带到一个《桃花源记》里所描述的清静世界里去。令益生又开始在心里纠结了，陶渊明为什么要写《桃花源记》呢？令益生想了很久，依然不能肯定地说出其中的理由。他听到的说法不一，有人说是因为陶渊明遭遇小人的残害，恰好拿捏他命运的皇帝听信了小人的谗言给他一些苦头吃，但这反而成就了陶渊明，陶渊明因为寄情于山水，渴望世上能有一个天堂般的乐园，但现实中又找不到，只好诉诸笔端，写出了千古流芳的《桃花源记》；说当时现实中确有桃花源这样的一些村落，由于社会达到了一个鼎盛时期，村落里的人们真正生活在那样一个没有竞争和吵嚷的世界里，过着神仙似的恬淡自在的田园生活。所以，陶渊明便带着对当时社会的极尽赞美和歌颂记下了他们当时的生活状况。反正说法不一。令益生倒是觉得，陶渊明不像是一个喜欢歌功颂德的人，他倾心于一种泥里来雨里去的乡野村夫的田园生活，这也是他逃避严酷现实的一种方式吧，面对诡诈的人际关系，作为一介文人的他，还能如何呢？

前天，令益生在梦里梦见自己不经意间走进了陶渊明书写的那个叫武陵源的地方，村庄里面各色各样的庄稼开出的花的香味就已经把他彻底陶醉了，他感觉这个地方比《桃花源记》里所描述的还要美，现实中不能实现的一切在这里都能得到满足，在这个村庄里，人帮人，人爱人，大家的命运仿佛休戚相关，生死与共，相互没有仇恨和嫉妒，人性中那些卑劣的基因好像被上天彻底没收了，这里处处皆有美景、美意，爱情在这里都能如愿以偿，还有让令益生稀罕的奇花异草，溪流瀑布，各种的光与色令他眼花缭乱。情和景相互交织和映衬，美味佳肴数不胜数，自然环境与人文环境比书里描写的还要引人入胜，还要令人心满意足。令益生感到诧异的是，他转来转去，发现梦中陶渊明写的世外桃源怎么一下子跑到黄河边上去了，他莫名兴奋，激动得从床上掉下来跌醒了，醒来才知这只是南柯一梦，他有些莫名失落，但他依旧坚持认为沿着黄河一路走下去，不定在黄河流经的什么地方会出现一个桃花源呢。这个世界上，也许你向往的一切都有可能在现实中存在或找到对应。

此刻，令益生走到了一个悬崖前，小径消失了，继续向前走的话，人就会掉入黄河里去了，黄河即在陡峻的悬崖下面。于是，令益生只好折回头，顺原路返回，他又往上游行走，慢慢经过渡口，继续逆黄河上行。他走啊走，太阳都已经快到达贺兰山畔了，红彤彤的日头在山边子上绕来绕去，出现梦一样的幻境。

突然，令益生发现黄河的中间好像有一个人影，身体一摇一摆地在渡河，就像鸭子在快速地扭着身子奔跑在陆地上，他的脚明显是踩着水的，因为在这个河段黄河总有十来米深，在一些特殊的沟渠漩涡可能还要更深，宽度也在百米左右，环境不同，可能宽窄也都不一样。但凡流动的河流，但凡发出悦耳动听之声响的，一般不是小溪流就是浅河，然像黄河这种看上去表面流动缓慢、无声无息的大河，一般跟千军万马在秘密地行进是一样的，它的力量和能量都暗凝了起来，不事张扬，不会那么张牙舞爪咋咋呼呼的。令益生懂得，黄河是蕴藏着大能量的河流，所以那暗藏的能量绝不是胡乱开玩笑的。但那个汉子分明是在驾驭着这样巨大能量的河流，在水浪里游刃有余。汉子踏水而行，顺着黄河流淌的方向倾斜着游了过来。这人的水性也是绝了，再近一点的时候，令益生看见他的手里举着一条大鱼，令益生想，那鱼一定是地地道道野生的黄河大鲤鱼了。据说黄河大鲤鱼吃了可以返老还童，尚不知真伪。那汉子的胸部有半截是露在水上面的，能看见他那黑里泛黄的皮肤分外抢眼。令益生吃惊不小，他从来没有见过水性如此之好的人，关键是汉子的胆量令人心悸，许多人即使有天大的本领，却生就了一副鼠胆，会天生恐惧危险、畏惧战斗，就像时常汪汪叫的狗，但只要有人拿起鞭杆，它就会吓破胆一样发出吱儿吱儿的叫声，一边没命地叫着，一边浑身哆嗦着逃走了，根本不具备战斗的勇气和魄力。可是，这黄河岸边生活的黄皮肤，却硬气勇敢得让人咋舌，尽管说，黄河一进入中下游平原，就变得舒缓了、宁静了，但水下面依旧涌动着许多不可知的能量，并且黄河一直在变道，三十年一小变，百年一大变，水下面隐藏的未知太多太多，其冲击力也是非常之惊人的，几头牛轻而易举就会被卷上冲走了，何况是一个人。令益生尽管在市区一个叫亲水游泳馆的地方跟一个著名的游泳教练学习过三年游泳，对水性略知一二，但对于这泥沙俱下，周围又长满芦苇水草，到处都是漩涡陷坑的黄河，却是深有敬畏之心的。今天他真是开了眼界，看到这样一个能够蛟龙出水一般娴熟驾驭黄河的人，他不由心生欢喜和敬意。以前，令益生听说过有人能够在黄河里来来回回游二十几个来回，却心不跳、腿不酸，他不信。黄河少说也有百多米宽的距离，当然黄河关键不在其宽度而在其下面的淤泥和暗沟，以及水下的冲击力和诸多不确定的危险性。令益生在心里竖起大拇指，啊，这黄河里的硬汉！

在令益生看来，以前仅仅是一个传说的故事，然而今天在这里让他目睹了，他见识了真正能自如地游黄河的黄皮肤汉子。这让令益生极其激动，一种黄河岸上人带给他的力量的美在他的血管里沸腾激荡起来。令益生小时候曾听母亲讲过，她的爷爷在清朝晚期民国初年的时候，就生活在一个叫平罗的地方的黄河边上，经常帮着掌柜的南来北往运送钱粮，每次都是卸掉马鞍和马镫过的黄河。据说马镫容易让马沉水，卸掉马鞍、马镫，寄存起来，马的浮力就变强了，母亲的爷爷那时候年轻，水性也好，拽着马的尾巴轻松地渡过了黄河。

就在这时，黄河中的汉子手中的大鱼活蹦乱跳地挣扎着，不小心挣脱了，钻入河中。这下肯定是完了，令益生想，这个人一定是白忙活了。可说时迟，那时快，那汉子紧跟着鱼也一个猛子扎入黄河。一团浪花过去，水面上平静如常。令益生为黄河汉子捏着一把汗，拳头攥得紧紧的，希望别出现什么意外。差不多过去了十多分钟，汉子方从黄河的另一个地方钻出了水面，他像一头威风凛凛的雄狮抖动了一下头发上的水珠，水珠便痛快淋漓四下飞溅开去，那汉子犹如黄铜铸就的身体，再次倔强地立在了水面上，在日光下金灿灿的，他的手里依旧抓着一条黄河大鱼，鱼的尾巴吧嗒吧嗒十分有劲儿地甩打着，鱼鳞散发出金属一样的银灰色的光彩，照得人眼睛都有些睁不开来。

远远的河面上，有水鸟在低飞浅翔。

此刻，听见岸上传来喝彩声，其中有男人也有女人的声音。令益生循声望去，在上游的芦苇荡的拐弯处，那里是岸边的一片沙柳坪，坪上坐着几个人，在朝着黄河里的汉子看。这时候，那黄河中的汉子手中抱着大鱼，一边踩着河水游着，一边唱起了一首让令益生似觉熟悉，但又感陌生的歌谣：“黄河打我门前过，早接东阳晚数星。黄河养我千百年，我把黄河做娘亲。快活日月春秋度，偶闻犬吠三两声。来回游牧河与尘，能有几人知我心？生死倾听塞上风，我是河中一蛟龙！”

这是一种“塞上风”的曲调，有点先秦时代民间唱诵的《敕勒川》的那种味道，又有点酸花儿里带着秦陇山歌的因子。令益生觉得，黄河一路经过的地方，从上而下，贯穿了多元的人文气息。

令益生紧走几步，就到了那些岸上喝彩者的中间。他不禁问道：“河中的汉子，怎么水性那么好，不用网来，也不用钓钩，竟能在黄河中穿梭抓鱼，这简直是河神般的人物。”

其中几位皆是老者，个个都鹤发童颜，满面红光，那头发看着都应该有七八十岁了，面容却正当中年。这让令益生十分诧异和惊奇。不等老人回答，一个小巧玲珑的美貌女子说，他们村子给河中的男子起了个绰号“黄河浪里蛟”，是河边有名的水手。

一位老者说：“我们的黄河浪里蛟，不仅能下黄河捉鱼，他在黄河里见到鱼，用眼一看，用手一摸，就能够在雾蒙蒙的水流中分辨出鱼是公的还是母的来。”

老人的话惹得那美妙女子可爱地笑了起来。

另一位老者认真补充和证实道：“真的，牛皮不是吹的，火车不是推的，这可绝不是开玩笑的。”

令益生问几位老者的年龄，回答都已经过了耄耋之年。又问饮食习惯，老者回答说，每天都要吃一把岸边种植的红枸杞子，就是干吃，不用泡水喝，说他们平时就吃枸杞炖羊肉，还有枸杞炖黄河大鲤鱼。令益生赶紧追问详细做法。回答说，糊里糊涂地炖都可以，关键是食材，是不是黄河岸边的枸杞子和真正黄河里野生的大鲤鱼，这一点很重要。

几个人说话间，黄河里的汉子就已经捧着鱼游到了岸上，他下身穿一条黄绸短裤，分外醒目，把鱼交给那女子，那女子乐呵呵地接过鱼抱在怀里，把怀里掬得满满当当的，使得胸口变得更加丰富多彩起来。鱼被塞进一个蛇皮袋子里，在袋子里活蹦乱跳的，不肯安分，她把装鱼的蛇皮袋子背在背子上，一路小跑着回村子炖鱼汤去了。

令益生再次打量被称作“黄河浪里蛟”的汉子，虽说面容是黄皮肤的底色，但可能长期在户外，受到太阳紫外线照射，就像一只光亮的黑泥鳅似的。他长一双虎眼，眉毛又浓又长，臂膀和腿肚子上肌肉虬结，走动的时候，腿上的肌肉绷得十分紧，上下咕噜滚动着。浪里蛟用热情快乐的目光打量着令益生。

老者与浪里蛟均热情邀请令益生去他们村子里吃了晚饭再回去。令益生没有推辞，跟着他们往上游的村子里走。路边大树上有许多鸟巢，喜鹊起起落落，到处是红柳、沙蒿、枣树、葡萄树、苹果树，稍远一点有人工湖泊，湖泊四周是大片的芦苇，东边的小丘陵上一片叫不出名字的五颜六色的花朵在静静地开放，还有大片的薰衣草，香气四溢。走着走着，就有烟村一座，看上去古老又神秘，阡陌纵横，曲径通幽，其屋舍布局如八卦迷宫，房檐下蜂飞蝶舞，在夕阳里一切显得更加梦幻迷离。来到村巷深处，三五成群的人，有下象棋的、打扑克的，巨大的电视搬出来摆在大门口的桌子上，老老少少、男男女女或者坐在椅子上，或者坐在小木板凳上看电视剧。这个电视剧讲述的是沿海经济发达地区的人怎么帮扶偏远地区的人过上好日子的故事，好像全国都在热播。村子里气氛祥和安宁。这种氛围让令益生心驰神往。砖瓦房舍前后还有许多温室大棚，里面种着各种蔬菜水果，应有尽有。浪里蛟带着老者们和令益生去了他家。

浪里蛟家也是那种小四合院，院子里有个小池塘，院北墙根下晒着渔网。家里干干净净，墙壁粉刷得白白亮亮的。

大家坐在院子中央的石头凳子上时，夕阳完全沉落了，夜的暗影一点点笼罩了整个大地。家家户户的太阳能路灯统统亮了起来，照得村落如同白昼。令益生跟左邻右舍的几位老者在浪里蛟家院子的石桌上一起吃了晚饭，饭菜是浪里蛟和他的妻子为大家做的。浪里蛟的妻子是少数民族，白而丰满，脸蛋红红的就像鲜艳欲滴的大红枸杞，眼睛大大的，眼珠子黑黑的，嘴唇泛着自然的性感的红润。

令益生吃了一个黄河大鲤鱼的鱼头，这鱼头的香味可以渗入人的骨髓里去，鱼肉一入口就自己滑入食道里去了。那鱼汤味道鲜美绝伦，难以向人形容。

饭后，老者们和浪里蛟将令益生送到村口，浪里蛟让几位老者自回，他坚持送令益生到渡口乘车。一路上，令益生问浪里蛟村里一般都种什么粮食，他想一定是大米。没想到浪里蛟告诉他，他们这里由于是黄河冲击形成的河滩地，不能种主粮，因为大水一旦漫上来，庄稼就会被冲淹给毁坏了。他说，这里种的大多是黄豆、黑豆、大豆等，这些在生活困难的时候可以当主粮吃，生活宽裕的时候就是牲口料。

“你家祖祖辈辈都是当地人吗？”令益生问。

“世代就在这黄河岸上。”浪里蛟回答，并开始讲述他家在黄河边上生活的往事。他说：“我家代代就在这黄河上讨生活，主要是以打鱼和水运为生。”令益生疑惑道：“这黄河能行舟船？我怎么没有见过。”

浪里蛟回答说，以前除了河上行舟船，还有漂流的羊皮筏子，都可以水运。古代这河上舟船一直是通行的，从这渡口到石嘴山大桥，约一百公里，到乌达公路桥约十五公里，到老磴口渡口约三十公里，再到三盛公大桥约六十公里，那里紧挨黄河枢纽工程，那个工程是二十世纪六十年代的时候才建成的。从此水运再也不通了，黄河关闸就无法通过了，那时候已经有了铁路，方便多了，水运太费劲了。“清朝康熙皇帝平叛噶尔丹，率领大军就是从这渡口下河的，由于战船不够，就征用民船。”浪里蛟不无自豪地说，“我家祖上就曾为康熙平叛噶尔丹把橹摇桨，驾驶过灵活快捷的小舟和羊皮筏子。出发的时候，康熙皇帝就是在这里祭祀了黄河之神，那场面可壮观了。”浪里蛟用黄河岸边的“鸭子话”，讲述着那段辉煌千秋的历史典故。“过去，河运从这里可以直达托克托等地。”他又说，“日本鬼子侵略咱们的时候，我家老人又运送抗日官兵到五原狼山灭倭寇，家人也是立下过赫赫战功的。”

这么多人文历史，浪里蛟如数家珍，一件件述来，让人又仿佛回到那段狼烟四起，人人都揣着一份家国情怀的岁月，真是天下兴亡，匹夫有责，大家在国运危难的时候，都知道国之大者。

浪里蛟说，过去有过一段时间，差点把人都饿死了。“我母亲那时候刚生下我哥哥和姐姐，这黄河边上的人，家家户户锅灶的烟洞里不敢冒烟，一冒烟，就会有人找麻烦，大家都饿得嘴里泛酸水，胃似乎都贴在脊背上了，就找着吃野草树皮，还有红根子。饿得实在受不了了，我父亲说，尕子们，这里是待不成了，再这样等下去，咱们一家子都得被活活饿死，咱们走吧。于是，父亲就带着一家子往车站逃，说是到内蒙古去，那里地广人稀，没有人管，有活路。结果还没有跑到火车站就被人抓回来了，父亲差点没被打死。”浪里蛟气不过地说，“你说人有时候咋那么曲肚子，心瞎得很，只让自己好，却不让别人活。”令益生觉得，人性在某些特殊的环境和时节就会变得十分丑恶。

浪里蛟说：“有一天夜里，父亲带着家人往更远的平罗的火车站逃，走了一夜，天亮的时候才走到平罗火车站，扒上了火车，总算是逃离了村子。一家人在磴口下了车，正赶上当地放难民饭。”一刹那，令益生觉得似乎天南海北的人都逃到了浪里蛟说的这个地方，把人水一样倒在那个地方了，黑压压一片。浪里蛟说，大家从晚上就排上了隔天放难民粥的长队，几百个人排在那里。恰逢寒冬腊月，大家冻得瑟瑟发抖，牙齿在相互干架，那一阵不管男的女的，大家三五成群紧紧地搂抱在一起，睡在马路牙子上相互取暖，说白了，就是靠彼此身体释放出的热量度过漫长的冬夜。“所有的人都像发疟子似的抖了起来，那个冷啊，听父亲说，不敢回想，谁能忘得了呢？”浪里蛟自问自答，“父亲他们永远都忘不了那段艰难的日子。”浪里蛟唏嘘道：“人不要整人，不要瞎折腾，就好了！”他说，父亲给他们讲，当时那几百人排着队，就是为了第二天那一顿不被饿死，清得能够照见人影影的粥饭。就那样过了几天，大家都找到了一些糊口的活计。浪里蛟说：“后来，我们家就留在了磴口，我哥哥姐姐都是在磴口上的学，我哥哥有一位恩师姓梁，是他中学的班主任，梁老师人特别好，真是我们一家遇到的大贵人、大恩人呐，一直帮助我家，送吃送喝，还保护我们家不受人欺负和伤害，那真是一位大善人。也许是老先生行善积德，他的儿子后来非常优秀，成了大学生，学问很深，大学毕业后，就留在京城做官去了。”

浪里蛟长叹一口气，沉默了片刻，接着说：“后来情况好转了，我父亲又带着我们一家人回到这黄河岸边，父亲他老人家忘不了黄河，他对黄河有如儿子对母亲的感情。”浪里蛟坦言：“人是很矛盾麻烦的，有好多习惯和刻骨铭心的爱是留存在血管和基因里的，父亲他老人家忘不了这黄河边古老的村落，童年的玩伴和美好记忆全在这里。我就出生在了这河边上。”浪里蛟似乎摆脱苦难似的终于松了一口气。

这时候，夜晚的黄河边虽然凉风习习，但依旧感到那么炽热那么古老，小径两边的沙柳划拨着两人的衣裳，发出唰啦唰啦的伴奏；淡淡的月光下，隐隐约约可见一条人踩出的小白路路，在伸向远处的大道。

令益生问：“这夜晚的黄河里的水怎么照旧是无声无息的？”

浪里蛟说：“只有你进到河里，将头扎进河水中才能听见，那河就像是千军万马在奔腾，轰隆隆地激荡着天地，让整个河道都发出雷鸣般的吼叫。”浪里蛟的意思是，黄河的声音，它不是笛子独奏，也不是胡弦，毫无疑问，它是绝对的大合唱和大型交响乐，但黄河的表面常常表现得不喧哗也不张扬。

令益生驻足河岸，侧耳倾听着，只有古老的村落里偶尔传出三两声狗吠。

浪里蛟在地上摸了一颗比拳头大一些的鹅卵石，用力抡起来，投入近前的黄河中，一记从来没有听到过的似乎沉寂了很久很久的咕咚声从河面上传来了，划破了茫茫夜空的黑暗，惊到了几只依水而栖的水鸟，扑棱棱地飞到了夜的另一处隐藏得更加深的秘密的地方去了。

月亮升得越来越高，就像吊挂在黄河正中的一只灯盏，在指引着令益生一步一步走出这暗淡的杂草丛生的小路。

发表于《北方文学》2022年第12期

# 圈马谷

圈马谷的马圈门口站着一群人，正在围观和议论马圈里面的一匹枣骝马。圈马谷的位置有些偏，它是喀纳斯草原腹心一处供牧人栖息、圈马和驯马的场所。牧人像蜜蜂追逐花粉一样寻觅肥美的水草，当一片草场被牲口啃食踩踏至衰败的时候，就需要转场和迁徙。所以圈马谷不定哪天说搬走就搬走了，届时圈马谷除了风吹草木的声息，就再难一见它昔日的荣耀了。但此刻的圈马谷，牧人们正聚在这里驯马、遛马，并相互交流马术和畜牧知识。

哈儿早晨从三道湾的牧人帐篷里听着山谷中叨木冠子卜卜卜哧、卜卜卜哧的叫声出发。天地愈益幽静。走在空旷的大草原上，空气里弥漫着潮湿的花草树木散发出的马奶般的芳香。当哈儿看见圈马谷时，已到了中午时分，那座被人们用粗木椽围成的马圈在大峡谷里一片茂盛的草坡下面，显得颇为壮观。草坡上，一片片油绿油绿十分养眼的草棵，长到快要隐没人膝盖了，起起伏伏翻滚着，跟麦田里的麦浪似的。哈儿听着万千草木在风的作用下相互摩擦碰撞，发出巨大的梦幻般的波涛汹涌的声音。

哈儿径自向圈马谷的马圈走去。一只草原上的大黑狗从人群里如同土箭一般蹿了出来，却并未向哈儿发起攻击，而是在被惊得摔了一个趔趄的哈儿面前摇起蓬松的大尾巴，表现出久违般的亲昵和喜悦。

哈儿说："你好，黑黑！"他即兴给这条友好的大黑狗赐了一个名字作为奖赏。黑狗好像很满意和认可，用身子亢奋地摩擦着哈儿的裤管。当听见有人唤它，就又跑回人群里消失不见了。

圈马谷上人喊马嘶，哈儿想，这里果然名不虚传，好一派六畜蕃息的情形。

哈儿十四五岁，是个勇敢的少年，他此行的目的就是在草原上找个活计干。但要找到适合他的、称心遂意的活计也不是一件容易的事情。人家看他是个瘦骨嶙峋的小娃娃，便不假思索地打发他赶紧离开，说："小巴郎子，活儿都被大人们揽走了。有些活儿不是不给你干，看你这样瘦小，恐怕拿不下来吵，你还是到前面去瞧瞧吧！"其实，哈儿已经完全能够拿下大人们干的任何活计了，但人家就是不给他试活儿，说："活儿可不能试，做坏了，是没法返工的。再说，谁能耽误得起时间呀？可不是开玩笑的哎。"

牧人们的婉言拒绝，让哈儿无法停下向前的步伐。他继续向前走去，走着走着，就走到喀纳斯草原的深处。这里就像画一样好看，花草树木仿佛是从云彩中生长出来的。哈儿继续朝着牧人们指点的方向一直往前走。前面的确是一个令人期待和神往的地方啊！哈儿总是谦卑诚恳地向沿途遇上的每一户牧民申请：“给我找个活计吧。”

“没有活计了，小巴郎子！”

“我什么都能干的。不信？先试试，用一段时间就知道我的好了！”哈儿依旧率真地笑着。

但人家却苦口婆心地说：“我相信你说的，可不论是铡草的、放牧的，还是砌墙的、脱土坯的，都是满满的了嘛，你再到前面去看看吧！”这次是一个胡子拉碴的老头儿，他依旧让哈儿到前面去。

哈儿笑一笑，陷入短暂的沉思中。他记得那些已经在草原上找到工作的人，脸上流淌着劳动给予的荣耀和满足。其实，谁都明白，真正的劳动者的内心都是极其简单的，他们只需一份工作就心满意足了。

哈儿向前面继续走了下去。一个人只要用心去找寻生活，嘴巴衔着幸运枝条的那只金色小鸟就一定会落在前面。尽管梦想一次次落空，但哈儿却从不灰心。也有牧人想把哈儿留下来，可是一家人意见不合，年轻漂亮的女主人嫌他个头太矮，力气不够大。

男主人没好气地对女人说：“你要那么高大干什么呢？又不是找朋友处对象，只要他干得动活儿就行了嘛。”

“那你说说看，他都能做得动啥活儿呀？”

“他大小是个小伙子，儿子娃娃老叫驴，把啥活儿给他不能干、不能做？依我看，他啥都会做、啥都能干哎。”他自问自答。但是“黑走马”跳得炉火纯青的女主人还是认为哈儿太小，死活都不肯要他，打发他说：“到那儿——前边去找！”我的个妈呀，要是肺活量不够的女人“那儿”这么久，气早都断了。

哈儿照旧笑一笑，他认为只要心中那盏指路的灯火没有熄灭，人生的前路就一定可以被照亮。

快接近午饭的时间了，哈儿挤在圈马谷马圈门口的人群当中，肚子饿得咕咕直叫唤。此刻，他因为一路向前有些腿脚酸软，真想一猛子趴倒在地，彻底躺平不起来了。尽管如此，他觉得“到前面去”是对的。当然，他终归是要停下来的，不会一直这样在草原上走来走去和流浪下去的。

这时，哈儿看见马圈里面的马匹以骝、栗、黑、青等色为主，人们喜欢称这样的马为天马，这种马耐力强、速度快，适合山路驮乘和平原役用。有匹栗色的生马受到一个驯马师的惊吓，赶紧躲进马厩里去了，另外的马匹则在马厩外面跑过来跑过去，显得紧张和局促不安。

哈儿在寻找马圈的主人，希望能给他一份活计，干啥都行。此刻，一股炭火燃烧的烟味从马圈右侧那个住人的板棚旁边飘了过来，在哈儿的鼻孔里弥漫着，这勾起了他对家乡黑山的思念，一丝孤独伤感隐隐约约地在他的内心深处抓挖着。

哈儿走到马圈右侧板棚那里，看到一家专门打造马镫的铁铺。这一家三口人各有分工。女儿在烧火，燃烧的炭火烟味正是来自她那个用各种戈壁石头搭建的简易炉膛。炭火呼呼地舔舐着炉壁。男人则用长钳子夹着半截烧红的钢筋，一面转动方位，一面在铁砧上用一只小锤子以轻轻敲击的方式，指挥和引导妻子把抡起的大铁锤准确无误地砸到钢筋需要锻打的部位。

哈儿想，他们两个如果感情不好，妻子的铁锤只要稍稍偏离轨迹，那后果是不堪设想的。在哈儿的经验和认知中，男人力气大，应该抡大锤才对，但是这个围着一件油腻污糟围裙的女人，当男人的小锤子敲击完铁砧，她的大锤就应声而落，这种节奏和韵律用琴瑟之音形容一点也不为过。铿锵、铿锵、铿锵，男人一下，女人一下，男人一下，女人一下，听得久了，仿佛又是女人一下，男人一下，女人一下，男人一下，两个人的动作刚柔并济，张弛有度，你来我往，他们陶醉般配合着，进入一种忘我的状态。这是哈儿从来没有见过的劳动场面，他为这个汗流满面且包着头巾的草原女人所具有的非凡膂力而心生敬意。

哈儿希望他们停下来歇息片刻，就对男人道："阿卡，缓缓吧。"黑炭疙瘩似的男人，已经全然沉湎于自己和女人营造的工作氛围中，根本顾不上理睬哈儿。那个个头不高、弓步站立、腿子已经有些弯曲变形、抡着大铁锤集中精力对付钢筋的女人，对哈儿同样置若罔闻。这一对男女完全沉浸在劳动的艺术快感之中。只有那个守护炉火的美丽丫头，好像还停留在寂寞无聊的现实世界里，问哈儿："你是路过圈马谷的吗？"

"不，我是来圈马谷找活计的。"

"哦，那你得去问牛虎阿卡，他是这儿的壮辣辣！"辣辣是一种野菜，壮辣辣即大人物的意思。

"他在哪儿？"

"喏，在那儿！"哈儿顺着丫头用嘴巴指示的方向看过去，一个威武雄壮的中年胖子，肉在脖子那儿瘀了一堆，跟牛领似的，还疙里疙瘩叠了几层肉褶子。哈儿觉得现在问人家要工作，肯定会遭到拒绝，最好等时机成熟时再说吧。

这当儿，马嘶声从马圈里不断传出来，在草原的上方回荡。哈儿赶紧凑过去，看清楚叫得最烈的是一匹枣骝色的年轻儿马，它领着马群在马圈里跑过来跑过去，不停地发出阵阵嘶鸣，时而尥着蹶子，时而后腿直立起来，前身腾空，两只蹄子在空中愤怒地来回划拉着弧线，显得十分不满。这匹枣骝马如果是人的话，就是那种人群中大家都统统听话地发出同一个声音，独他是持不同见解者和不肯随波逐流的那一类。所以，越是这样的马，人就越是想征服它，驯服它的人会有一种成就感。当然，马这种有灵性的动物，对那些敢于冒险的勇敢的人有一种天生的辨识能力，会甘愿成为那些具有牺牲精神和战斗精神的战士的协作者及忠诚伙伴。

哈儿听旁边的人议论说，在这匹枣骝马面前，一个个驯马师都败下阵来，没有人能够降伏这烈性子的家伙。

驯马师和枣骝马在巨大的马圈里绊着跤。马粪和尘土四散飞扬。驯马师手里扬着套马杆对这匹像老虎一样迅猛的枣骝马紧追不舍。但枣骝马不肯屈服和束手就擒，几次差点就腾空飞起，越过一人多高的木头栅栏。驯马师看着儿马左冲右突，如猛兽一般来回窜动和大声咆哮，不禁有些怯场。

另一个作风硬朗的驯马师拉开木头栅栏的圈门，一闪身钻了进去，嘴里叫唤着："我是阿勒泰的雄鹰！"他瞅准盯稳，猛然抡起套马杆，侧着身子甩了出去，套索在空中耍了个花子，套在了枣骝马的脖子上。可是，由于驯马师进去时圈门没有闩牢，加之这个用木条编织的圈门有些走闪，自己打开了，于是有几匹马夺门而出，其中就有脖子上已经挂着套马索的枣骝马。它拖着驯马师冲出马圈，在草地上奋力奔跑和挣扎。驯马师仰着身子，拽着套马杆不肯松手，双脚蹬在地上，推土机似的推起草地上厚厚的泥土和草皮。草屑和泥土像子弹一样呜呜乱飞，射向四周，倘若有一星半点砸在某个围观的妇女脸上，一定会令她发出刺耳尖厉的叫声。

场面既热闹又刺激，同时也让观看的人热血沸腾，激情澎湃。

马圈里先前那个有些退缩和松劲儿的驯马师现在也紧跟出来，并顺手关好圈门。他被同伴的职业精神感染了，随之狼奔到枣骝马跟前，也甩出套马索套在了马颈上。现在，两个驯马师一左一右拽着套马杆，被枣骝马拖着跑，他们跟枣骝马之间像拔河比赛似的，驯马师拼了老命用脚蹬住地面，鼓着女人生娃娃的力气拽着套马杆，想把枣骝马拽回来抓住，给戴上笼头。当然，枣骝马哪里肯任他们摆布，双蹄猛掼，想把他们甩脱拖倒。只要拖倒在地，他们即使不会被枣骝马拖死，也会被拖成重伤的。两个驯马师使出了浑身的解数，也无济于事，只是四脚推起地上更多的泥土和草皮，场面跟犁地似的。

枣骝马就这样拖着两个壮汉往草坡前面的空地狂奔，人群也呼啦啦跟在后面叫嚣，一时间，场面显得十分紧张和扣人心弦。两个驯马壮汉的鞋底子由于不停蹭着地上断裂的草棵和草皮，一会儿工夫，鞋底子竟变成了四个坨圈子，只有鞋帮子还环在脚腕子上。人群旋风般跟着两个驯马师往那边更宽阔的草地旋转过去。眼下，这片供牧人驯马遛马的空阔草地，变成了马和人相互角逐的竞技场。

哈儿血管里的血液也被这荡气回肠的场面点燃了，浑身血脉偾张，他顾不得许多，丢下身上的行囊，也飞奔过去拦截发疯似的枣骝马。哈儿身材瘦削，但身手异常敏捷矫健，跑起来如蛇行草丛、猎豹出林一般。哈儿从斜刺里插过去，他看见那两个驯马师已经被枣骝马拖倒了，趴在地上，尽管不甘失败，抓住套马杆依旧坚持和硬扛着，怎奈血肉之躯难以逆转。两个驯马师最终支撑不住，一前一后丢开了还挂在马颈上的套马杆。哈儿老家的那个村子曾驻扎过成吉思汗的大军，一位可汗从巴格达带回来的诗人给那里取名为满诗堡。关于可汗的骑兵军的故事，哈儿从小就听大人们一遍一遍复述，他自小就十分爱马，一听到马的嘶鸣就兴奋不已，小时候他还练过武术，摔摔绊绊的，肉体已然经过了各种各样的摔打洗礼，变得异常皮实。此时哈儿跟一头猎豹似的潜隐蹲伏在一道草坎子上面，这一手很重要，就像打仗，一切战役的胜利都是给准备就绪但不事先张扬且未被发觉的一方留着的。眼看枣骝马往哈儿这边甩展鬃毛，腾云驾雾一般过来，再不出手，它就要从哈儿的眼前溜走了。说时迟那时快，哈儿瞅准时机，从草坎子上猛然一跃而起，扑上去一把抱住了枣骝马的脖子，并揪住了长长的马鬃。就这一跃，哈儿在心里也许酝酿了很久很久，积攒了无穷的能量和爆发力，就是为了等待这一刻的机遇和挑战。

枣骝马被这突如其来的袭击吓了一跳，狠劲儿一甩头，但是无论它怎么甩动头颅和脖子，乃至上蹿下跳，哈儿都像电影中哪吒抱着龙身子似的紧紧抱住马脖子不肯松手。马儿见乱跳不能奏效，开始拖着哈儿疯狂地驰骋，它要拖死这个怪异的不要命的肉球球。哈儿先是半截身子在地上拖着，腿子被草棵和从生的灌木鞭子一样抽打着，身上跟电击似的烧麻烧麻的。但是这种野性和冒险大约是人类与生俱来的，人类的祖先就是通过各种各样的冒险和拼命的精神才获得原始的食物和生活资料的。枣骝马跑得更快了，竟然把哈儿的整个身子都拖了起来，哈儿干脆把两只脚也收起来，跟草铃铛似的吊在枣骝马的脖子上，他把枣骝马的长鬃毛死命缠在手腕上，双手牢牢抱着马脖子，任枣骝马逢崖逢坎子跳下去攀上来。

枣骝马在草原上狂飙着。哈儿听见耳旁呼呼的风声、连续敲击和震荡着大地的马蹄声，还有马儿呼哧呼哧的喘息声汇集在一起，跟一曲草原上的和弦似的。草棵和各种荆棘密集地抽打在哈儿的身上，他始终拼死抱紧马脖子。后来，哈儿吊得实在太累了，索性将双腿够上去夹在马脖子上，他的衣服被那些杂草、荆棘和黑刺撕扯成了布条条，身上刮出了深浅不一的血道子，一粒粒血珠子洒落在茂密的草丛深处。

所有在场的人被这一幕惊得下巴都快要掉了，有些女人和孩子吓得大气都不敢出，只有牛虎禁不住喊出声来："冒失鬼，哪儿来的这么个二杆子啊！"但是牧人们既担心却又希望这一幕能够继续下去，直至枣骝马成为这个娃娃彼此依存的伴儿和名副其实的坐骑。

事实上，这匹看上去个头并不那么魁梧高大的儿马，劲儿却不小，脾气暴躁极了，时而双蹄后撂，时而腾空跳跃，时而快速奔跑又突然猛地刹住四蹄，勾头摔绊，企图战胜哈儿。一个是真正的儿子娃娃，一个是天之骄子的枣骝马，二者在一望无垠的草地上绊着跤。哈儿记着满诗堡的人流传下来的顺口溜："马绊轻，驴绊重，骡子底下抬死人。"所以，他不怕马摔，摔下来也死不了。枣骝马几乎使出了自己全部的招数，都没能将哈儿从身上丢掉，马儿感觉这个人就跟焊在它的脖子上似的，快要成为它身体的一部分了。枣骝马有些疲惫和沮丧，但依旧跑呀跑，它跑累了、跑乏了，筋疲力尽，全身被汗水洗过，鼻孔张得像簸箕似的，冒着热气，开始不停地打着呼噜，速度一点一点慢了下来，最后不得不停下来歇息。

这时候，哈儿睁开眼睛，感觉自己就像是在地狱里走了一遭。他看到枣骝马不跑了，他也感到自己保持这个姿势实在太难受了，于是就像上树那样，一翻身骑在了马身上，完成了来到草原上的一个牧人的过渡。然而，马儿故伎重演，又要猛然低下头颅，妄想把哈儿弄下来，但是每次当马儿低头想摔他时，他就把身子往后仰，双手挽紧鬃毛撑住，双脚别在马前腿下面的两个腋窝里。当马儿打起愣登，仰起前身想把他从后面摔下来时，哈儿就又揪紧鬃毛，抱住马脖子，身子贴伏在马身上。马儿见无计可施，最后只好乖乖地认命，觉得这个人就是自己的一个伴儿。枣骝马就这样驮着哈儿，在草原上走走停停、走走停停。

当哈儿驾驭着枣骝马回到圈马谷马圈门前的草坡上时，人们欢呼雀跃。

牛虎走到骑着枣骝马的哈儿跟前，笑着说："哎，巴郎子，你瓜着呢吗？"

"阿卡，我是想寻一份活计来的！"哈儿腼腆地鼓起勇气说。

"活计有呢，看得出你很在行啊，给我放马行吗？"

“行，阿卡！”

“吃过饭了吗？”

“没有！”

“给马戴上笼头，拴在马圈门口。先去吃饭，有人会带你去的。”

“好的，阿卡！”

当哈儿忍着浑身剧烈的疼痛，一瘸一拐地跟着先前铁匠铺那个性格开朗而又善良的丫头去板棚吃饭时，趁这丫头不注意，他悄悄揩掉了因全身疼痛而禁不住流下的眼泪。他想，啊，活计、活计，活计也并不是那么容易寻得的！此刻，他看见那两个驯马师正懊恼地躺在马圈旁边的草地上，脸上显出一丝惭愧。然而，整个圈马谷却沉浸在一片欢声笑语里。

发表于《人民文学》2023年第1期

《作品与争鸣》2023年第6期、《海外文摘》2023年第6期转载

# 手艺人

草丛里传来白头翁却拐却拐的声音，活泼泼的，把躺在草地上睡觉的伊斯哈格从梦中吵醒了，他坐起来看见草地上飘着一层淡淡的雾气，他想，这又将是他在草原上度过的美好一天。

随着白雾散去，日头一点一点从牧野的地平线那端缓缓升高。

伊斯哈格的父亲曾是一个远近闻名的小手艺人，主要是给方圆村子新人的嫁妆箱子上绘制一些寓意祥瑞的花鸟画，并以此自豪。他教导儿子伊斯哈格说："娃娃，不论干啥，干一行，要爱一行。尤其是我们手艺人，选择了就不能后悔。"

伊斯哈格点点头，认为父亲说得有道理。父亲学过木工，他有一本跟鲁班相关的书，不知道是谁给的，视若珍宝，他带着这本书走南闯北，给无数别人家的新娘的嫁妆箱子上画过颜色艳丽的花鸟画。伊斯哈格对父亲的走州过县、游历四方的这种旅行般的职业很感兴趣。于是，他也背着几本书跑到草原上来了。在草原上，他打过零工，喂过马、打过胡基、拉过草，杂七碎八的活计他都干过，都干得很出色，没有挨过一次批评和咒骂。但他最喜欢的活计还是放马，放马比较轻松，还可以骑马，同时又能欣赏草原风光，在草场上优哉游哉，一天的时间很快就过去了。但是，他常常会想起父亲对他的教诲："干一行，爱一行，最好能像老子一样学一门手艺，这样不受气。"

所以，伊斯哈格在对牧马的生活惬意之余，有点淡淡的遗憾和失落。他望着天空棉花团似的白云，觉得自己仿佛变成了草原上的一棵冰草，随时都会给马儿们吃掉。

伊斯哈格对马群特别上心，哪儿牧草肥美，就把马群赶到哪里。雇主哈力克对此非常满意，答应不让他放一辈子马，会找机会让他学一门安身立命的手艺。机会说来就来，哈力克恰好在布尔津接手了一家木器厂，便骑马到草场上来找伊斯哈格。

伊斯哈格看见哈力克带着人到草场上来找他，正疑惑不解，哈力克说："巴郎子，现在放下你手里的活计，跟我走吧，这回让你学本领去。"伊斯哈格把马群交给新来的牧马人，自己跟着哈力克走了。

到布尔津进厂后，哈力克把伊斯哈格交给了厂长，说："老李，我把他交给你了，你好好培养，不管木工、油漆工，哪方面都行，让他学一门手艺。"

厂长老李让放心，他会人尽其才的。第一天，李厂长安排伊斯哈格先跟着他们一起熏木料，先感受一下木料的气息。

熏料的活儿并不轻松，伊斯哈格和另一名工人先要抬着檩条从料场到加工车间去改板，改好后再拉到熏料池子去熏干。每当那粗壮的木头压在伊斯哈格的肩膀上时，他就觉得跟喝醉酒似的，步履踉跄。但是伊斯哈格不怕吃苦，他觉得没有苦哪有甜，每次抬木头，他都带着十分愉悦的心情，干完活连吃饭睡觉都觉得是香的。他越干越有劲儿，当别人叫苦不迭时，伊斯哈格却觉得干活儿就是在强身健体。

伊斯哈格与同伴一趟一趟从料场的院落抬着檩条去车间里改木板，虽然料场和车间距离不是很远，但许多工人抬檩条时都偷奸耍滑，不好好干。伊斯哈格却好像浑身有使不完的劲儿。他认为不论干什么，都是下一把苦、出一把力的事情，只要一把苦、一把力下到位，就没有干不好的道理。所以，每次他都不怯活儿，总是迎难而上，一次次把活儿打败和征服，把活儿拿在手里提上要似的。

厂长老李表扬伊斯哈格说："看看这个年轻人，跟一头狮子似的，干活不知道乏的，你们要向他学习。"那些工人一听，就不高兴了，说："他能，你让他一个人干去，我们休息。"老李摇摇头发稀疏的头颅，说："大家都不要说笑了，这不是一个人能干的事情，还是抓紧时间干，干完了好分配车间，你们可以根据自己的爱好去选一门要学习的手艺。"

听到要分配车间学手艺，大家就都态度好了，两人一组，四人一组，一鼓作气，抬着檩条来来回回忙碌起来。伊斯哈格每次都是抬别人挑剩下的大个儿的木头，看见他抬着粗大的木头东倒西歪地前行，工人们就捂着嘴笑。但伊斯哈格觉得自己年轻力壮，多干点不是什么坏事，就当是锻炼身体了。别人每次吃点亏都是往坏的方面想，而伊斯哈格往往从积极的方面想，认为吃苦是强身健体，所以甘愿挑最苦最重的活计干，他的脸上始终洋溢着青春的活力和快乐的笑容，他从来也不发牢骚。

所以，大家都愿意跟他搭伙干。

伊斯哈格就是抱着放马便放马、砍柴即砍柴、抬木头就抬木头的态度，每次劳动结束，他还不忘唱个喏："劳动是光荣的！"这是他向父亲学的，他父亲喜欢说这句话。伊斯哈格认为父亲的话是对的。他回到宿舍，洗一把脸，就开始读他随身携带的《新华字典》和一本《老人与海》的书去了，所以他每天都过得非常充实。

黄军军身体当然没有伊斯哈格那么结实硬朗，每次上工，须穿上淘汰丢弃的旧衣衫，等干完活，第一件事就是急着去洗头发。洗完发后，再梳成四六分形状，打上发胶，把头发固定好，快快换上干净衣衫，每次散工都是急急忙忙去逛商店，他的大部分时间都消耗在商店里了，他一直都像个姑娘一样喜欢逛商店。

木器厂聘请的几个老木匠师傅，每次在谈论那些名满天下的大木匠时，便啧啧啧地咂嘴称赞，说："你们知道怎样才算大木匠吗？"大家的头都摇着，感到茫然。木匠师傅们便十分自豪地说："主要还是看手里活儿精细不精细。活儿越细，就越能显示木匠的功力和境界。"另一个木匠接上说："木活儿这一手艺，是否达到炉火纯青，主要是看活儿的粗细程度。""就是、就是，就在活儿细不细、巧不巧、妙不妙上说话。"木匠师傅们说："机器可以成批量地加工生产，但手艺就不能这样，手艺最主要的特点是耗时耗力，尤其是要注重细节和人所耗费的感情。所以，机器突出的是一个快字，而且一个成品和另一个成品之间毫无差别；而手工突出的，就是一个慢字，就是要精雕细琢，要千锤百炼。就像做文章的人做的文章，里面总是要能找到一点闪光的带着感情的细节，同时这个作品要和另一个作品之间有传承和联系，却从不重复，要有新的想法和讲究，因此手艺最终归结在一个细字和妙字上。”

伊斯哈格听得似懂非懂，好像师傅们是在讲一种深奥的道理，让他有些琢磨不透。他和父亲一样闲暇时喜欢读书，他都快把带在身边的那本《新华字典》背诵下来了。

厂子的每个车间，虽然小，但集聚的都是本行业本领域的高手，是一群真正靠本事吃饭的人。

每次熏料的时候，伊斯哈格闻见松木油脂的味道就觉得特别好闻。料池子，约两栋平房那么大，里面横一下竖一下，一层一层地摆放着改好的木板，木板摞得几乎能够得上水泥预制板搭建的房顶子了，料池子下面是燃烧的煤炭，炭火和料之间还隔着一层预制板铺的隔断，这样料就不会被炭火点燃，但火势一盛，料也被熏得黑烟咕嘟嘟地冒着。当然料如果熏不好、熏不干的话，做出的桌椅板凳和家具就容易变形，卯榫也会走样和脱落，还容易裂缝子。手艺活儿，缺少每个工序和环节都是不行的。

每次烟熏火燎的松木油脂的味道在木器厂上空飘着时，伊斯哈格就觉得他对木头的香味有种特殊的癖好，简直令他飘飘欲仙，脑海里会出现许多草原上的幻景。伊斯哈格觉得人就是要干一行爱一行，放在哪儿就在哪儿，放马便放马，学手艺就学手艺。

有一次，伊斯哈格去加工车间，推刨屑子四处乱飞，他走到同时进厂的一个同事身边，那小伙子停下手里的活儿，拿着创可贴粘那受伤的虎口。他的手指头上横七竖八地粘满了白胶布，兴许是握推刨的方法不对，虎口上的皮总是给打掉了，或者不小心被带刺的木头扎伤了。伊斯哈格说："一窍不得，少挣一百。一定要让推刨紧贴住虎口，不能让推刨子在手心里甩来甩去。"他劈过柴，扶过斧把，知道这里面的问题出在哪儿，不要看同下一把苦，多粗的活儿里都有艺术，何况是木工手艺。

那个小伙子可怜巴巴地说："你看看我的手。就跟刚从战场上打了败仗下来的乏兵一样，到处都裹着纱布子，伤痕累累的。"

伊斯哈格说："干一行，爱一行，你才不觉得苦，方能体会享受的滋味。"

伊斯哈格在选车间时，由于木工车间大家都争着进，人满了，他就顺其自然地选了油漆车间，尽管这里面一年四季很难穿上一件干净衣裳，但他每给一件家具刷漆的时候，就像是给一个即将出嫁的姑娘美容和打扮，充满了祝福和期待。

伊斯哈格跟随一个姓牛的女师傅当学徒。牛师傅是车间主任，还有一个女人是牛师傅的竞争者，二人表面上嘻嘻哈哈说说笑笑的，但一直都为多挣点计件工资而斗来斗去。牛师傅个头比较矮小，被衣裳襟子盖住半截腿子以后，就像一个腆着肚子的孕妇，小碎步在车间里快速地倒腾着。

油漆车间的活儿大多是给学校的桌椅板凳刷漆，很少有新式的高档家具。油漆手艺最难的就是兑漆，全凭手感和记忆，兑好后刷到一张专门用来对比颜色的三合板上看，轻重深浅就靠经验，手艺人就是这样的。

油漆车间里的味道非常刺鼻，又是单调和重复性的工作，如果没点耐心是不行的。有一次，牛师傅给大家讲起了故事，她不怎么会讲故事，就讲家里的事。她说她老公最喜欢节目主持人某某老师，视某某老师为梦中情人，只要某某老师在电视屏幕上一出来，她男人就不让家里任何人更换频道，为此他们两个经常吵架。说着说着，她就呵呵地笑起来。大家就都跟上笑，感觉车间里的气氛欢快了起来。

尽管说着笑话，但是竞争还是非常激烈的。因为在木器厂当油漆工学徒，拿的是很低的固定工资，而牛师傅他们一群段位差不多的熟练工，拿的则是计件工资。只要桌椅板凳从加工车间一拉进油漆车间，大家就开始争先恐后地抢着抹润泊粉。争得最凶的就是这些熟练工了。谁带的徒弟就给自己的师傅帮着抢活儿，因为谁油漆的桌椅板凳多，就意味着谁的工资拿得高。一套桌椅合多少钱，财务室里的小马早已经给核算好了的。熟练工和自己的徒弟们手不停地抹着润泊粉，这就要看谁的手快。

表面上，竞争者依旧是互相说说笑笑的，实际上争夺战已经打响了。那种紧张跟激烈，只有从上下舞动抹润泊粉的速度与激情上可以看得出来，还有哐啷哐啷的响声上可以听得出来。大家抢着抹上润泊粉的桌椅板凳被分开摆放到自己的一边，中间留有一个能够让人通行的过道。段位高的牛师傅和王师傅，一个的活儿在东面，一个的活儿在西面，以避免混淆。尤其是当竞争以这样的方式在这样的一种环境正式打响以后，毫无疑问，伊斯哈格心里是向着自己的师傅的，那些竞争的对手似乎不经意间就变成了对立的一方，伊斯哈格在这一刻竟然开始莫名其妙地讨厌起师傅的对手来。但是，他对这里面的每一个人都观察得非常仔细，他发现师傅的花格子衬衫中的那一对大野兔在上下翻飞。尽管在抢活儿的过程中师傅奔跑得非常欢实，衣服里面的大野兔就跟被网子网住了似的，一下一下想挣脱出那件衣衫的桎梏。但是，那一瞬间，他对她突然既同情，又感到不愿意看到如此残酷争斗的样子。这让伊斯哈格有些说不清楚的复杂的滋味。

伊斯哈格更加深入地观察着那些竞争者的一举一动。他觉得车间里有一个师傅的样子十分像一只刺豚。大家应该在电视上看到过刺豚吧，它又被称为小硬腭鱼，这种身子只有几十厘米长的小鱼，和大家熟悉的河豚是近亲，它的腹部有一个大大的气囊，在不悦与恼火时，体表的鱼鳞就变成了长长的硬刺。据说这种鱼本身不太喜欢游泳，如果不是长了一身的硬刺，恐怕它早就被无情的大自然给淘汰掉了。适者生存，所以彼此合规的竞争也是很正常的。这位车间的竞争者，也仿佛长了一身刺，但她的刺是在苜蓿花的花格子衬衫里面藏起来的，只能看见她鼓胀的圆滚滚肥嘟嘟的身子，竞争者把自己的刺化成无形的力量隐藏于暗处，然后再和对方博弈，并竞争着这里面一点一滴的利益。刺豚是怎么把身上的硬刺膨胀起来的呢？据说刺豚的身体构造很特殊，在它肠子的下方，有一个向后扩大成带状的气囊。刺豚一旦遇到敌手，立即就会没命地冲向水面，张嘴吸入空气，使那气囊中充满气体，或者它会快快张开小嘴吸入大量的海水，由于刺豚腹部的皮肤比背部的皮肤松弛，加上气囊又位于肠子的前下方。所以，刺豚斗争时，头部和腹部就会一下子膨胀得很大，使它能够浮于水中，对手自然就拿它没有一点办法了，无论对手从任何一个方向向它下手攻击，都必然会被刺豚的硬刺扎伤，对手只好无可奈何地放弃这顿美味佳肴。是的，伊斯哈格记得电视上介绍得特别详细，一个经常想着吃肉的家伙，往往自己的危险也是很大的啊！

等到风险过后，刺豚又要以很大的力量从鳃孔以及嘴中排出空气或者海水，使身体恢复正常的状态。虽然，刺豚是海洋中的弱者，就像这车间里的原本属于弱者的一群人一样，但它依然能够生存下来，这就不得不让人油然而生敬意了。

实际上，油漆桌椅板凳还有更简单的一种办法，就是直接刷清胶水。如果是刷润泊粉，得放在一块三合板上，在润泊粉里面倒入清漆，用刮刀调拌好，就开始往桌椅板凳上刮。不管是刷胶水，还是抹润泊粉，目的都是要把桌椅板凳上面那些钉眼能补的补一补，把那些裂开的缝子糊住，等干好以后，再用砂纸打磨得光光堂堂、平平整整的，起码手摸上去，要不打手。只要到了这个环节上，车间里明显就没有那么紧张和激烈了，大家说话的声音也不那么打战僵硬了，样子明显变得自然从容了，虽然抢的件数少的一方，心里隐隐约约有些难受，但在人面前不会表现出来的。

有一个周末，伊斯哈格跟一个在晨练时结识的朋友去了当地一个有头有脸的人家里玩耍。他们走进那个精致的小四合院时，怡人的阳光洒在院子里，让院子的一棵名贵稀缺，且造型优美的树发出气场强大的光芒。阳光越过树冠，照射在玻璃阳台上，使得房子里的温度舒适宜人。这个有头脸的人有一个女儿，据伊斯哈格的朋友讲述，她是很有学问的，看了许多好看的书，作文曾经在高中时就获得过大奖。她面相姣好，如花似玉，尤其是待人接物很有礼貌，一举一动都让人觉得落落大方。伊斯哈格听说这个有头脸的人物口碑极好，做过许多有目共睹的善事，当地群众对他交口称赞，竖大拇指。听说他从来不端架子，大家找他办事，总是有求必应，无论给不给他好处，他都会尽力办妥了。伊斯哈格的朋友就是看上了这个人的女子，他的妄想很大，想要和这个人的女子谈恋爱。这个小伙子之所以有如此大的美好愿望，主要是基于他的父亲和这个人还有过一点小交情，就是这个人在过去受难的时候下放到他们老家那个村子，吃过他们家的饭。所以，小伙子曾暗暗发誓，立下雄心宏愿，在将来，一定要和这个女子的父亲一样，混出点名堂。于是，每个周末，这个年轻人总要往这个有身份的人家里跑，说是去父亲老交往的家中联络联络感情，其实是醉翁之意不在酒。这个年轻人给伊斯哈格讲到激动处，就练起青年长拳来，他曾跟随一个毕业于某师范大学的体育教师练过几天青年长拳和八卦刀套路，每次一说到激动人心的地方，他就亢奋得不能自已，就非要用练拳来给伊斯哈格展示一下他的肌肉和力量。他对伊斯哈格讲，他的少林功夫非同寻常，说他从三岁就练铁砂掌。有一天，在一个树园子里，伊斯哈格要试试小伙子的少林功夫，只一个回合就被伊斯哈格打了一个狗吃屎。小伙子红了脸。伊斯哈格笑着说："你怎么不用少林拳，真是架打罢了记起拳了，饭吃完了记起盐了。”他们两个就哈哈大笑起来，笑完就又一次去了这个有头脸的人物家里。依旧是女子出来了，给他们各倒了一杯茶水。茶水闻着特别芬芳。当然，这一次伊斯哈格还见到了姑娘的父亲，那个有头有脸的大人物看上去慈眉善目、和蔼可亲，背上好像背着一个龟壳似的，据说这是一种大富大贵的福相。那人问伊斯哈格是做什么的。伊斯哈格就讲了他从牧马人转行做油漆工了。老人大为欣喜，立即兴趣盎然地攀谈起来，说：“手艺人好、手艺人好！”又说他有一对太师椅，漆剥落了，不亮了，让伊斯哈格能否拿去给他收拾一下，给拿清漆亮一亮。看得出来大人物非常钟爱和满意自己的这一对高档的红木椅子。

伊斯哈格爽快答应。走时大人物给了伊斯哈格两盒石林烟，这个烟在当时是很流行的，也比较贵重。实际上伊斯哈格不抽烟，但他可以给抽烟的人显摆，每当厂子里人聚得多的时候，他就把石林烟拿出来，给大家每人发一支。但是，这倒是其次，更主要的是，以后他就能够和他的那位武术家朋友一样理直气壮地出入大人物的家里了，而且还可以借着给大人物汇报太师椅油漆进展的情况，名正言顺地去看大人物的女子了。

两天后，伊斯哈格找了一辆架子车把那对太师椅小心翼翼地接到了厂子里的油漆车间。一开始，他还担心自己的师傅会责备和批评他呢，没想到师傅不仅不批评，还一个劲儿套问他是怎么认识那个大人物的，还夸他特别有眼色，让他把课桌椅的活儿停下来不油漆都可以，得先把这一对红木椅子给收拾出来，一定要收拾得漂漂亮亮的。

师傅吩咐伊斯哈格先用砂纸轻轻地打磨刨光，且要他用力恰到好处，不能对太师椅有丝毫的损坏。“要用细砂纸小心地刨光，要尽量柔和一点。”师傅一再叮嘱，感觉是在对待大人物的小宠物一样，显出十分心疼和万分呵护的样子。

伊斯哈格听到师傅反复叮咛，不断提出高要求，已经上升到车间里的一项重要任务的高度了。于是他不敢怠慢，一点一滴须殚精竭虑。在收拾太师椅的过程中，伊斯哈格再一次认认真真打量这一对太师椅，只见周身雕刻的花样并不是特别多，但分明显得端庄优雅、高贵大气，给人以特别庄重威严的感觉，而凡是有雕刻的地方，雕工均都非常细致饱满，栩栩如生，后背那里还镶嵌着两块油润的和田美玉，摸着异常滑溜舒服。这真是一对贵族和权力象征的家具，人挪动的时候，太师椅像石头一样沉重压手，那分量跟金子似的。伊斯哈格从来没有见过这么好看的椅子，他轻轻地抚摸着、挪动着，小心谨慎地用砂纸一遍又一遍地抛光，之后又用师傅偷偷干私活时专用的羊毛抹布抹了又抹。伊斯哈格不停地抹着太师椅，越抹越亮，他觉得这是一个手艺人在对待手中的活儿时应有的态度，这样的高档艺术品，也是他作为油漆工一生的荣耀，也许油这样珍贵的“礼器”的机会对一个手艺人的一生而言不会太多，也可能一辈子仅有一次，但这就够了，有这样的一次经历就十分满足了，不枉此生做了一回手艺人。他一边抹一边在脑海里播放起大人物家的女子的面容。羊毛抹布吱儿吱儿在太师椅的扶手帮子上抹过来抹过去，就跟那女子的笑声似的。他也不由得开心地笑了，笑得异常甜蜜。他之所以如此细心、卖力，并不是因那两盒石林烟，也不是大人物的身份和地位，而是他作为一个手艺人应有的荣耀和尊严，为了这个，还有为了那个女子的笑容，他也要好好卖力认真地把它干好。

这两把太师椅，每一个细节都让伊斯哈格处理得完美无瑕，他用的材料全部都是新的，刷子上面即使掉一根毛他都要用手一根一根捋掉，避免留下不尽如人意的遗憾，所以他用的全部材料没有一样是旧的和用过的。而且，一切材料都要用最好的、上等的、天然的，最主要的是要用百分之百的细心和百分之二百的感情。

当太师椅重新用天然清漆油出来之后，大家都不敢相信它们竟有这么辉煌和耀眼夺目，简直可以用震撼人心来形容了，那种光泽莹润的美，从太师椅的骨子里静静地流淌出来，让人觉得如在五黄六月喝了一杯醇香的清茶。这才是真正的高端大气上档次啊！

师傅担心这一对红木太师椅放在车间被灰尘弄脏，吩咐伊斯哈格用一卷塑料布专门为之搭建了一个帐篷，让它们自然地阴干，她说："千万不能被风吹日晒。"

大约过了半个月，太师椅干好了，师傅雇了两个人，拉着太师椅，要亲自给大人物送去。她起身时对徒弟伊斯哈格说："你就不用去了，经常去人家家里讨人嫌，这回你给咱们坚守岗位，我亲自给送一趟，也显得郑重其事。今天天气特别热，回来时我给你买几个冰激凌奖励你。"伊斯哈格觉得师傅说得也有道理，就点点头。

又过了一段时间，伊斯哈格去看望大人物和他的女子。这次，大人物见了伊斯哈格只一个劲儿夸他师傅的手艺有多好有多高。伊斯哈格隐隐约约感觉到一丝说不清楚的寡淡无味。他不知道原因究竟出在哪里。那次，他连大人物女子的面也没有见上，也许是人家躲起来了，也许是大人物不让她出来。

再后来，那个比试功夫成为伊斯哈格手下败将的小伙子跟大人物的女子找对象了，因为他好像有一个铁饭碗的工作了，又有大人物的庇佑，必然是前途无量的。伊斯哈格的师傅，在不久后好像被一只神通广大的手放到了一个事业单位工作去了，她再也不用刷这连衣裳也永远都穿不干净的油漆活儿了。只有伊斯哈格还在坚守着自己的信念，他要和自己父亲一样，做一个优秀的手艺人，也要做一个正直的有爱心的好人。“干一行，爱一行。”父亲的教诲犹在耳边。

再后来，这个木器厂，也因为做不出符合市场需求和竞争活力的新式家具，倒闭后关门大吉了。

从此，大家都各奔了东西。

时间一天天过去。但是，伊斯哈格依旧还在坚守着自己的信仰和追求，铭记着父亲对于手艺人的教诲：“做一个手艺人，就是要能耐得住寂寞！”

从此，人们经常会在西部的大草原那浩渺的旷野里，看见一个衣着朴素，背着油漆箱箱，踽踽独行的手艺人，他在十分敬业地奔向一个又一个牧民的居住地，在努力地为那些需要他的牧民家里献上自己最精湛的手艺，以及为那些即将要出嫁的牧民的丫头子的陪嫁箱子、床和柜子，绘上这人间最精美的图案，同时再油上那最美丽的色彩。那些各式各样的嫁妆箱子和柜子上，有草原上开放得最艳丽的野牡丹、野玫瑰，也有百年合欢树，等等等等，那各色各样的花朵，如草原夜空中的繁星，数不胜数，不胜枚举！

发表于《清明》2024 年第 1 期

# 野玫瑰

在喀纳斯草原一个灌木和乔木互相交织的盆地，一簇一簇的野玫瑰花热烈地开放，散发着魅惑的色彩。哈三陪着妻子玛依拉去浪娘家，他们共同骑着一匹老花马从地窝子出发，天气不错，阳光怡人，四野里一派安静。哈三闭上眼睛，微风中草木摩擦的声音像波涛一样在耳畔滚过，哈三便感到身心放松，二人心情都有些说不出来的愉悦。老花马仿佛懂得哈三两口子的心情似的，步态显出漫不经心和超然物外的样子，它驮着二人呱嗒呱嗒地行走在野玫瑰花丛间一条由牲口踩踏出的隐隐约约的小道上。

草原上这些由牲口踩踏出的便捷路径，走着走着就不见了，突然会让人感到茫然和害怕，因为刚刚还可辨识的野径就会被野草覆盖和淹没了，再也看不见一丝影踪。就任老花马摸索着走去，走着走着，无意间草地上又会出现一条新的牲口踩踏出的路径，他们就又走在这条新的路径上，以前的小道在身后仿佛不复存在，会逐渐被马儿遗忘。草原上的路，就是这样时有时无，捉摸不定。这片草地上的草长得特别深，差不多能把人的半截身子淹没，草海里开得最多最好看的便是一簇一簇的野玫瑰花，鲜艳、浓烈，而神秘。

马儿驮着夫妻二人，远远看上去就像是走在草原上的野玫瑰花丛中的一对魂影。这匹老花马，个头比较高，耳朵耷拉着，无精打采和傻里傻气的样子，那情形，即使眼前出现任何紧张的形势，想必它的两只耳朵也不会像一匹烈马那样耸立起来。当蜜蜂和蝴蝶飞到老花马的眼前时，老花马会偶尔把它那耷拉着的耳朵犹如小喇叭似的伸展到前面探测一下，但很快又耷拉下去。还有，老花马仿佛从不生气的样子，它那黑白相间的花纹和斑点犹如人身上穿戴的一件美丽的服饰，格外引人注目。哈三已经有好多年没有看见老花马发火的样子了，马儿恼火的时候会把耳朵抿到脑后面去，显示它的威风和不乐意。是的，老花马现在越来越像一位智者了，显得那么淡定和波澜不惊，它全身的皮毛就像是白色的布匹上泼洒了点点滴滴的墨汁，这种黑斑点均匀地散布在马的周身，看着就像一幅深沉的水墨丹青。玛依拉在前，哈三在后面恰到好处地抱着玛依拉的腰，他们优哉游哉地骑在马上，就像在摇篮里晃动的婴儿。老马识途，他们骑着老花马走在这条草丛深处的路径上已经不止一次了，所以他们任凭老花马自由自在地行进着。玛依拉双手抓着马脖子上的鬃毛，一颠一晃，一颠一晃，闭上眼睛深深地呼吸一口草原上的新鲜空气和野玫瑰花的芬芳，俄而，又睁开眼睛欣赏着铺天盖地的绿色的草原。顿时，她感觉自己进入一种朦胧不清的魔幻跟现实相混合的幻境中，一会儿觉得眼前的野玫瑰花如海涛一样涌过来，她就漂浮在花海之上，一会儿又像是回到了马背上。两口子虽然已经有一个男孩子了，但他们依旧非常年轻，男人英俊，女人温柔贤惠。他们现在的样子，仿佛又一次回到了那个青涩的恋爱的阶段。就这样，小两口在野玫瑰花盛开的草原上骑着老花马溜溜达达地欣赏着一路的美景，向他们要去的目的地走着。一波又一波浪漫的感觉在他们的心里起伏荡漾。浪娘家是一句北方方言，意思是去女人的父母家做客，浪这个字有悠闲自在、恬淡放松、避开繁忙、心无挂碍地去散心游玩的意思在里头。

天近晌午，二人走到一个豁岘口，尽管是炎热的盛夏，日头把喀纳斯草原上的草都晒得冒着丝丝缕缕的热气似的，马身上的汗把他们两人的裤裆和腿子都湿透了，他们两口子的汗跟马身上渗出的汗混合在一起，从两股间散发出一股腥臊之味，这让他们有了一丝不明不白的冲动。此时，他们两个都觉得口干舌燥，玛依拉说："把人都要渴死了！"

他们两个早晨出发时只带了点草原上的馕饼，却忘了带水。他们都想找点水喝，但这里距离喀纳斯河跟禾木河比较远，到河里找水喝至少得半天的路程，等喝了水返回来，天就会黑透了，那样走到半夜能不能到达玛依拉的娘家也未可知，再说夜间的草原上，没准会跳出来几只野狼或者跑出来一头大棕熊，这都不好说，谁知道呢。于是，他们决定在这个半山坡的豁岘口里缓一缓再继续走。

他们一前一后跳下老花马，把马腿用缰绳绊住，让马自个在草地上啃食青草，他们就在豁岘前面的草滩上坐下来歇息。

在这个豁岘口里，突然一股子冷风直灌下来，两人的汗水瞬间就被风干了，且浑身都觉得凉飕飕阴森森的。但他们还是干渴难耐。正在这时候，哈三发现坎子下面有一大片豌豆地，豌豆地里的豌豆角长得有一指头长了，特别诱人，且嫩绿嫩绿的，令人馋涎欲滴。哈三想，这个季节正是吃豌豆角的绝佳时节呀。于是就对妻子说："你在这个豁岘口稍微等我一下，我给咱们下去到那片豌豆地里揪点豆角子回来，咱们吃着解解渴再走。"

玛依拉说："能成、能成，真把人渴死了，我在这里缓着等你，你去揪上点豆角子咱们吃了，解解乏再走。"

哈三就翻起身来跳下地坎子揪豆角子去了，他走进密实的豌豆田里，腿脚触碰到豌豆秆和豆角子时发出沙啦啦、沙啦啦的声音。他没有管那么多，赶紧把上衣的衣襟卷了起来，做成一个简易的盛东西的包袱兜，有些地方把这种包袱兜叫"撩襟子"。哈三揪了一撩襟子豌豆角，就爬上地坎子来，见妻子正惶惑而焦虑地等待着，于是就赶紧走到妻子跟前，重新扑通一下坐到草地上，张开撩襟子，让妻子拿了豆角剥着吃。

到处都热腾腾暖烘烘的，唯独这个豁岘口的风却呼呼怪叫着，吹得人晕乎乎的，那风就像一个巨大的电风扇置于豁岘口上，在对着他们二人一阵一阵猛吹。他们乐得其所，索性把衣服揭起来，让风对着他们的胸口吹，觉得这真是降温的好办法。风依旧呼呼呼、呼呼呼地叫着吹着，山坡下草原上的野玫瑰花犹如迷惑人心的罂粟，头颅伏下去，随之又立起来，晃得人眼睛迷迷瞪瞪，跟醉酒者似的。他们一边继续欣赏山下的野玫瑰花海，一边抢着吃起了豆角子。豆角子确实正是绿吃的上好时期，不仅豆角皮儿里面的豆子一嚼一口甜水，连豆角的皮皮子也水嫩水嫩的，水果般好吃。除了豆角皮皮夹层里面有层薄膜不能吃，得把它扯下来扔掉之外，余下的豆角甚至皮比大巴扎里的水果还鲜嫩脆甜。豆角毋庸置疑是可口香甜的，水汁汁子在二人的口腔里漫延着，又解渴又解乏。

就在两口子吃豆角子的当儿，从他们两个人的背后走过来一个在附近草原上牧马的汉子，牧马人说，“你们两个咋在这么个地方坐着哩？”

哈三叹了一口气，说，“天气热，把人嘛快渴死了，我揪了几个豆角子在这里吃着解解乏气！”

“你看看你们两个，坐在这么个豁岘里做啥哩？豁岘里的风大得很嘛，这容易被风扇了。”牧马人语重心长地说，“俗话说蝎子的尾巴，豁岘口里的风，都是比较毒的。如果风把你们俩扇了的话，容易生病的。过去有些人被风打了，得了半身不遂，有些人还会患上面瘫，一些疑难杂症就是这么找上门来的。幸亏你们遇上我，否则吹上半天，把你们会害个没轻重，保不齐后半辈子嘛，就完咧。你们两个，太年轻了。”他嘱咐他们一定要离豁岘口稍远一点，不要在豁岘的正中间坐下来迎着风歇缓。然后又问他们：“你们在哪里揪的豆角子啊？”

哈三说：“就是在这个坎子下面的豆地里揪的。”

那牧马人哦了一声，说：“你过来、你过来，离豁岘口再远一点，到这边来，我给你们两个说个事情。”然后这个生得黢黑的牧马人就给他们两口子讲了个故事。说是就在几年前，这家豆地的主人，是一对小两口，他们在这个地里正割粮食，眼看粮食再不及时收割就要黄着躺到田地里了，得抓紧时间争分夺秒地抢着收。快到中午吃饭的时间了，男人对妻子说：“你嘛，给咱们回去做饭去，饭做熟了，你先吃，你吃了给我把饭提到田里我吃。这会儿我给咱们先赶着再割些麦子，这样就不耽误时间了。”于是男人打发妻子回家做饭去了，他就一个人独自在山上割粮食。突然，男人不经意间抬了下头，就望见一个穿红汗衫、身材窈窕动人的漂亮姑娘偷偷摸摸地走进豁岘口左边山顶上的一个古堡子。这个山头不知什么时候有座古堡子的，就不得而知了，但是他看得清清楚楚是进堡子去了。割粮食的男人就特别奇怪，心说这个古堡子已经废弃好久了，他从来没有看到过有任何人进去，连他自己也从来都没有造访过那座古堡子。可是现在，就在刚刚，一个美丽的姑娘大中午跑到那里面去干什么去了呢？男人这样疑惑着的时候，同时又感到非常想知道这个姑娘去那里面干什么去了。他开始浮想联翩起来，想着这姑娘正当年轻貌美，莫非去堡子里和什么人私会去了？这种古怪的想法在他一点都不令人感到奇怪和讶异。这种好奇心激起了他要去一探究竟的想法。男人下定决心说：“这个姑娘一定是背着大人跑到这个古堡子里幽会情人去了，或者叫什么坏人欺骗了也未可知，不要进去再也走不出来了，那我悄悄溜着上去观察一下看这个男人是个谁？是好人还是坏人！”

于是，男人就把镰刀放下，蹑手蹑脚地攀爬上了山顶，他挣了一头汗水，回望了一下山下的粮食，麦田里的麦子和远处坡下草地上的野玫瑰花依旧像水浪一样起起伏伏，还一波三折地翻滚着。他转过身，堡子没有门，只有一个沧桑的门洞，他从堡子门洞刚一进去，就立马感觉到情况有些不妙，这种阴森森的感觉非常明显，因为一种他难以说清的恐惧感一下子把他的全身给笼罩了，他的头发和面孔就像过电一样麻了个遍，脊梁骨上似乎有一根筋被抽了似的，有着阵阵寒凉的意味，瞬间他身上的汗水不由自主地从毛孔里渗了出来，在全身四处弥漫着，连太阳穴也嗡嗡嗡地响着疼。还有一个，让这个男人没有想到的是，堡院里竟然种着大片大片的麻子，这是什么人种的呢？他从来都没有发现过有谁进过这堡子里面啊！堡院看上去特别大，比他山下面看见的样子要大得多。他想，古代的时候方圆一个团体几乎所有的人，或者说一个大家族近似于一个小王国的人都在这堡子里面生活，吃喝拉撒等一切活动都要在这堡子里面进行，如果容量小的话，在那个冷兵器时代一旦被土匪和武装的敌人包围了，围困个十天半月，要靠堡子里储备的给养度过困难，里面至少粮食和水源得有足够的保障。因此，他认为一幢堡子相当于一座城池，里面各种设施都得齐全，尤其是储存间要大，储存水的水窖得好几个，下雨天要把水顺利地引到窖里面去储存起来。如果土匪围困一段时间，缺吃的还可以熬个两三天，如果真的没有了水，就很容易被快速攻陷。总之，堡子跟一座城市一样，麻雀虽小，五脏俱全。所以，这草原深处的堡子虽然比不上楼兰古国，比不上交河故城，但也是地境上的一道独特风景。再说，男人见这堡子里面的大片麻子非常茂盛，麻秆特别粗壮，麻子的麻叶经微风一吹，变得汹涌澎湃，就像幢幢人影一样来回激烈地摆动着，这无疑影响了男人的判断和视线，使得他总是看不清楚。但是这时候，男人已经感觉自己没有了退路，这一点只有那些有阅历的人才能明白其中的原委和道理，一般的人讲给其听，是听不懂和无法明白为什么这个人在这种情况和境遇下不能立马退出堡子来。因为大家可以想见，如果一个人置身这样的环境，抽身要走的话，说明自身的恐惧感已经到达了顶峰和极限，退出的话必然是要夺路而逃，或者夺门而出，不可能是心平气和，或四平八稳地走出来。而夺路而逃的话，内心差不多就已经是完全崩溃了，那样的后果是不堪设想的，因人内心的承受力不一样，有些人有可能因此神经错乱和精神失常。但是这个男人，胆量比较大，还勉强硬撑着。接下来，男人只能狠着劲儿要把这件事情弄个水落石出，他下决心要把堡子一一看完，把里面彻底勘察清楚，要给自己的内心的疑惑一个交代，这样他才能够在未来的人生道路中坦然或者说释然。于是男人就硬着头皮顶住极端恐惧，继续沿着麻秆种植的规律一行一行察看，当看完所有的麻子行行之后，他重新转了一圈，堡墙根下黄蒿长了半人多高，却并没有发现什么，或者没有发现他先前在山下看见的那个姑娘。最后，他发现了一排土房子，其余的房子都已经坍塌了，只余下四五间房子还基本保存完整。房子没有了门，只挂着像是破麻包烂了以后，用拆下来的麻线绳简单地编织和缀缝起来的带着豁牙，同时又显得脏兮兮的破门帘子。这时候，男人的心里更胆怯了，心上忐忑不安，感觉情况更加不妙，身子变得越来越重，头脑也有些迷迷糊糊的，但是他认为要干就干到底。当然，堡子里任何轻微的声响都牵动着这个男人的神经。他高度紧张，似乎大脑里面有一根弦随时就要崩断了，那样这个男人一定会疯掉的。他反复数了一下，一共是五个房子，他就走到第一个房子门口，把看上去浪里浪绳的破麻门帘子掀起来看，阳光从旁边的一个小窗孔里打进来，房子里面变得光怪陆离，有亮处，同时也有暗影，暗影显得很寂寞和无辜的样子。真是尘归尘土归土，尘土特别厚，蜘蛛网盘得到处都是，在射进窗孔的阳光下，蛛网悠悠然然地秘密地飘荡着；还有部分墙壁上，有像是过去做饭烧火时烟熏火燎的痕迹，一绺子一道子的，显得漆黑油污；另外，房子里散发出一股年深日久的呛人的炕土味，让人心里特别难受。

土房子里面根本没有人进入过的迹象，因为那一层细面面汤土约有一拃厚，一粒粒麻雀的粪便历历在目可以做证，还有几行像是蜘蛛的爪子爬行过的印痕也清晰可辨，都在那里明摆着没有人来过。

第一间，第二间，第三间和第四间房子都一一看过了，里面的情形大同小异，都没有发现进入堡子的那个红汗衫姑娘的踪迹。就剩最后一间房子了，不言而喻，倘若最后一间没有人的话那麻烦可就大了，他想。他的手开始无法控制地抖动着，头发一根根端溜溜竖立起来。此刻，他的心在胸膛里跳得就跟钟鼓猛烈撞击的声音一样“镗——镗——”的。身后面麻子叶叶发出唰啦啦、唰啦啦的声音，他赶忙回过头看了一眼，竟然看见有一株麻子的叶叶在向他轻轻地示意招手，又仿佛在诡异地笑着。他的心彻底悬空了，心说，这最后一个房子里如果没有人，那咋办呢？情急之下他把最后一间房子的破麻门帘哗地一下揭开，一看，里面依然如故，没有人。

“那个红汗衫姑娘究竟去了哪儿呢？”

这个男人的脸刹那间变黄了，黄得跟黄树叶一样，此时他有一种说不清的预感，他感觉身后仿佛有什么动静，正在他犹豫不决和左右为难之际，他的肩膀被人拍了一巴掌，他神经质地回过头来，定睛一看，只见一个穿红汗衫，眼睛像狐狸眼睛一样妖媚的女子就站在他的身后，毫无疑问，这个女子正是他在山下的田地里看见的那个女子。

牧马人的故事讲到这里的时候，他就在玛依拉的肩膀上乘其不备拍了一巴掌，玛依拉发出“阿帕（妈妈）”一声嚎叫，就往山坡下没命地飞奔，哈三也嗖地一下往坎子下面的田地里跳了下去。这两口子被这个牧马人吓得恨不得长上翅膀飞了去。

那个黑大黑大的牧马人却笑死了，双手拍打着大腿笑得上气不接下气，他把两口子又喊着回来，好话给安慰一番，说：“你们两个不要害怕，故事还没有讲完呢。”

哈三说他不想听了，但玛依拉好奇心却犯了，问那个男人最后怎么样了。

牧马人说，那个庄稼汉子再仔细定睛一看，那个狐媚的女子又没有了，原来是他刚才过度紧张，把眼睛看花了，出现了幻觉。但是，这个男人已经被吓出惊风病了，他二话没说，便夺门而出，叭的一下，就跟把一截绳子崩断之后崩出去了一样，从堡子门里一道土线就跑了出去。他一口气跑下了山，在割好的几捆麦秸子上面斜倚着身子等待自己的妻子回来，等妻子来了之后，妻子很纳闷地问他，“你身上怎么有一股炕土混合着野玫瑰花的味道？”

男人就把当天妻子走了之后发生的事情一五一十给她讲了一遍。

妻子说："你这个人呀，老是心术不正，我回家一阵阵时间，你不好好割粮食，净惹是生非，看啥妖精约会。"那天他们回家之后，那个男人因为恐惧便胡乱找人看了一通病，但从此以后，男人就真的生病了，好像经常乏得很，后来又得了肾炎，再后来就到乌鲁木齐的医院做透析，透析了两三年，还是没有顾缠好，人就没了。

那个牧马人说完，就把自己的牛皮水袋拿出来，让哈三两口子喝着把带在身上的馕吃上些。二人喝着吃了馕之后，才重新骑上老花马赶路去了。牧马人在背后喊着说："这里的野玫瑰花开得繁，把人的心都迷乱了，你们一定要赶在太阳落山前到达地方。"

后来，哈三两口子浪完了娘家就又从这条路上返回来了，再次经过这里时，他们都觉得有些异样的感觉。回到家里后，玛依拉老是病恹恹的，但是她又有了身孕。有一天来了一个游走草原的郎中，给她瞧了病，就找来一口缸，让哈三把门前草原上的玫瑰花摘了一束，放到锅里熬了一锅玫瑰花水，把水趁热舀到缸里，让玛依拉坐进缸里的玫瑰花水中，缸口用筛子扣住，再捂上棉被，捂了几层，只留了人能透气的空隙。就这样，玛依拉在玫瑰花水中浸泡了一天，汗水一直流个不止，后来郎中说，"她身上的寒气已经全被逼出来了，而玫瑰花的香气会进入她的血液！"

年末，玛依拉生下了一个女儿，令哈三感到奇怪的是，女儿的身上竟然散发着一股野玫瑰花的香味，转眼十八年过去了，女儿也一天天出落得美丽可爱，就跟喀纳斯草原上最美的玫瑰花儿一样迷人，这让哈三时不时会想起古堡子里那个穿红汗衫的女子。

发表于《作品》2024年第6期

# 白　雪

暴雨被风卷着如斜扯着布匹撕裂开来一般摔打下来，飞溅起无数的泥浆。世界变得一片苍茫。院子里混混沌沌的，雨幕遮蔽着人的视线，看不清远处。一会儿，院子就蓄满了水，地上被激起无数的水泡泡。那些汇集起来的雨水慢慢地，最终恣意汪洋般流淌向那低洼的地方。

一个火焰般的闪电过去，紧接着炸雷就当头顶猛劈下来，随之雷声就像黑山碾米的碾道里被拉着转动的石磨一样，咯噔噔、咯噔噔，唬人地向山的南面滚了过去，又滚了回来，让人胆战心惊。男人章永旺问："娃娃们不知道安全着吗？"

女人兰芝说："大的几个都到砖瓦厂打工去了，砖瓦厂应该都安全着呢，伊斯哈格还在红山羊村小学念书没有回来，在学校里有老师应该是安全的。"

章永旺说："你把我的伊斯哈格惯坏了，都那么大了，还骑在羊背子里。羊能驮动吗？把羊都压死了！"

小儿子伊斯哈格骑的这头雪白雪白的母山羊，其实是伊斯哈格真正的奶妈，它把伊斯哈格一直从婴儿哺养成一个走进村小学读书的少年，就在读书的时候他有时候还偷偷嘬山羊妈妈的奶，惹得家里外面的人都笑话他："不知道羞，多大的人了，还吊在乳头蛋子上！"

伊斯哈格去学校的时候，有时候还会骑着自己的奶妈白雪，白雪就是那只母山羊，在学校里，他把它拴在教室后面的一片草坪上，那片草坪辣辣草、苦苦菜、苦子蔓、短冰草长得多。拴羊的尼龙绳似乎有意要特别长，绳头上还绑有一个尖尖的木橛，木橛尖插入草皮，为了牢靠，不致白雪跑丢了，伊斯哈格就再找一块石头把木橛砸着钉入泥土深处。白雪会抬起头看看伊斯哈格，仿佛明白他要去教室里干什么，伊斯哈格只轻轻叫唤一下，它就乖乖地自顾吃草去了，不再跟随和追赶往教室里跑去的伊斯哈格。

一放学，伊斯哈格就跑到教室后面的草坪上拔出木橛，白雪已经吃饱了，在静静地等候着。伊斯哈格把绳子绕到胳膊上几圈，抓着山羊向上且略向外弯曲的羊角，威风凛凛回家去了。

学校老师发现了那只白山羊，知道是谁带来的，很宽容，没有责备，因为那只羊非常有灵性，在学生上课的时候，从来没有听见过叫声。

在伊斯哈格还不会走路的时候，兰芝就双手抱着把他架在白雪的背子里让他骑着玩。每次妈妈抱着伊斯哈格嘬完羊奶，就让他跟白雪玩。伊斯哈格抓着羊妈妈蓬松柔软的羊毛，乐得一边打着奶饱嗝儿，一边呵呵呵地笑得娇甜。

等到伊斯哈格上小学三年级的时候，他变懂事了，知道心疼自己的羊妈妈了，就只是牵着羊的笼头，羊就小碎步欢快地跟着他行走在上学和放学的路上。这只毛色雪一样洁净的母山羊陪伴着这个东乡族孩子一天天长大。

兰芝突然又像是想到了什么，说："咱家哈格，都上三年级了，还连一双鞋子也没有，时常光着脚丫子，脚上到处都扎得烂烂的，一到晚上我拿钢针给娃娃一根一根挑脚上的刺棍。冬天那双小脚就冻得烂得没眼看，我给脚丫子挤出许多脓水，再用棉花烧成灰给流血流脓的地方止止血。你一个当场长的大，把娃娃也管管，你跟个驴一样，光寻驴驹子，却不管驴驹子！"章永旺就嘿儿嘿儿地笑，说："等我什么时候去县里，给我娃买一双黄球鞋。"

片刻，雷声就又缓缓地滚远了。听着头顶上的炸雷转来转去时，章永旺和女人觉得一台石磨子在心头压过来压过去，内心忐忑不安。但就是在这一声声沉闷的炸雷响过之后，更加吓人的冰雹便铺天盖地一般砸下来。顿时，门前的几棵杨树上的叶子也被一扫而光。冰雹落下的声音听上去就跟巨型收割机在迅速地收割着地上的庄稼一样，嚓嚓嚓、嚓嚓嚓地响着，就连碗口粗的树也被齐刷刷地打折，倒在了地上。整个村子变得惨不忍睹，山上有些人种在阴洼田地里尚未来得及收回的粮食被冰雹打得贴在地上，有一部分干脆被砸进泥里面去了，连头尾都找不见了。没办法，农民们只好用犁铧把它们翻耕进土地里充作肥料了。

章永旺家院子靠近大门洞流水的地方，被冰雹疙瘩砸出了一个深深的大坑，里面顿时注满雨水。房上的瓦就像无数的鸡蛋掉在了上面，发出一种古怪的刺耳的碎裂声。但是，令人诧异的是，这些冰雹却没有使一些岌岌可危的房屋倒塌，也没有把那些瓦片砸碎。红山羊村的人建造的房屋，就跟这里的人一样善于承受一切世上的考验和磨难。只一刹那的时间，冰雹疙瘩在地上就铺了白茫茫一片。

章永旺说，“咱们这里生态破坏太严重了，干旱的时候，一点子雨都不落，到收粮食的几天，就下起雷阵雨，夹带着羊眼珠子大的密密麻麻的冰雹，把人可害惨了。”

兰芝说，“可不是嘛。”

雷雨过去了，天慢慢转晴，太阳从西南边露出来，到处跟雨水洗过一样清新自然。

中午，在班主任李长德老师的帮助下，伊斯哈格把母山羊牵进教室里和同学们一起避雨，那些娃娃有男孩也有女孩，都把手悄悄伸过去摸母山羊的毛，还有人去摸它光滑的石棍一样略微有点弯曲的羊角。伊斯哈格感到非常自豪。孩子们一般中午都不回家吃饭，各自带的土豆和玉米面甜馍馍。玉米面甜馍馍就是在玉米面里面适当掺和一点野生的马灰条籽儿，这样做出来的玉米面甜馍馍油浸浸的，不仅香甜，还非常顶饱。娃娃们大多数吃的这个，再吃两个煮土豆，喝一马勺老师宿舍铁皮提桶里的凉水，中午这一顿就算是对付过去了。白山羊往往到晚上回到家里才给饮水。

晚上，伊斯哈格牵着山羊妈妈白雪回来了，兰芝赶紧往石槽里倒了些水饮羊，母山羊喝得咕儿咕儿的，肚子那个窝窝里逐渐像一个球体一样圆起来了，最后羊变得更圆实，就像一个吃饱后有点慵懒的温柔妇女。

兰芝到伙房从挂在房梁的馍馍笼子里拿了半块玉米面甜馍馍，走出来塞给伊斯哈格。伊斯哈格把甜馍馍掰作两半，一半给了哺乳过他的白雪妈妈。一直都是这样，兰芝也从不指责儿子，她觉得没有这只母山羊就没有了这个儿子。

生伊斯哈格的时候，村子里接生的田奶奶让章永旺在门口等着，他在窗户外面听着，也可能是他没有听清，以为是田奶奶要他把伙房烧的热水端进去给新生的婴儿沐浴。孩子没生下来他就闯了进去，后来伊斯哈格生下来，兰芝竟然没有奶。田奶奶非常愤怒，指责章永旺说：“让你别进来，别进来，你干吗闯进来？现在你女人的奶水被采住下不来了。没有奶水，咋办呢？你赶紧想办法去，看看村子里谁家的女人生了娃娃，有没有多余的奶水，让你家娃娃先吃上点，把命保住。”

章永旺在村里跑着打问了一圈，他平时在牧场里工作，不常在村子住，也不知道谁家的女人在哺乳期，就是问到了，人家掌柜的不一定能愿意。有一家女人有奶，这家男人说：“奶好像也不多，我家娃都不够吃，哭哭啼啼的，把疝气也挣下来了，他奶奶给用艾灸往上灸呢。”

这时，章永旺听说马六舍家有一只母山羊，刚下了一只小羊羔，羊羔下不下来，被马六舍硬拽了出来，羊羔子死了，母山羊失去了孩子，失魂落魄一般叫唤着，奶一胀叫得更凶。章永旺的眼睛一亮，他去马六舍家买羊奶，说：“快呀，我们家的娃娃就要饿死了，给我买上点你家的羊奶吧，看能把我家娃娃的命拉扯活吗。”

马六舍二话没说，就给挤了一碗羊奶，章永旺给钱，马六舍说，“都邻里邻居的，要啥钱呢！”章永旺就端着羊奶慌慌张张跑回家用勺子给儿子一点一点喂。伊斯哈格就是这样吃上了羊奶，但是经常去人家马六舍家里买奶，人家一直不要钱，回数一多，章永旺就不好意思了，干脆跟马六舍商量：“他爸，你行行好，干脆就把你家的这只母山羊卖给我算了，这样我家娃娃就有奶吃了，不然经常打扰你，也不是个办法。”马六舍听着这只失去羊羔子的母山羊白天黑夜没命地叫唤，也有些心烦意乱，就说，“那就卖给你吧！”章永旺付了钱，把母山羊牵回了家，并给它取名白雪。自从有了母山羊，伊斯哈格就再也不愁没奶吃了。后来，兰芝就抱着小儿子在母山羊肚子下面吊着吃羊奶。从此，母山羊成了伊斯哈格形影不离的伙伴，等于他的命就是母山羊救下的。每次，伊斯哈格吃馍馍时，都要给母山羊妈妈半块吃。就这样，伊斯哈格和母山羊一起玩耍，一起到山坡上摔跤，一起赛跑，他们之间有着难以割舍的感情。

红山羊村太干旱了，找草是一件非常困难的事情，到处都干透了，植被破坏十分严重，因为大家缺柴火烧，把草都又铲又扫，当作柴火烧了。

章永旺就把白雪用绳子系在自行车后尾架子上，拉着去了后躺牧场。因为那个牧场靠近大山，水草丰美。章永旺把白雪拴在宿舍后院的一个土圈圈子里面，亲自拔草喂养和照料。

有一次，章永旺回来了，晚上兰芝说：“咱们好久没一起扯磨了，你每次一走，成年累月在牧场里不知何时才能回来。”

“你枕到我胳膊上来，让我听得清楚些。”章永旺说。

“这么近还听不清吗？”兰芝嗔笑着。

章永旺嘿儿嘿儿地笑，说：“男人，难认，认不准，一辈子就瞎了。你找了我，真把罪受了，也撇在家里把苦下了。”

“这就是我的命，你只要在外头心里能记着你的娃娃们，我就心满意足了。”

章永旺说：“咱们的伊斯哈格，这个娃娃刚生下时真的差点饿死了，若不是那只母山羊就真的饿死了。”

“母山羊现在怎么样啦，你儿子经常嚷着假期要去后躺牧场看他的羊妈妈呢。多好的羊呀！有一次，你儿子梦里梦见他的羊妈妈被狼吃了，那个哭呀，把我听着都惹伤心了，我听他在梦里哭着喊‘羊妈妈、羊妈妈’，听他对一只羊有这么爱，都要落泪了。”

章永旺说：“万物一理嘛，人呀，猫呀，狗呀，马牛羊，样样出气的物儿，时间长了，都会生感情的。”

兰芝点头说：“你啥时间把儿子的羊妈妈带回来让他看看。”

章永旺像是陷入沉思，思考了一会儿，慢慢地说：“没有白雪，就没有咱家的这个儿子了。”

“是啊。暑假，让儿子到牧场里去看他的羊妈妈去。”

“好的，山羊好着呢，后躺牧场那边的草好，羊变得更壮实了，精神着呢！”

“刚说让娃去你们的后躺牧场呢，可娃娃可怜着连一双鞋子也没有，让人说起来娃有个当干部的大呢，竟然连一双鞋子也买不起，你让娃羞着咋去牧场呢？要是碰见你们场里的职工干部都不好意思的。人家要是说，‘这就是场长老章的儿子吗？

脚烂得像刚从战场上吃了败仗下来的？’说心里话，娃娃会自卑的。”

“我有机会到县上开会时，给娃娃买。唉，现在我的负担还重着呢，两个大的儿子，眼看马上要娶媳妇了，得给攒钱说媳妇。”

“你还说呢，现在说个媳妇子，你以为像我那时候那么容易呢，就那么白领着来了，现在的说头多着呢，光几大件就要了人的命，什么自行车、缝纫机、录音机、黑白电视，你说你那两个瘦工资，一月连不住一月，鸡尻子里等着掏蛋，能顶啥用？你看看人家那些人，不知道咋回事，只要沾上公家的边边子，几年就富着翻过了。可你工作了半辈子，给娃娃们啥事都没解决，看看和你一块工作的马凤山、马云波等几个职工的娃娃，你们商量着给人家的娃娃把商品粮都解决了，还给报了工人，你咋就不管自己的娃娃呢？为啥不给自己的娃娃报上个商品粮、报上一个半个工人啥的，你这个人咋老是胳膊肘子向外弯呢？我们娘儿们指望不上个你！”兰芝说着就哭了起来，眼泪多着擦不干。

章永旺心里也特别难受，坐起来，在口袋里搜腾来搜腾去，找了一张旧日历上撕下来的纸，在中山服口袋里挖出一点旱烟末子，卷了一根旱烟抽了起来。他自己也没办法，说：“我这个人，从参加工作，就怕占公家的便宜，也不爱薅羊毛。”他突然有点生气：“有些人，你薅羊毛就薅羊毛，可是太过分了，不但薅羊毛，还把羊活活薅死，最后连羊也不见了，老百姓的意见那真叫个大，我们这层人，被公家就教育成这样了，就是不爱占便宜，也不要谁来监督，不爱薅个公家的羊毛。上梁不正下梁才歪呢，榜样的力量是无穷的。”

兰芝说，“反正这辈子，我等你发财是没指望了，只要你平顺比啥都强。咱们赶紧睡吧，太晚了。”

兰芝就枕着章永旺的胳膊腕子睡了，很快就听见章永旺扯呼打鼾的声音。

暑假的一天，村子里跑新疆做生意的羊绒贩子老马回来了。他和老婆在炕上扯磨聊天，老婆说，“那个章永旺，现在还在后躺牧场当场长，还兼的书记，当了半辈子场长，娃娃一个都没工作，真是个老实人。”

“那我去他家问问，看他家的人能不能引我去找章永旺把场里的羊绒便宜处理给我，我可以给老章提点成嘛，让他也发点财，不要那么一天苦哈哈地，把那个场长白浪费了。”

“那个人是个超子（傻瓜），养下的娃娃肯定也不打硬。”

“我有让超子变机捻（聪明）的办法呢，”老马做数钱的手势，“有钱了自然就机捻了。”

老马到了章永旺家，兰芝在，听了老马的来意，说：“我们那个男人犟得很，恐怕办不成。”

老马说：“只要把场里羊绒低价卖给我，我就给他一笔钱，不会亏他的。”

“你不了解老章，他不爱占便宜。”兰芝说。

老马不信，走了出去，在场院里看见放假玩耍的伊斯哈格，他灵机一动，心想：“再不贪财的人，总会心疼自己的娃娃吧，我把老章的儿子带过去，看老章给不给面子。”他看见光着脚丫子的伊斯哈格，说："娃娃，你过来一下，你想不想去你大的牧场里耍，那里的牛羊马匹一群一群的，就是个动物世界，我去那里收羊绒，正好带你去那里玩耍。"

"太远了，我没钱坐车，走又走不动路。我还没有鞋子呢，走那么远，脚片子会被扎成蚂蚁窝的。"

"我们可以坐班车去，车费我管上，只要你大能让我便宜收到羊绒，我保证给你一双好球鞋的钱，让你穿上球鞋，参加体育竞赛准得第一名。"

伊斯哈格一听高兴得跳起来，说："我正好要去牧场看我的羊妈妈去呢。"

"那还给你妈说不说了？"

"不说了，说了她又不让我去了，咱们去浪一两天就回来了。"

老马说："好好好，说走就走。"

老马回去拿了个黑提包，还找了一些蛇皮袋子，用塑料绳捆绑起来夹在腋窝下，带着伊斯哈格先到堡子门前的公路上等班车。他们坐班车沿着一条砂石路走到土沟，在土沟卫生院门口下了班车，一老一少又雇了一辆手扶拖拉机，坐上手扶拖拉机车厢的沿子，抓住靠背那里的挡杆，过了一条大河的浮桥，向东面的一道砂石沟进发。这条砂石沟太长了，这一程路太远了，走得伊斯哈格都觉得着急的。手扶拖拉机的水箱好像出现问题，天气热得要命，太阳毒毒地在头顶晒着，一会儿水箱开始冒烟，司机是一个红脸老汉，他熄了火，提着水桶去找水，在一个山沟沟发现一个细小的山泉，只提了不到半桶水，山泉里的水就没有了，那里只有比针还细小的一丝泉眼，羊绒贩子老马催促司机抓紧时间赶路：“你赶紧走吧，雇了你这么个司机，真是倒了八辈子霉了，把人热死着路上了！”

“你这个人说话咋这么难听，你不雇了，把钱给我，你们自己走着去。”

“你说的比唱的还好听，你不走了我给你给个毛线你要吗？你不走了还要钱呢？你咋那么爱钱？”老马生气了。

那个红脸老汉脸更红了，不敢吱声，给水箱添上水，继续拉着他们前行，又走了一程，水箱又一次冒起了烟，手扶拖拉机再次抛锚停下来，司机说：“让车凉一会儿吧。”

老马嘴里骂骂咧咧地，说：“我这次咋雇了这么个东西，简直耽误人的事情呢。”

那个拖拉机司机年龄原本比老马大，红着脸，听到了老马的骂声，无可奈何地摇着头，偷偷嘀咕着：“我这次咋遇上了这么个难缠的家伙。”

他们都从车上下来，在地上休息了一会儿，司机说：“水箱里的水不多了！”他说着爬上车轮胎，站上去解开裤带，向水箱里尿了一泡尿，老马也来了兴致，说：“你赶紧下来，你那个鸡儿一样的能尿多少，你看我的。”他爬上去站到手扶拖拉机的车头上，解开裤带，对准水箱的那个口口，挣着挣着尿，挣着挣着尿，好像尿不完似的，惹得那个司机捂着嘴笑了，说：“你这家伙，比大河里的水还大！”伊斯哈格差点笑死过去了。老马很得意，笑了一下，说，“该到伊斯哈格了。”伊斯哈格快快站到手扶拖拉机头上，憋得面红耳赤，但怎么都尿不出来。

老马说：“你就把它当成一个黄鼠窟窿，你心里想着要把黄鼠用尿灌出来。”果然，伊斯哈格就真的尿出来了，但细小的尿流被风吹拂着，飘飘洒洒地，没有多少能够进入水箱里去。但也就这样了。

司机重新摇起手扶拖拉机，拉着他们又走了一程，因为是砂石路，车轮压上去就陷下去了，加上到处都是大石头，路不好走，只能走得慢，手扶拖拉机的水箱又一次冒起黑烟，看样子要着火了，因为太阳快要把大地点燃了。司机说，“走不成了，你们下来走着去吧。”老马一看这情形，也觉得车不行了，就打发了司机，提着黑皮包，夹着蛇皮袋子，领着伊斯哈格沿着砂石沟继续进发。

山谷里的温度一直在上升，地上的各种草木在日头的照晒下，无精打采和低头纳闷的样子。碧蓝碧蓝的天空，挂着几朵羊绒般蓬松的白云，大地裸露出它的奇形怪状和黄土高原的壮美。因为这里逐渐接近大山，路边布满各种各样的野花野草和面目狰狞的石头。一股燎毛蒿和百里香夹杂在一起的香味扑入老马和伊斯哈格的鼻孔，伊斯哈格感觉香香的，但也有一种陌生的苦涩。沟两边的悬崖上爬满了植物的藤蔓。一阵叫蚂蚱的声音从不远的一大垛子席芨草丛里传了出来。

贪玩的伊斯哈格立即驻足谛听。叫蚂蚱一会儿叫，一会儿停，但那叫声实在是好听，伊斯哈格发现大自然原来是这么香这么奇妙和美，他对那些野花野草闻不够，对那些大自然美的声音听不够。“大叔，我能不能抓个叫蚂蚱玩？”

老马显出不耐烦的样子，说：“抓那个干啥呢，那是一个生命，害命得跟啥一样。咱们赶紧赶路，办正事要紧。”伊斯哈格没有办法，只好一边向草丛中观看，一边挪动脚步跟着老马前行。

老马五十岁左右，窄狭脸，黄眼仁子，还有一口黄板板牙。他对伊斯哈格再次承诺说：“只要你这次引我把你大牧场的羊绒便宜收上，鞋子的事我保证了，说不定我一高兴，还给你再买一身新运动服呢。”

“那要是我大不同意咋办？”

“没事，生意不成仁义在，不成了，咱就当去牧场旅游了一趟子。当然，如果成了，我会少不了你的！”

伊斯哈格光着脚丫子，只能踮着脚跳着走路，生怕被砾石和刺棍给扎伤了脚。

老马看了一下，笑笑说，“不要紧，等咱们这次去你大的羊场挣钱了，给你买一双最好的球鞋，到时候，你个球子小娃可就要享福喽！”

他们终于从沟里爬上了一个平台，到处绿树成荫，大片大片的杏树和杨树，茂密而接壤远山和云天。他们沿着一条通向场部的路，绕过林木，到达了后躺牧场的场部，那里有两排房子，都是红砖房，就是那种砖木结构的能滚雨水的小安架房，问了几个人才找到章场长的宿舍。门开着，里面却没有人，偏头桌子上的台历上有场长章永旺记着的一些陈谷子烂芝麻的事情，比如今年哪个羊把式放的羊下了多少羊羔，被寒流侵袭冻死糟蹋了几只羊羔，增了几只羊羔，减了几只羊羔；羊绒抓了多少斤，卖了多少钱；粮食收成情况，打了多少粮，卖了多少；给羊把式和工人凑着发了多少工资等等。章永旺的确是个比较小心谨慎的人。

宿舍里还有一张木床，一床薄被子，以及几件章永旺旧的蓝布棉袄和衣衫，伊斯哈格伏在衣服上嗅闻父亲身上的那种味道，他既觉得温暖，又感到熟悉和亲切，希望能赶紧看到父亲章永旺，还要看看他的羊妈妈。

大约过去半个时辰，可能场部有人发现章永旺房里有人，就告知了章永旺。章永旺就来了，一见面，章永旺就批评伊斯哈格："你在家里不好好写暑假作业，不帮着你妈在家里做点活计，跑到这里干啥来了？"

伊斯哈格感到特别委屈，说："我就不能来看看你吗？我看看我的山羊不行吗？"

这时，老马说话了："娃娃来了就来了嘛，来了看看你有啥不好？你这个人见了自己的娃娃还不高兴啊？你没见你儿子看到你的衣裳，亲得趴在衣裳上嗅啊闻啊，亲成个啥样子了。你儿子不像我们家那几个娃娃，一点都想不起他老子，我一年四季在外面跑，他们也想不起我，我回去了也把我当空气。"

章永旺听了，看看儿子，突然心里一酸，他是怕娃娃在路上受罪："这一程路，还不把他累死，走一趟几天都缓不过来。"又笑着问，"你们是怎么来的？"

老马一一说了。最后，老马终于说明了来意。

章永旺说："你来迟了，两三天前来了一帮羊绒贩子，把些积攒的羊绒全收走了。"他顿一顿，又说，"你的好心我心领了，但不论卖给你还是卖给别人，市场啥价，还就啥价。我就这么个穷命，把原疤疤保住就行了。”

老马情绪低落，一脸不高兴，说：“没想到你咋是这么个人。你不看僧面还看佛面呢嘛，你不看咱乡里乡亲的面子，也往你儿子的脸上看嘛，你想办法再给我抓点羊绒吧，行吗？我也不占你的便宜了，你们对别人啥价就给我还是啥价，不能叫我白跑了这一趟。”

章永旺说：“我晚上问一下羊把式，看最近羊上绒的情况咋样。有些你们不知道，羊绒也不能过分地抓，抓得太干净了，到了寒冬腊月，老牛北风吹上，羊就给活活冻死了，羊绒就跟人身上贴身的衣裳一样，你不穿，冬天出门就冻成硬冰棒了。再比如说那山梁顶上，如果没有一点植被和柴草、没有林木作为遮掩，山梁大地都要裸露在外面，风沙吹上，几年下来，很快到处就都沙化了，一切虫虫鸟鸟就都没处躲藏了，就没法生活了。这样恶性循环下去，咱们这里就彻底毁了！”他说，“你们应该在进到场部时看见了，这些年我带着场里职工干部在周围不停植树造林，种的杏树和杨树漫山遍野，光我个人已经栽了约有几百棵杏树了，杏树的成活率特别高。场部的外围，还住着一些老百姓，看见我们种树，就也跟着在自家的房前屋后都种上了杏树。现在他们种的树都长大了，既能遮风挡雨，阻挡沙尘，同时可口的果子也吃上了。”

老马说：“你说的我都懂，那就明天抓着看吧，能抓多少抓多少。价格市场多少就给我多少吧。”

章永旺说：“别人为非作歹没人管，也没人干涉，但是咱们啥都没干，都还有人造谣迫害呢。真要是有点失误，不把咱打下课，那才怪事呢。”

“这个你放心，一定不叫你为难！”

伊斯哈格嚷嚷着要去看他的羊：“大，我的羊妈妈在哪儿，我看看咋样了？”

章永旺说：“在后院呢，走，去看看去！”章永旺遂领着老马和儿子来到后院的一个胡基土块垒的圈圈子里，母山羊就在圈圈子的空地上吃着一些拔来的长草，有许多是苦苦菜和芦子草，还有苦子蔓。“这些草，都是我抽空子在附近植树时顺带寻回来的，羊可爱吃了。”

白雪看见了伊斯哈格，站定审视了一下，认出来了，“咩干干、咩干干”地叫唤着往伊斯哈格这边走来。伊斯哈格激动地钻过土圈圈，一把抱住了母山羊，把脸贴在白雪的身上，蹭过来蹭过去，说：“你认出我了吗？认出我了吗？我是哈哈。”

晚上，他们吃了一顿场部灶上的土豆熬糊糊，还有一个花卷。老马对章永旺说：“你们牧场就这么个生活水平啊？土豆菜里连指头蛋子大的一疙瘩肉都没，你说你们养那么多牛羊干啥呢？你这个场长，在咱们村子人的眼里，觉得了不得，他们要是来一看你这样可怜，就笑死了。你说你捞不上油水子情有可原，但你把那吃好一点，把生活改善改善也算数，我真是服了你了。”

章永旺没生气，只是嘿儿嘿儿笑，说：“吃肉得自己掏钱买，工资都不高，工资每涨一点，物价就要往上涨，靠那点瘦工资能把一大家子人的生活维系住就不错了，一天吃了肉，嘴就得吊起来了。”

老马说：“我这个人，和你不一样，我这辈子就不能把自己亏下了，我每隔两天就得吃一回肉。哦，你们这里的羊靠近大山，肉应该特别香，我买上一个，明天给我煮上吃。”

“场里的牛羊不处理。”章永旺说。

老马想了一会儿说：“那干脆把你养的那只羊卖给我，我明天宰了吃了算了。”

“你这个人，嘴咋这么馋？但是，说实在的，这只羊也着实把我拴死了，一直要跟上照看，跑得我都有了伤痨病了。”说着他用过期台历纸卷了一根旱烟，抽着，并哐哐哐、哐哐哐地咳嗽起来，憋得他红头胀脑，“我一天光找草都找不及。这羊迟早得卖，不能看它老死了，反正那一刀子是躲不脱的，迟卖不如早卖，你要的话就买走吧！”

伊斯哈格立即抢过话茬说：“白雪不准卖，我要养着！”

“白雪是我儿子的，得问他同意不同意，我不好做主。”章永旺说着又咳嗽起来，“哐哐哐，哐哐哐，真的，寻草喂羊把我寻得慌慌张张的，连休息的时间都没有，我要工作，还要引着大家植树，每次我个人掏钱让羊把式带几天，羊把式也不愿意，因为他们在我这里得不到啥好处，所以把脸势看了。这些天我一直考虑把羊卖了算了，卖了我好腾出身子，一边工作，一边带场里职工干部多种些树。”章永旺见儿子脸色特别难看，就也来气了，“你不卖，你自己咋不放羊去，干脆你书不要念了，放羊去算了。”

“放就放，放羊有啥不好的，比念书松活多了！”伊斯哈格说。

“你再不要羞你家先人吧，赶紧好好把你的书念去，有些不念书的，后来长大了后悔得哭得汪汪的，狗一样。”

“我不会出去打工去吗？”

“你以为工那么好打吗？你看看你两个哥哥，不好好念书，书没念成，指望我给报工人，还不是给耽搁了，如今出门打工，在工地上苦死苦活，一个月连嘴都混不住，还要向我要钱，你不趁早好好念书，将来啥出息都没，你不要指望我了，我你是指望不上的。”章永旺说的时候，好像特别伤心，但又似乎没有办法。

伊斯哈格有点语塞，半天说不出话来，他想要是母亲在，会因为疼他，无论如何都不会把白雪卖掉的。

老马乘机对伊斯哈格说：“卖了，我解了馋，你就可以拿着钱给自己买一双好球鞋，你要是穿上那种军绿色的球鞋，去学校念书，谁不稀罕，谁不羡慕？你让你大，后躺牧场的大场长，一天拉着个山羊，就跟拉扯一个娃娃似的，多丢人现眼，你难道不懂得心疼大人吗？”

伊斯哈格看看父亲瘦小的身子，还有那张瘦削的面孔，再看看他的那些旧衣衫，心里突然特别疼自己的父亲。他就再没有说什么。

老马说：“就这么定了。”他怕章永旺和伊斯哈格反悔，就要和章永旺在袖筒里揣手说价。章永旺有些不好意思，就说：“羊你也见了，你看着给吧。”

老马就说了一个价，章永旺也再没有讨价还价，老马把钱直接戳进了伊斯哈格的衣服口袋，说：“你的羊，钱给你，你拿上买鞋子，多出的你下学期缴学费去。”

晚上，老马和伊斯哈格睡在套房子里的土炕上，炕上只有一页席子，他们和衣而眠，倒也不冷，凑合了一晚上。一夜无话。

第二天，章永旺叫来两个羊把式，一个是老赛，一个是八十子，请他们把山羊从附近的草山上赶回场部的羊圈里，让一起来帮忙抓羊绒。老赛以前在农业社的时候是个赶马车的车把式，这个人一辈子连夜里做梦都想着找婆姨的事情。然而他却到老都没能找到属于自己的一个女人，他跟章永旺的年岁差不多。老赛每每遇上一个人，不管熟悉不熟悉，见面张口就请人家张罗着找女人。大家站在场部的羊圈里，围着一群山羊，老赛看见老马，便说："马师傅，你走南闯北，经见得多，认识的人也多，你能给我在哪达寻上个贤惠媳妇吗？"

老马呵呵大笑，说："你都这么一大把年龄了，咋还是个老光棍汉。你还要个贤惠媳妇呢，就你这么个条件，能有个母的陪着就已经把天叫言喘了！"

老赛的脸一下子红得跟个茄子似的，都快变紫了，说："你咋这么个人？简直胡说着呢，我还不老，咋就不能寻个媳妇呢？"

听到这，老马双手拍着膝盖大笑了一场，把个伊斯哈格也笑得嘴都合不拢了。老赛难为情的，站起来，又蹲倒了，不知如何是好："你们不要看不起我，不要看我老汉的笑话，你们要是换成我，腰都拉不来了，还说寻媳妇呢！"惹得在场的人又是美美一阵笑，把伊斯哈格都笑得挣出一个屁来了。这一下，大家又是一阵欢笑。章永旺脸上有些难堪，对儿子说："你没带暑假作业来吗？去，我抽屉里面有纸，去写你的作文去。大人说的话，娃娃不要听。"

伊斯哈格不情愿地走出羊圈，在羊圈门口旋了几圈，不知啥时候又踅摸着钻进羊圈来了。

老马说："好呀，只要你今天好好给咱们抓羊绒，我给你寻一个攒劲媳妇！"说着，老马给章永旺挤了挤眼。章永旺无奈地笑笑。可老赛却兴奋异常，高兴地说："今儿你看我的，看我给你咋薅羊绒着呢，你们也学着点。"说得老马心花怒放。但是老赛有些不踏实，又问："马师傅，我寻媳妇的事，就全托靠你了。"

老赛和八十子几个羊把式把羊圈里的羊粪扫开，扫出一片干净空地，就开始逮羊了。老赛虽然年岁有点大，但力气不小，手一伸就把一只强壮的山羊给拽住了。那只羊咩咩叫着，蹬着腿子，但无济于事，很快就被用绳子捆住了腿子和蹄子。老赛一个人就可以轻松把一只山羊搞定。八十子从墙缝子拿出几个抓羊绒的爪子。老赛说："这个场子里的职工干部，几乎每个人都藏着这么一两个羊绒爪子，只要机会一来，随时就能薅羊毛、抓羊绒。"他拿起一个爪子伸进刚刚绑定的那只山羊的皮毛中，来回抓了几下。"拿出来看看说，"绒特别好！"

章永旺说："不要把绒抓得太净了，羊和人一样，也需要衣裳过冬呢。就像那个山梁，植被彻底破坏了，风沙洪水泛滥，大自然就要报复人类了。所以，你们抓绒的时候轻一点，你们看，这抓羊绒的爪子多吓人，尖尖的，利利的，抓在羊身上，羊就疼得全身都抖动起来了。"

伊斯哈格看见那些被薅羊绒的山羊，收紧了身子，瑟瑟发抖，发出叫娘一般的声音，"妈啊——妈啊"地叫唤着。山羊们不断发出撕心裂肺的哭喊声，把伊斯哈格吓得脸色都变了。

大家把抓下来的羊绒陆续放进备好的蛇皮袋子里。

章永旺听见羊的叫声，心里特别难受，说："你们先抓，我喝口水去！"就出了羊圈去场部了。

羊的叫声吓得伊斯哈格躲在羊圈门口，趴在门框上往里面心惊肉跳地张望着。

老赛拿着羊绒爪子，在那只白山羊的身上有顺序地猛烈地抓了起来。

老马乐呵呵地说："我努力给你访查，一定想方设法给你寻个好女人。"

老赛立即接上说："他爸，记着，女人一定要贤惠善良！"

老马笑了笑，说："怎么，还要个贤惠的？一定，一定。"

老赛说："不过，差不多就行了，太好了，人家也嫌弹咱呢！"老赛的话音刚落，不知是因为什么心理，手劲儿突然使得大了，只听见那只山羊发出没命的叫唤，老赛没管，好像羊的叫声越大，越能显示出他在卖力地薅羊毛。

伊斯哈格听着羊的惨叫声，把脑袋贴在羊圈门上，心突突跳着，不时够着看那些受刑的羊。正是这些羊，养育了这个场子里所有的职工干部，因为这个场子只有一半工资是财政拨款，另一半就靠场子里这些牛羊的收入。此刻，那些山羊的腿子被两两相交绑在一起，半卧半跪在地上，一个劲儿地嚎叫和哭泣。羊不断地叫唤，叫得声音越大，越是证明它本身受到了重创和巨大的伤害，疼得受不了了。有时候，老赛不小心会把那非常尖锐的抓绒的钢爪子塞到羊肉里面去了，猛钩几下，羊就会发出声嘶力竭的叫唤。爪子把皮肉都钩烂了，血也流出来了，很快羊毛都被染上了一片红色，白山羊顿时变作了红山羊。那些山羊每叫唤一声，伊斯哈格的头皮子就一阵发麻发紧，浑身像是起了一层鸡皮疙瘩，听得心都抽筋了。

章永旺又走回羊圈，听到羊的哭泣，对老赛说："你跟个羊有啥过不去的，抓羊绒不是那么个抓法，你看那个羊哭得哇啊哇的，听得人头皮子发麻，心里瘆得慌！"

老赛说："场长，不这样薅羊绒，羊绒就出不来，你以为羊绒自己就跑出来了吗？得下狠手薅，才能薅出羊绒来！"

章永旺说："你这样薅羊绒，会把羊薅死的，再说你薅得太干净了，它们冬天还怎么活呀？"

老马笑着说："章场长，你让他薅吧，卖上钱了，工人的工资不就有了吗？要以人为本嘛！"

章永旺："你这个人心瞎了，那羊不疼啊？老赛，你慢点薅、慢点薅行吗？"

老赛点点头。

老马突然想起他还有一件事情没有办呢，一圈羊得薅到晚上才能薅完羊绒，今晚无论如何得吃一顿肉了，所以他对章永旺说："我还有个事情呢，现在得去办一下。"章永旺明白老马说的意思，就向他努努嘴，意思不要叫儿子听见了。老马诡诈地笑一笑，就装着出去解手去了。

日头走到山畔的时候，照在那些杏树上，红色的，绿色的，就像是一幅凄惨的暗淡的水墨画。羊绒终于抓完了，满圈的山羊浑身都被抓得皮开肉绽的，白山羊统统都变成了红山羊。

老马过了很久才回到羊圈，进了羊圈装得一本正经的样子，他偷偷看看吓得脸色煞白的伊斯哈格，心里突然也有些同情他，就抚摸了一下他的后脑勺，表示歉意。

他出去那会儿，在场部周边雇了一个宰羊的人，把那只叫白雪的母山羊，那只曾哺养伊斯哈格长大，对章家有恩情的母山羊宰了，又让那人帮忙收拾了，找了一口锅，在圈白雪的那个土圈圈子煮起羊肉来了。

羊绒一袋子一袋子过了秤，钱款由会计入账，保管收了，和前次来的那些羊绒贩子是一个价，每斤五十元，这个价也是当下的行情。

晚上的时候，大家从羊圈忙完，回到场部，伊斯哈格突然想起他的羊妈妈，就去宿舍后面的土圈圈子看。寻找了半天，羊妈妈白雪却早已不知去向，他焦急地转来转去，突然他在后院，借着月光看见一张剥得展展的贴在墙上的山羊皮，那张羊皮已经被血染得红透了，伊斯哈格一下子猛地扑到羊皮上，放声痛哭，那一声声的哭泣，传到章永旺的耳朵里，每哭一声，章永旺的心就颤动一下，脸上的肉就弹跳一下，他的眼泪也不由得落下来。他想起给儿子寻奶的事情，他第一次看见白雪这只搭救过他儿子性命的母山羊的样子，毛那么白，那么俊美，那一幕幕往日的镜头从他眼前掠过。他躲进套房子，尽力克制着，但是各种人生的痛苦和遭际一起涌上心头：儿时给人放牧扛活儿，成年参加工作后，妻子是自己用半口袋豌豆换来的，但跟了他一辈子，没有过上一天好日子，穷愁潦倒的他，当了半辈子场长却窝窝囊囊的，至今给儿女啥也没有置办下，被别人一直都瞧不起。种种屈辱和伤心事一股脑儿都涌上心头，激荡和拍打着他的灵魂和精神，使得他再也无法克制自己，竟然老泪纵横，趴在套房子的炕上抽噎起来，看上去比儿子伊斯哈格还哭得绝望和伤心。

可是，谁也想不到的是，会计和保管晚上竟叫来把他们的话奉作圣旨的另几个羊把式又偷偷溜进羊圈，就着昏暗的路灯，把白天已经薅过羊绒的那些山羊又偷偷用绒爪子薅了一遍。

老马请几个辛苦了的羊把式吃羊肉时，给章永旺和伊斯哈格各端去半碗。

章永旺擦了眼泪，强撑着又端出去还给了老马，老马不解地看一眼，摇摇头，苦笑了一下，说："羊也有它的命，它造化到世上就是要被吃的，吃了，它的灵魂才能回到一个好的地方去，这就是每个生命的宿命。"

章永旺什么也没有说。

伊斯哈格看到羊肉，哭得一抽一抽地，气都上不来了。他骂老马："你这个骗子手，你还我的羊妈妈、还我的羊妈妈！"他后悔上了老马的当，让他的羊妈妈惨遭毒害。

那天晚上，伊斯哈格怎么也睡不着，最后泪流干了，也哭累了，就昏昏沉沉睡着了。睡着后就做了一个梦，梦中他看见漫山遍野都是各种各样的花草树木，在草木葱茏的山上，有一群欢蹦乱跳的红山羊，其中就有他的那只羊妈妈，它全身雪白雪白的皮毛已经完全变成了红色的，它昂着头，在深情地注视着他。

过了几年，因为移民大搬迁，红山羊村有许多人要搬走了，上面要求退耕还林还草，后躺牧场也关了，职工干部被县畜牧局重新分流安插到县里的草原站、畜牧站等部门。这时，章永旺已经病故。他就被埋在后躺牧场的山上，守护着他生前种的那些花草树木，同时也被山林包围着。送他的那天，正是春天，天气晴朗，杏花和各种野花正开得十分红火，这些花儿仿佛是在迎接他回归大地，同时也像是在为他戴孝。他的墓穴前立有一块墓碑，上面有他成才的儿子伊斯哈格书写的两行魏碑大字：“白云挽碧树，翠岭锁金谷。”

夜里，伊斯哈格遥望着远方星空和一轮明月，他隐隐约约仿佛看见在那洁净的明月里，有一位老人坐在树下，旁边就是曾哺乳过他的那头母山羊白雪。

发表于《星火》2023年第2期

《小说选刊》2023年第5期转载

收入《中国当代文学经典必读·2023短篇小说卷》（吴义勤编选）、《2023中国短篇小说年选》（中国小说学会主编，毕光明编选）

# 归圈的马

早晨，喀纳斯河谷里浓雾弥漫，马踏的甬道上留下霜冻爬过的白花花的印迹。

牧马的巴郎子哈儿从帐篷里猫着腰钻出来，严冬的寒气使他打了一个寒噤。这时，雾气被河谷里的一股子冷风吹得散开了。

哈儿扫视了一眼草原的周围，四野一派冬日的景象，他侧耳倾听，枯黄的牧草在风中战栗着，发出簌簌簌、簌簌簌的呜咽声。

哈儿蹲下来，亲切地俯察脚下的草棵，梭梭草的叶子已经枯萎了，这是马儿们喜欢吃的牧草之一；还有谷莠子，这种牧草在夏季的时候，油性比较大，马儿们吃到嘴里也有嚼劲儿；当然，在牧草最繁茂的盛夏季节，还有一种不长不短的马冰草，马儿情有独钟，擩进嘴巴后，头颅一甩一甩地将之自草丛中扯下来，样子犹如啃西瓜的豁鼻子娃娃，吸溜吸溜儿下就吃到肚子里去了；至于那种芦子草，形态像芦苇，但长不到芦苇那么粗壮和伟岸，这种牧草得割回去用铡刀铡碎后，马才喜欢。芦子草常常倚着禾木河和喀纳斯河的河沿生长，在潮湿的草原洼地里也有它们亭亭玉立的倩影。

哈儿抬起头来，又一次望向喀纳斯河谷的谷底，密集的松树冠在淡去的雾气中显得苍苍莽莽，似乎蕴藏着一种孤傲顽强的生命力。此刻，河岸两旁铺陈的西伯利亚落叶松、亚红松、冷杉、欧洲杨、疣枝桦等等，在冬季牧草的衬托下，显现出一种凝重而深沉的样子。树木外围的牧草一进入这个寒冷的季节，就像被卸掉了表面的装饰，回归了它应有的天然质朴。牧草只要被霜杀以后，元气就会迅速锐减，开始收敛起一贯张扬的性格，看上去乏乏沓沓、无精打采的样子，且昔日那绚丽多姿的风光已全然无存。万物一理，草原上一茬又一茬的牧草，在奉献出自己全部的能量之后，便回归于泥土之中，真的是土里来，土里埋，化作了养分，然后待来年再孕育出新的生命在草原上继续绽放。

眼下，在暴风雪来临之前，峡谷里的牧草依然可供马群啃食，有一大部分野草是具有柔韧抗寒特性的，也适合在冬季的环境里生存。还有一种毛毛草，这种牧草茎叶比较柔嫩，牛羊爱啃食，马儿们也特喜欢吃。

头马大特级没有走远，它就在距离帐篷较近的草坡上吃草，大特级抬起啃食牧草的头颅，用宝石般的眼睛看看哈儿，发出一声低低的短嘶，就又啃起了牧草。于是，一只被马鸣声惊醒的野鸡把塞进黄鼠洞洞里的脑袋拽出来，见天已大亮了，自己竟置身在一匹高大的马的蹄子下面，便有点仓皇失措，想要迅速逃离现场。草原上，野鸡、斑鸠、呱啦鸡等等，在危险的时候均会先把脑袋藏在草丛或洞穴里，是典型的顾头不顾尾，以为只要自己看不到危险，危险就会远离自己。然而这无异于门背后偷着吃馍馍，自己哄自己，后果往往是严重的，狐狸和狼几乎不费吹灰之力就把它们叼走了。

这只野鸡跳出了茅草丛，扑棱棱飞起来，哈儿望见野鸡的尾翼在天空中色彩绚丽，一直瞅着它消失于峡谷之巅。

此刻，马儿们也都咴儿咴儿，你一声我一声地嘶鸣起来，嘈杂得就像此起彼伏凌乱的配乐。哈儿知道马群有一个特点，只要头马大特级发出嘶鸣，其余的马就会统统随声附和。

哈儿再次看了看雾气蒙蒙、一派混沌的天际，不由倒吸了一口凉气，天地开始涌动着一股可怕的阴森森的云层，吸入鼻腔里的空气像是被冻得硬邦邦的马粪，这是温度骤然变低的标志。就在昨天晚上，努努按照马群主人艾布的吩咐，赶到草场来送信。他们都是艾布家的牧人。艾布叮嘱努努："快骑上大青马去一趟草场，帮哈儿把马群在暴风雪来临之前赶回圈马谷冬窝子的圈马场里来，不能叫大雪把马群封在草场上。"艾布的马群是周围草场上发展最快的一支，因为他雇了个尽职尽责的牧马人哈儿，他的马群一直都在蓬勃兴旺地稳步发展，有些儿马还出口到国外给洋人的骒马配种去了。

哈儿重新钻进帐篷。努努是昨晚赶过来的，已经睡了一夜，此时他把头调了个方向，用羊毛毡捂住脑袋，又扯起了鼾，他的呼噜打得如转动的石磨子似的，轰隆隆、轰隆隆，再不叫醒他，这个家伙不知道又要睡到几时去。"瞌睡没根，越捂越深。"哈儿想起老辈人留下的话。不能再让努努睡了，会耽误事情的，眼看暴风雪就要来了。

哈儿喊叫着：“努努、努努，快醒醒，暴风雪就要来了，咱们要抓紧时间把马群赶回圈马谷去！”努努揉着惺忪的睡眼，仿佛刚从女儿国跑出来似的，笑嘻嘻地翻身起来。两个人开始一道紧张地收拾东西，又熄灭了炉火，才一前一后走出帐篷。这种草场上的临时帐篷，是用一二十根木椽、一卷牦牛毡子，外加一个顶棚搭建而成的。

“再见啦，我的牦牛毡房！”哈儿站在帐篷门前祷告着，并走上前去亲吻了一下毡包，表示由衷的感激。“一切都有生命，它是活着的！”哈儿想。现在，他们要离开这里了，他对这座曾提供给他一切生活保障和便利，且遮风挡雨的栖身之所，有着一份特殊的感情，因此起码的告别仪式还是要有的，就像牧人们感激草原一样，他们常常会情不自禁地跪在空旷无人和淹没了身子的牧草中，亲吻着这养育了他们，以及给了他们一切的大地和牧草。

二人把帐篷的门帘放下来，用一块长木板压住，又用缝在门帘上的绳子绑牢木板，趄住帐篷的门，这样就算是把门“锁”上了。这种毡房，在草原上就是一个临时住所，平时也不会拆除，主人离开的时候，只需把门帘放下来，上面压一块木板用绳子绑着就行了。远方的旅人或陌生人来到帐篷跟前，可以自己解开绳子，拿下木板，卷起门帘进去歇息，或者在里面找点馕以及包尔萨克来饱食一顿。包尔萨克也叫馃馃，是用鸡蛋、牛奶和优质面粉等食材加工而成的，吃起来外酥内软，当地的牧人还会放入草原上的蜂蜜，所以比油条和麻花还好吃，饱餐一顿的旅人，索性就躺在帐篷里美美睡一觉后再走向下一个目的地。

有时候，草原上的人搭建这样的毡房除了自己使用，大部分都是为过往旅人和周围的牧人们无偿提供服务的，草原上的人在这一点上是无私的，这就是他们能够在浩瀚广阔的大草原上世代生存的原因，这是一种大海一样包容的胸襟和接纳精神。旅人们走出帐篷之后，即使碰上帐篷的主人，只需打声招呼就行了。有旅人曾问哈儿：“帐篷这样子没有人看管，就不怕小偷吗？”

哈儿摇摇头说：“草原上是没有小偷的！”当然帐篷里面也不会放什么贵重的物品，即使真有小偷进入帐篷，也只会在简陋的帐篷中感受到一丝人间的温暖和真情。

现在，暴风雪就要来了。

这两天，马群里有好几匹骒马眼看就要诞马驹子了，尤其是玉狮子这匹白马，诞马驹子是迫在眉睫的事情，倘若被风雪困在草场上，老马和马驹子都有被冻死的风险。

哈儿他们捆绑好随身携带的行李，牵来一匹脚力好，经常驮运装备的枣骝马。二人把行李搭在枣骝马的背上，枣骝马便通人性似的顺着圈马谷的方向前行。哈儿随之打了一声呼哨，健硕敏捷的坐骑黑豹便闻声跑来，他跳到黑豹光滑的背上，策马冲上山坡。哈儿要把所有跑远的马匹一个个拦回来。哈儿在马上驱赶着马群，马群开始走上那条弥漫着地椒子味儿的去往圈马谷的通道。

哈儿骑在黑豹的背上，显得那么英武。黑豹是一匹远近闻名的快马，曾参加过叼羊大赛，还在大赛上夺过冠呢。黑豹跑起来似乎蹄子都不落地，它身上没有一丁点赘肉，速度迅猛，力气惊人，刚驯它时，有几个驯马师用套马索拽它，依然被它拖倒在地，之后从一道山梁上灵敏的豹子一般一跃而过，就像一只黑色的精灵，或者一道黑色的闪电，把人们看得嘴张大半天都合不拢。它有豹子的速度和激情，又有乌黑水滑的皮毛，于是圈马谷的人就叫这匹马为黑豹。后来，黑豹被哈儿驯服了，马是认人的，就只允许哈儿一个人骑乘它，别人都骑不了，谁骑摔谁。哈儿骑在黑豹的背上十分得意，嘴里吼着："嘚儿——驾！"他纵马奔驰，驱赶着马群。努努骑的大青马也是一匹快马，自是不甘于后，紧紧追了上来。群马在草原的峡谷地带奔跑着，踩踏出洪流般隆隆的回音。

哈儿和努努赶着马群从山坡上行进到喀纳斯河沿上时，跟草原上的一朵红玫瑰阿依努尔，以及犟板筋尔里，还有红眼睛拉西他们的马群相遇了，他们都是赶着马群要在暴风雪来临之前归圈的。马群不由自主地汇合到了一起，声势更加浩大，草地上的尘土被扬起三尺多高，连马蹄子和马尾巴都看不清了，在后面只看得见或雄强粗犷或优雅高贵的一匹匹骏马的轮廓。

红眼睛拉西在马背上远远就喊叫开了："阿达西（密友、兄弟）、阿达西，快点走啊，暴风雪就要来了！"这是个粗野的帅哥。明眸皓齿的阿依努尔则在马背上系着围巾，含蓄地微笑着。他们都在放牧自家的马群。在草原上，牧马的同伙们经常会把马群汇合到一起，大家把这称作"合群"。马喜欢合群，人也喜欢合群呀。无论是人还是马，如果相处融洽，相互之间很少产生矛盾，从不打架撕咬的话，就叫合群。但也有个别的马，经常会离群索居，躲在一个相对安静的地方独自啃食牧草或活动，这种马一般都与众不同。马儿们合群是因为马群里有它们喜欢的儿马或骒马。它们横冲直撞，疯了似的跑入另一个马群中去，为的就是要寻找跟追逐它们心仪的儿马或骒马。牧人拼死拼活去阻拦也阻拦不了。有时候儿马为了某个骒马会翻山越岭奔跑跨越几十道梁湾，也要撵着跟人家的马匹合群去。有些骒马在动情的时节，马圈都圈不住了，只要听见圈外那健壮如虎、风流倜傥的儿马一声气势如虹的嘶鸣和召唤，就会着急地用蹄子刨动地面，或前蹄腾空而起打着愣登，猛然掼开马圈的木栅栏门，或者退到后面来一段助跑，瞬间腾空而起，从马圈围栏上跃过去，撒着欢子去追赶令它激动得血脉偾张、浑身发抖的儿马去了，这就叫脱圈。骒马脱圈，儿马也会脱圈。

哈儿放牧的马群里那匹威风凛凛的红儿马大特级，就曾一次次地脱圈，脱圈出去后就把别人家的骒马拐回来了。浑身雪白的骒马玉狮子也会脱圈，但玉狮子脱圈以后，不去别处，只会跑进阿依努尔家的马群里去寻找它苦苦相恋的那匹大叔级别的儿马大教授。之所以阿依努尔称这匹儿马为“大教授”，是因为它平时显得儒雅随和，还有几许斯文和清高。大教授看上去已经有些不年轻了，它异常成熟，从不轻佻，也不像许多儿马那样浮浪，它甚至有一点点孤独清高，玉狮子看见它，或者偶尔听见大教授的嘶鸣，身子就好像猛然间酥了，一准会追上前去，靠在大教授的身边吃草，显得非常安详和幸福。这两匹马，年龄相差较大，但它们之间常常有些隐秘的让人难以捉摸的交流，就如一对耳鬓厮磨，一下子跌入爱海无法自拔的情侣。所以，马脱圈、脱群，都是不可避免的事情，草原上的人们也不会为之大惊小怪的。当然，牲口不论脱圈多久，终归是要被找回来归圈的。而人类有时候“脱圈”之后，时间一久，就再也回不去了。

拉西对哈儿、努努和尔里说：“我哥哥有一次背着我嫂子出去找了个年轻的女人，带到草场上的帐篷里去了，结果被那女人的男朋友发现了，堵到帐篷里把我哥的两颗门牙都打掉了，脸也打肿了，哥哥怕丢人，就给草场上的人说是喝醉酒从马背上跌下来绊的。”这使尔里情不自禁地哈哈大笑，说这让他想起了另一个故事，曾有个美丽的少妇，男人出门打工，她就被一个“惯犯”拐上跑了，人家领够了，就抛弃了她，她感觉回不去了，就又找了一个牧马人，结果生下孩子，她便开始嫌弃牧马人的不好来，说：“你就永远只是个放马的，啥时候能好起来呢？”那个老实本分的牧马人说：“我一个放马的，再不要想着我能发达啦。”女人不屑一顾，说：“那咱俩还过啥呢？干脆你好好放你的马，我走我的人。”就又“脱圈”了，到了下一站，又给一个人生了一个孩子，她就这样每“脱圈”一次，便给人家生一个娃娃，一路上生了五六个孩子，但是她生下孩子后，说走就又走了，似乎习以为常，没有什么留恋。努努对哈儿、拉西和尔里唏嘘道：“这种经常脱圈的人，大多命运都很苦，永远没有一个属于自己的归宿，也没有一个属于自己的心上人。”

以前，巴郎子们每次见到阿依努尔，就要撵着人家把马群合到一起，于是大家男男女女围成一个圆圈，开始了一场热闹非凡的麦西热甫（类似于没有观众，全员参与的文化活动），大家自发地跳起舞蹈来。因为舞蹈是草原人日常生活的一部分，是他们真实的生活写照。阿依努尔的舞姿有时候好像是在挤奶，有时候好像是在骑黑走马。哈儿和努努、拉西、尔里的舞姿也各具特色，因为大家都在草原上生活，舞蹈多表现放牧的场景，也有模仿动物的动作，也有模拟人们日常劳动场面的。哈儿模仿着雄鹰的卓尔不群，孤独地傲视天地，它时而盘旋，时而展翅高飞和翱翔，抑或俯冲扑猎；努努则模仿起棕熊来，傻里傻气，笨拙有余而灵活不足的憨态令人捧腹大笑；拉西和尔里在模仿马的走、跑、跳，均都甚是逼真，还有模仿收割牧草及农作物场景的，乃至模仿套马的、狩猎的，种种形态，应有尽有，各展风情。因为骏马和雄鹰，在草原人心目中的地位甚高，是英雄和自由的象征，所以模仿它们者居多。反正模仿啥动物的都有，熊、鹿、狼、狐狸和野兔，有的看上去笨拙和幽默诙谐，有的表现得疑神疑鬼，有些则乖巧可爱，但统统都释放出澎湃的浪花，大家有的是激情，娃娃们个个都活泼欢快、热烈奔放，展现自然天性。这就是草原上的人对待生活的样子，他们说唱就唱、说跳就跳，性格里有着火一样燃烧的情绪。

在整个娱乐中，大家都希望受到阿依努尔的青睐。一场子舞蹈下来，尽管人人都累得满头大汗，浑身冒着热气，但是阿依努尔却千倍万倍地高兴。哈儿看到阿依努尔开心地欢呼雀跃，他也就无比快乐地跳起蹦子。

哈儿还想起，曾经多次，大家在赶马去往草场时，便玩起赛马活动，就是让阿依努尔押着马群走在前面，他们各自拦定自己的坐骑，等待阿依努尔赶着马群走得很远时，他们就以这里和马群之间为赛跑的界线和距离，大家把这个叫“押杠子”，看谁的马跑得快，能先到阿依努尔跟前，从而角逐出一位骑手和冠军。因为大家天生崇尚儿子娃娃，喜欢骏马和雄鹰，所以各种冒险活动都会上演。阿依努尔远远挥一下手里的红围巾，喊一声："开始，跑！"于是，大家放开自己的马，一猛子蹿了出去。刚开始，大家的马匹肢体会磕磕碰碰地撞在一起，但是跑上一段，距离就慢慢拉开了，这时候黑豹的优势就出来了，哈儿感觉自己犹如在云彩中一般，似乎变成一片轻盈的羽毛，在天上飘着。别的骑手只感觉眼前划过去一个黑影，流星似的，眼一眨黑豹就已经到前面去了，很快哈儿第一个跑到阿依努尔跟前。阿依努尔竖起大拇指，哈儿感到非常自豪，心里有一种晕晕乎乎的醉氧感。哈儿回头一看，那些落在后面的马还在吭哧吭哧地做最后的冲刺，有的已经完全没有信心了，就松松垮垮地颠簸过来。

大家在牧野里也玩叼羊比赛，没有羊，就拿谁的棉袄代替羊。大家把棉袄叫作裹肚子，阿依努尔是裁判，随着她那银铃般的口令发起，大家便策马扬鞭，只听得草场上马蹄声碎，马儿的嘶叫声响彻云霄，选手们对那件无辜的裹肚子你扯我拽，斜刺里还有人忽然冲出来死命抢夺，大家展示出自己高超的骑技。很快那件顶替羊只的裹肚子就被选手们给撕扯破了，里头的烂棉花咕嘟嘟地冒出来，就像羊毛一样在草地上四散飞舞。大家对于这种叼羊比赛，都会非常严肃认真地对待，经过头破血流的一番激烈角逐，往往努努手里拿着裹肚子的一半，另一半一准在桀骜不驯的哈儿的手里。两人平分秋色，各自昂着头坐在热气腾腾的马背上嘿儿嘿儿地笑，谁也不甘于平庸和被别人打败。

阿依努尔咯咯咯地笑着，她一直都是那么纯粹和单纯啊。眼下，暴风雪就要来了，马群先要从喀纳斯河的冰面上走过去，那些肚子里怀有马驹子的骒马快要生产了，不能使之在冰面上摔倒导致流产。所以，要在冰上铺撒一层浮土防止马蹄打滑。哈儿跳下马背，用脚踢了踢地面，冬季的草原，土地被冻得像板结了似的，他只好率先用放牧时随身携带的剁铲一下一下挖土，挖下大的土疙瘩，就运到冰面上摔碎。大家拦马的拦马，在冰面上铺路的铺路。河面上的冰冻得实实的，跟混凝土浇筑的一样坚固。尔里拿着土块跑两步，猛然跐溜溜地滑将过去，他打呲溜滑的水平很高。很快，冰面上该撒的浮土都已经撒上了，大家先把怀有马驹子的骒马保护着陆续送到了河对面。尤其是骒马玉狮子的肚子撑得越来越大，坠得越来越低，它显得很劳累，走路很吃力，这是它第一次怀马驹子，怀的就是阿依努尔家那匹大教授的种。哈儿格外留心玉狮子的状态，他想，也许它今儿不生，就在明儿了，以他的经验反正就在这一半天时间了。在这一点上，小伙子们一改往日的彪悍和粗犷，变得无比细腻和充满了关切的爱和柔情，等怀马驹子的骒马安全过了河，之后才把大批的马陆续赶到了河对面，有些马匹在过河时，蹄子在冰面上会时不时一撇一捺地打着滑溜，那东倒西歪的样子令人又担忧又想笑。但马儿相继都穿过了光滑如玉的冰面，很快汇入对岸的马群里去了。

这时，大家都松了一口气，才重新跨上马背，还没走多远，就听见大风把河谷里的树冠刮得发出吱儿吱儿、呜哇呜哇鬼哭狼嚎的声音。

大家在马背上被大风吹得东倒西歪的。哈儿抬起头来，望见零零星星的雪花已经在天上飞舞着，落在他脸上的雪片像一只虫子似的异样地趴伏着，痒痒的，但刹那就融化成了水珠，顺着面颊流下来。一会儿，雪花变得密集起来，落在马背上的雪花，眨眼间就钻入马儿的鬃毛里去了，有些则在马耳朵的尖尖上挂着，晶莹剔透，就像一枚枚神性的妙体。

这时候，河谷里的草原、树林、冰冻的河面，还有群马，都被漫天飞舞的雪花包裹着。时间仿佛静止了，只有一种银色的精灵在幻觉中传递着汪洋恣肆般绵密的箴言。整个河谷看上去犹如在童话世界里一般。哈儿看着那雪花在天上抑扬顿挫地舞着蹈着，便联想到草原上那古老的弹布尔必须要登场了，天地传来如泣如诉的旋律，那洋洋洒洒的雪的因子，在演绎着这草原峡谷里千百年的荣辱盛衰。

努努勒转马头在茫茫的雪中找到哈儿，叫了一声："哈儿，你发什么愣，快走，暴风雪很猛！"

哈儿回过神来，他担心地看看阿依努尔那骑在红马背上纤巧的背影，叹息了一声。风更大了，雪更猛了。人喊马嘶，大家都奔前顾后，关照着每一个人和每一匹马。

天擦黑的时候，大家才安全到达了圈马谷的冬窝子。幸好，怀孕的马儿都安安全全到家了。合在一起的马儿们这次自动知趣地分开了群，排好队回了各自家的马圈，有些怕冻的马匹一进圈就赶紧钻入马棚里去了。

阿依努尔跟伊斯哈格打着招呼："嗨，哈格，玉狮子下了马驹子，别忘了告诉我一声啊！”

哈儿点了点头，一直目送阿依努尔在风雪中消失了。

夜里，哈儿起来了几次，他拿着手电筒，见雪还是纷纷扬扬地下着，比他小时候读到的《水浒传》那本小画书中林冲雪夜上梁山的雪还要大、还要猛，他住的板棚的门口都快要被雪壅塞住了，他狠命拉开门，用门背后的铁锹清理掉去马棚的路，一面给马儿们操心添好夜草，一面观察那几匹怀驹子的骒马怎么样了，尤其是玉狮子，如果不出意外，它诞马驹是迫在眉睫的事情了。

狂风怒号着，卷起地上的和天上的雪一起肆虐着整个圈马谷。尽管风雪交加，但圈马谷处在一个环形的山谷下面，像一个受保护的巢穴。果然，哈儿发现玉狮子吭哧吭哧的，不断轻声嘶鸣，并伴有轻微的呻吟，神情十分不安，它已经显得特别难受了，一会儿卧倒了，一会儿又站立起来，在马棚里不停折腾着，看样子是跌绊着要诞马驹子了。哈儿不想叫醒熟睡中的艾布和努努他们，因为应付这样的事情他已经不是一次两次了，他相信自己是完全可以应对得了的。

哈儿跑出马棚抱来了一小捆干麦草，接着燃亮了一支蜡烛，放在马槽边上。他看到玉狮子变得异常吃力，好像是肚子疼得有些无法忍受了。万物生灵都一样，人也好动物也罢，肚子不疼是不可能的，因为就是要通过这疼痛使得身体的各块骨头逐渐错位打开，不错位不打开，就无法进行分娩，这个过程必然疼痛，这就是生命的造化，一切都是造化，只有全身的骨缝全部打开了，肌肉变得柔软和松弛了，才能顺利完成分娩。说白了，下马驹几乎就是从骒马的骨头缝隙里往出来挤呢，所以疼痛是不言而喻的。但母爱是伟大的，再疼，也要翻过这一道坎、度过这一道关，这样对一匹骒马而言就算是功德圆满了。千说万讲，谁是当母亲的，那一把汗还需从谁身上出呢，别人是代替不了的，是给不到力量的。所以，靠外在的力量完成生育，更多的只是一种安慰，而且对诞生者和被诞生者不见得是一件好事，越是自然的分娩越接近天道的造化规律。哈儿只能站在玉狮子的身边，时而抱抱它那曾经高傲得像孔雀一样昂起的头颅，时而摸摸它那柔顺的秀鬃，悉心地安慰着它，并为它暗暗打气和鼓劲。也许是哈儿的安抚跟传递给玉狮子的一种看不见的能量起到了作用，使得玉狮子获得了莫大的鼓舞，让它变得不再那么害怕，不再那么担忧、紧张和无助了。加之生命的延续乃是天道如斯，因而在一霎一霎的阵痛中，在紧张的绝望的挣扎中，小马驹这个新生儿的两只前肢先出来了，头部附于两前肢的上面也令人欣喜地伸展了出来，马驹裹着胎衣，随着流出的羊水一起慢慢滑出来。哈儿看见玉狮子的后腿努力地撇开着，在不停地用力，它每呼吸一口气，肚子就会明显地一鼓一缩，哈儿握成拳头的手也一紧一松，在一旁憋着气加着油。玉狮子来回蹬着蹄子，眼皮都感觉重得有些抬不起来了，一张一翕的。随着最后的一股子羊水流了出来，小马驹终于降落到了世上，胎盘竟然一下子拽断了，半截胎衣尚留在玉狮子的身体里。这时候，玉狮子的肚子仿佛被腾空了，一下子瘪了，凹进去了，它用疲惫不堪的目光回头看着自己的孩子，眼睛突然又睁大了，释放出惊讶的慈悲的亮光。

有几匹近处的马也都兴奋地望了望小马驹。

马棚外面的风发出更加悲壮苍凉的吼声，雪还在继续下。哈儿抹掉了马驹子嘴巴上一点黏腻的东西，忙忙用蜡烛点燃干麦草，生起了一小团火，让小马驹在暖和温情的空间里沐浴和汲取温暖。玉狮子仿佛有了一些力气，回过头来，咴儿咴儿地轻声呼唤着小马驹，小马驹的颜色和妈妈一样，也是一匹白马，是一匹白色的儿马驹子。这在哈儿意料之中，又像是在预料之外的。

时间不长，儿马驹子就已经能够站起来找着吃妈妈的奶了。玉狮子用嘴巴轻轻地拱着马驹子，哈儿用毛巾蘸了水，把毛巾在火上烤热，一遍一遍擦着、捋着玉狮子的奶头。这样，奶水会下得快，奶量会更充沛，也能让小马驹很快获得养分，增强体质。许多人都不知道骒马究竟有几个奶头。动物们的奶头是视它们生育幼崽的多寡而定的，这就是天道的神奇和了不起。骒马和人是一样的，生有两个奶头，而乳牛有四个奶头，当然下崽儿越多的动物，乳头相应就要多一些，有些就像排扣一样密集。真的，自然万物，是最合乎自然规律的，细细品味，不由得让人心生敬畏。

哈儿为了让玉狮子恢复体力，让小马驹吃到充足的母奶，他又单独给玉狮子喂了一些燕麦和油渣片。就这样，哈儿放牧的马群在这个漫天飞舞着暴风雪的夜晚又添了一个新生的力量，马群的队伍变得更壮大了，有着一派欣欣向荣的好前景。牧人家的骒马诞下马驹，这也是一件天大的喜事，一个生命的到来是多么的神奇和偶然，是千万分之一，乃至亿分之一的概率，这样的偶然不能不说是震撼人心的事情。一匹小马驹的诞生，跟牧人家中又添了一口人是一样重要的道理，因为牧人对于马的钟爱是不亚于对人的程度，所以这是“添丁”之喜，是注入新生之喜，是一个家族一个群体兴旺发达的象征。民之幸也，是值得可喜可贺的。在草原上生活的人，离不开马，他们盼望的就是一个六畜繁衍，玉狮子诞下马驹等于是给家中立下了大功，在牧人的心中，马和人享有同样的待遇，甚至有时候比人还更宝贵呢。

哈儿又细心打量着新生的小马驹，他知道这是玉狮子跟阿依努尔家的大教授的结晶，不由会心地笑了。哈儿想，明天早上的第一件事情，就是要先快快跑到阿依努尔家，向她报告玉狮子和大教授爱情的果实诞下来了，是一匹英俊的白马王子。

哈儿不由一阵一阵地激动，他似乎已经有些等不到天亮了。

外面，风很大，雪依旧很猛。

发表于《莽原》2023 年第 5 期

收入《2023 年中国短篇小说精选》（中国作协创研部选编）